Das Blut der Zauberjäger
-Der Krieg der Zauberjäger·

T. U. Zwolle

Das Blut der Zauberjäger

Fantasyroman

Bibliografische Information der Deutschen Nationalbibliothek:
Die Deutsche Nationalbibliothek verzeichnet diese Publikation in der Deutschen Nationalbibliografie; detaillierte bibliografische Daten sind im Internet über http://dnb.dnb.de abrufbar.

© 2020 T.U. Zwolle

Herstellung und Verlag: BoD – Books on Demand, Norderstedt

ISBN: 9783752687668

Bisher erschienen:

Die Legende der Zauberjäger

Die Rückkehr der Zauberjäger
Die Schwarze Legion der Zauberjäger
Das Blutgericht der Zauberjäger

Prolog

Es war früher Morgen und in der Festung regten sich die
ersten Mägde, um ihrem Tagesgeschäft nachzugehen. Bald
würde es aus der Küche nach Backwaren riechen und ein
beständiges Klappern von Töpfen und Löffeln einsetzen.

So nahm, außer den Wachen, niemand Notiz von den
beiden Menschen, die durch den Gang schlenderten. Der
Mann und das junge Mädchen redeten im gedämpften
Tonfall. Vor einer großen Flügeltür blieben sie stehen und der
Mann tauschte ein paar Worte mit der Wache aus, bevor
dieser die Türe öffnete und sie einließ.

Drinnen brannten dicke Kerzen, die von der Dienerschaft
immer ausgetauscht wurden. Die Flammen spendeten genug
Helligkeit und tauchten den Raum in warmes Licht.

Ehrfürchtig drückte sich das Mädchen an das Bein des
Mannes und griff nach seiner Hand.

„Was hast du?", fragte der Mann sie.

„Ich bin bange", flüsterte das Kind.

„Wovor denn?"

„Ich finde es hier gruselig. Die ganzen Sachen von toten
Menschen."

„Na, na, dafür besteht kein Grund. Ich bin doch bei dir."
Der Mann strich die Strähne seines Haares nach hinten. Er
war mittelgroß und unter dem Gewand spannte ein kleiner
Bauch, der ihn nicht sonderlich störte. Er war kein Krieger
und konnte es sich leisten bei seinen Studien etwas Fett
anzusetzen.

Das Kind zog ihn zu einer Art Altar, auf dem eine Axt auf
rotem Samt lag. „Das ist von dem Zwerg!", krähte sie
begeistert.

Ihr erwachsener Begleiter lächelte sanft. „Ja, das war von
dem Zwerg. Seine Axt liegt hier stellvertretend für ihn und
all die anderen Krieger seiner Rasse, die damals an der
Schlacht teilgenommen haben. Sein Name war Holderar."

Das Mädchen löste sich von seiner Hand und trat näher an
die Waffe heran. „Aber du hast mir erzählt, dass damals alles
verglüht ist."

„Das stimmt. Es handelt sich hier um ein Duplikat von
Holderars Axt."

„Was ist ein Duplikat?"

Das Kind war neugierig. Andere Kinder hätten nur
genickt.

„Ein Duplikat ist ein Nachbau eines Originals."

„Das heißt, die Axt des Zwerges sah genauso aus, aber sie
ist es nicht?"

„Genau."

Sie gingen zu einem Tisch, auf dem ein eisenbeschlagener
Kampfstock seinen Platz hatte.

„Erinnerst du dich daran, wem das gehörte?"

Das Kind überlegte und kaute an seiner Unterlippe.
„Hunerik", sagte es stolz.

„Korrekt. Er ritt damals mit Holderar in die ehemalige
Hauptstadt und zündete mit ihm zusammen die
Geheimwaffe. Dabei gaben sie ihr Leben."

Das Mädchen achtete nicht mehr auf die Worte des Mannes, sondern war schon weiter gegangen und starrte mit offenen Augen ein schwarzes Kettenhemd an, was auf einem Rüstungsständer hing. In der Mitte war ein Waffengehänge, an dem ein schwarzes Schwert in der Scheide steckte.

„Das schaut aber bedrohlich aus. Wer war dieser Thom?" Nervös trat das Kind von einem Fuß auf den anderen und war zu aufgeregt, um zu bemerken, dass der Mann sich kurz sammeln musste.

„Er war derjenige, ohne den alles verloren gewesen wäre. Nur seinem Mut und seinen Kräften ist es zu verdanken, dass unsere Seite gesiegt hat."

„Und du bist mit ihm aufgewachsen?"

„Ja, wir kannten uns seit Geburt." Der Mann wischte unauffällig eine Träne aus dem Augenwinkel und sammelte sich wieder.

„Warum sind dort drüben die Plätze frei?" Das Kind deutete auf einige Plätze, an denen schon samtbeschlagene Tische oder Waffenständer bereitstanden.

„Diese Helden unseres Landes leben noch, Kleine. Erst wenn sie sterben wird ein Erinnerungsstück von ihnen hier deponiert werden, damit man sich ihrer erinnern kann. Wie dein Vater und deine Mutter."

„Warum müssen sie sterben? Sie haben doch für den Sieg gekämpft, da könnte man ihnen doch das Leben schenken."

„Das liegt aber nicht in der Hand von uns Menschen. Wir müssen alle einmal sterben."

„Aber warum?"

Der Erwachsene überlegte kurz, wie man einem zehnjährigen Kind klarmachen konnte, was der Tod bedeutete. „Weißt du, alles Leben ist vergänglich. Das ist wie ein Gesetz. Ein Gesetz was nicht geschrieben worden ist, aber trotzdem allgemeine Gültigkeit hat. Wenn nichts sterben würde, wäre es hier in unserer Welt irgendwann überfüllt. Stell dir vor, du bist in einem Wald und es würden keine Bäume mehr absterben, aber immer neue nachwachsen. Irgendwann würde der Wald so dicht sein, dass kein Baum genügend Sonne oder genug Wasser bekommen könnte, um weiterzuleben. Dann würden alle Bäume unweigerlich eingehen. Und so ist es sinnvoll, dass alte Bäume sterben um Platz für die Jüngeren zu machen. Wie bei uns Menschen."

Betreten schaute das Mädchen zu Boden. „Das bedeutet, dass meine Eltern auch sterben müssen, damit ich Platz habe?"

„Ja, das bedeutet es."

Die Kleine machte ein nachdenkliches Gesicht. „Was ist, wenn alle Helden hier ihren Platz gefunden haben? Gibt es dann keine mehr und wir müssen uns fürchten?"

„Nein, Kind. Neue Zeiten werden neue Helden hervorbringen."

„Du erlaubst, dass wir uns mit dem Sterben Zeit lassen oder?"

Unbemerkt von den beiden war ein weiterer Besucher in die Heldenhalle gekommen. Sein Metallarm ruhte vor seinem Leib. Sicheren Schrittes kam er auf den Mann und das Kind zu. „Marak, Zara, was macht ihr hier in aller Früh?"

„Tut mir leid, Krok. Die Kleine wollte die Heldenhalle sehen, bevor die Feierlichkeiten morgen beginnen und da dachte ich, heute wäre es günstig, da niemand hier ist und wir unsere Ruhe haben."

„Schon gut, Marak." Krok lächelte kurz und fuhr sich mit der Hand über das Haar, was an einigen Stellen grau wurde.

„Marak hat mir von den Helden erzählt, Vater. Und mir die Dinge gezeigt, die an sie erinnern. Dabei ist es schon so lange her."

„Zehn Jahre ist keine lange Zeit, mein Kind. Wenn man sich ihrer in hundert oder tausend Jahren erinnert, dann wäre es lange her. Ob sie es verdient haben ist eine andere Frage. Und jetzt ab zu deiner Mutter, bevor sie sich anfängt Sorgen zu machen und nach dir sucht."

Zara huschte los und war flugs aus der Heldenhalle verschwunden.

„Sie ist ein aufgewecktes Kind", bemerkte Marak.

„Das ist sie. Und ich hoffe, dass sie in Frieden leben wird und unsere Opfer damals nicht vergebens waren." Krok warf einen Blick auf die aufgebahrten Gegenstände. „Es ist schon komisch. Irgendwann wird hier etwas von mir und Züleyha liegen. Dann werden wildfremde Menschen kommen, die uns nie gekannt haben und darüber reden, wie tapfer wir gewesen sind."

„Aber es ist doch tröstlich, wenn man weiß, dass etwas von einem zurückbleibt, oder?" Marak schaute Krok an.

„Ach, lassen wir das Gelehrtengeschwätz, wir sollten zusehen, dass wir zum Frühstück kommen. Heute trifft die Delegation der Zwerge ein. Da brauchen wir eine gute Grundlage im Magen, wenn sie wieder ihren Zwergenbrand mitbringen."

Sie verließen die Heldenhalle wortlos.

Bevor die Flügeltüren sich schlossen, warf Marak einen letzten Blick hinein und verabschiedete sich stumm von der Vergangenheit.

Skiril

Es war wunderbar, was man mit ein paar Münzen ausrichten konnte. Im Gegenzug bekam man ein Dach über den Kopf, eine Frau für die Nacht, etwas zum Essen oder Informationen. Letzteres führte ihn in die enge Gasse in diesem stinkenden Viertel der Stadt. Zwei Kupfermünzen und die dreckige Gestalt an der Ecke vorhin hatte alles ausgeplaudert, was er wusste.

Der hüfthohe Mischlingshund neben ihm knurrte, als er den Lärm aus der Spelunke hörte.

„Ruhig!", beruhigte er das Tier. Er rückte seinen Morgenstern zurecht und atmete tief durch.

Dem Lärm nach zu urteilen, war die Schenke voll besetzt und die Stimmung auf dem Höhepunkt.

„Halt dich zurück", wies er den Hund an, wie er es einem menschlichen Kameraden angeschafft hätte.

„Dann wollen wir mal." Er drückte die Türe, die an schmalen Eisenbändern hing, auf und trat in die schummrig beleuchtete Schenke. Der Geruch nach schalem Bier und saurem Schweiß schlug ihm entgegen und er bließ die Wangen auf.

Ein Flötenspieler hetzte durch seine Melodie, um die Stimmung einem weiteren Höhepunkt entgegenzutreiben und einige Männer tanzten mit den käuflichen Damen zu den schiefen Klängen.

Niemand nahm von seinem Eintreten Notiz. Unauffällig schlenderte er zur Theke und klopfte auf den Tresen, um dem Wirt zu signalisieren, dass er etwas zu trinken wünschte.

Misstrauisch näherte sich der Wirt und deutete auf den Hund. „Tiere haben hier keinen Zutritt." Die Augen in dem rattenähnlichen Gesicht blitzten auf. Ein kurzer Blick in die Augen Skirils ließ aber jede weitere Diskussion verstummen. „Was darf es denn sein?"

„Zwei Bier. Eins im Glas, eins in der Suppenschüssel", bestellte er.

Verdutzt kam der Wirt seinem Wunsch nach und stellte das Bier in den gewünschten Behältnissen auf den Tresen.

Zwei halbe Kupferstücke landeten in der Tasche des Wirtes und Skiril nahm seinen Bierkrug in die Hand. „Zum

Wohl", prostete er dem Wirt zu, der erschrocken zurückwich, als der Hund sich mit beiden Vorderpfoten auf den Tressen legte und das Bier aus der Suppenschüssel zu schlabbern begann. „Dein Hund trinkt Bier?", fragte er Skiril entsetzt.

„Ja, er hat Durst", antwortete Skiril zwischen zwei Schlucken.

Bevor der Wirt gehen konnte, fasste er ihn am Arm und zog ihn zu sich heran. „Kennst du einen Mann mit einer Narbe quer über der Wange? Er hat rote Haare und an der linken Hand fehlt ihm der kleine Finger."

Der Mann zog die Augenbrauen zusammen. „Warum interessiert dich das?"

Gespielt genervt schüttelte Skiril den Kopf und der Hund, der die Schüssel Bier bis auf den letzten Tropfen geleert hatte, leckte sich die Lefzen. Sein Herrchen zog seinen dunkelbraunen Umhang ein Stück zur Seite und ein silbernes Abzeichen in Form eines Schwertes erschien.

„Du bist ein Liktor", schnappte der Wirt laut.

„Schrei doch noch lauter, damit es jeder mitbekommt, du Idiot." Er fasste den Arm des Mannes fester und fragte nochmal nach. „Also, was ist? Kennst du den Mann?"

„Vielleicht."

„Was soll das heißen?"

Der Wirt rieb Daumen und Zeigefinger aneinander und grinste schief.

Sofort knurrte der Hund böse.

Erschrocken hielt er inne.

„Mach das noch mal und der Hund spült deine Finger mit dem nächsten Bier herunter. Ein letztes Mal: Kennst du ihn?"

Schweißperlen traten auf die hohe Stirn des Mannes. Schließlich nickte er. „Er sitzt im Hinterzimmer und würfelt mit ein paar Stammgästen."

„Wie viele Männer sind bei ihm?", drängte der Liktor nach.

„Zwei Begleiter und er würfelt mit zwei Stammgästen." Seine Stimme zitterte leicht als er einen weiteren Blick auf den Hund warf.

Skiril ließ ihn los. „Gut, dann sorge dafür, dass der unbegabte Junge mit der Flöte möglichst laut spielt." Wie aus dem Nichts rollte eine Silbermünze über den Tisch. „Hier, für deine Mühen."

Vollkommen perplex starrte der Wirt auf das Geldstück, was auf ihn zurollte. „Danke, Herr", stammelte er und schon war der Mann mit seinem Hund in Richtung Hinterzimmer verschwunden.

Der Hund knurrte einen leisen Protest. „Ja, ich weiß, das Silberstück war zu großzügig für die Information. Aber vielleicht brauche ich ihn noch einmal. Immerhin war das Bier gut."

Wie zur Bestätigung nieste der Hund.

Sie standen vor einem Vorhang, der den dahinter liegenden Raum vor neugierigen Blicken abschirmen sollte.

Hinter ihnen stimmte der Flötenspieler ein neues, und vor allem lautes Lied an und sofort stampften die Männer im Schankraum rhythmisch mit den Füßen den Takt.

„Siehst du, das Silberstück hat seine Wirkung nicht verfehlt."

Der Hund schwieg und fixierte den Vorhang, durch den sie gleich gehen würden.

„Dann wollen wir mal das traute Beisammensein stören." Skiril hob den Vorhang zur Seite und bückte sich durch den Spalt. Sein Hund huschte hinter ihm her.

Das Hinterzimmer war groß für eine kleine Spelunke und hätte mehr als zwei Dutzend Leute gefasst, aber an einem

Tisch saßen lediglich fünf Männer und würfelten. Vor jedem lag ein Berg mit Münzen und in der Mitte des Tisches lagen weitere Münzen.

„Die nächsten Einsätze, ihr Stadtpinscher", blökte der gesuchte Rothaarige. Seine beiden Begleiter lachten pflichtschuldig über den Witz ihres Anführers. Als der Rothaarige sah, dass ein neuer Gast den Raum betreten hatte, breitete er gönnerhaft die Arme aus. „Nimm Platz, wir stellen keine Anforderungen an dich, außer einem prallen Geldsack. Spielt der Hund auch oder scheißt der die Goldstücke, die du hier brauchst?" Wieder lachten seine Begleiter.

Skiril rührte keine Miene und legte das Abzeichen des silbernen Schwertes frei. „Mein Name ist Liktor Skiril. Du und deine Begleiter bleiben sitzen, die beiden Stammgäste dürfen den Raum unbehelligt verlassen."

Das Lachen im Gesicht des rothaarigen Mannes erstarb und er leckte sich die Lippen.

Mit einem kurzen Blick verständigten sich die Stammgäste und huschten schnell an Skiril vorbei und aus dem Raum. Alleine mit den drei Männern konzentrierte er sich ganz auf den Anführer. „Uliniud, ich verhafte dich wegen Betrug im Glücksspiel und verbotene magische Anwendung."

Stille senkte sich über den Raum und für ein paar Atemzüge schätzten sich die Männer ab.

Brüllend lachte der Anführer los und schlug vor Vergnügen mit der flachen Hand auf den Tisch. „Schon verstanden, Liktor." Er griff in den Münzhaufen, der sich vor ihm auftürmte und warf Skiril ein paar Goldstücke entgegen. „Hier, nimm dir was, gönne dir eine Kanne Wein und eine fette Hure."

Der Gesetzeshüter machte keine Anstalten nach den Münzen zu greifen. „Steh auf und leg deine Waffen auf den Tisch. Wenn sich deine beiden Speichellecker ruhig verhalten lasse ich sie heute ungeschoren davonkommen. Ich habe kein Interesse an ihnen."

Das Lachen war wie weggewischt aus Uliniuds Gesicht.

„Der Spaß hat jetzt ein Ende. Nimm die Münzen und verpiss dich mit deiner verlausten Töle."

Der Hund knurrte leise aber durchdringend.

„Er mag es nicht, wenn man ihn beleidigt. Es wäre gut, wenn du dich bei ihm entschuldigst, bevor ich dich in den Kerker bringe."

Jetzt zeigte sich, dass die drei Männer vor ihm erfahren waren und sich blind verstanden. Wie auf ein Kommando standen sie auf, aber Skiril ließ es nicht so weit kommen, dass sie ihn angreifen konnten.

Mit einem Tritt gegen die Tischkante beförderte er ihn in die Luft und schleuderte ihn gegen den Rothaarigen, der fluchend zurückwich.

Knurrend sprang der Hund den Mann links von ihm an, der im Begriff war sein Schwert zu ziehen, und verbiss sich in seine Waffenhand.

Der Liktor zog seinen Morgenstern hervor und schwang ihn in weitem Bogen gegen den zweiten Mann. Zielgenau traf er den zweiten Begleiter am Kinn. Zähne und Blut flogen davon. Der Mann sackte auf der Stelle zusammen und rührte sich nicht mehr. Die nächsten Monate würde er sich von Suppe ernähren müssen.

Zwischenzeitlich hatte Uliniud den Tisch zur Seite geschleudert und zeichnete ein Zeichen in die Luft.

Skiril sah zwar nicht, was der Verbrecher dort tat, merkte aber, wie sein Schutzamulett reagierte. Eine grüne Aura flammte auf und schützte ihn vor dem Zauber des Rothaarigen.

Erschrocken wich dieser zurück. „Du bist ein Zauberjäger!", stieß er böse hervor.

„Erraten!" Der Liktor überbrückte die Distanz mit einem schnellen Schritt und rammte dem Magier die Stirn ins Gesicht.

Überrascht stöhnte der Getroffene auf und taumelte zurück.

Ein Schwinger gegen die Schläfe des Mannes schickte ihn ins Land der Träume.

Skiril sah kurz zu seinem Hund. „Lass ihn los. Er wird vernünftig sein und sich still und heimlich aus dem Staub machen."

Augenblicklich lockerte der Hund den Kiefer und gab die Hand des Mannes frei. Blut lief über die Finger.

„Sie ist gebrochen", jammerte der Mann weinerlich.

„Sei froh, dass du noch deine Finger hast. Wenn er gewollt hätte, hätte er dir den ganzen Arm abgerissen. Und jetzt hau ab, bevor ich ihm sagen, dass er dir die Eier abbeißen soll. Hoden sollen sehr delikat schmecken." Ein böses Grinsen schlich sich auf Skirils Gesicht.

Ohne auf seine blutende Hand zu achten suchte der Mann das Weite.

„Gut gemacht, Hund. Bekommst später in der Wache ein Bier."

Freudig wedelte das Tier mit der Rute.

„Jetzt müssen wir aber erst einmal sehen, dass wir den Knaben in seine neue Unterkunft schaffen."

Krok

Trompeten erklangen und vermeldeten die Ankunft des Zwergenkönigs Goldfuß.

Krok stand mit Züleyha und Zara an einem Fenster und gemeinsam beobachteten sie den Einzug der ehemaligen Kampfgefährten.

„Sie haben ihre Stollen zum ersten Mal seit damals verlassen", bemerkte Krok und stellte seine Adoptivtochter auf die Fensterbank, damit sie besser sehen konnte.

„Bis auf die Händler, mit denen unser Reich fleißig Handel treibt", ergänzte Züleyha mit leiser Stimme. Sie streichelte die Wange des Kindes und sah ihren Mann liebevoll an.

„König Goldfuß war damals Clanführer und sich als würdevoller Anführer bewährt. Er ist zurecht zum neuen König gewählt worden", erklärte Züleyha ihrer Tochter.

Mit grimmigen Gesichtern stampften die Zwerge die breite Straße entlang, direkt auf den Palast der Königin zu.

„Morgen beginnen die Feierlichkeiten. Zehn Jahre ist es her, dass wir triumphiert haben." Krok sah seine Frau an und bewunderte sie. Ihre Haare waren immer noch tiefschwarz. Nur einige kleine Fältchen um ihre Augen zeugten von den vergangenen Jahren. Sie war immer noch eine schöne und begehrenswerte Frau, nach der sich die Männer umdrehten. Besonders dann, wenn sie ihren Lederanzug trug. „Wir müssen gleich zu König Norderstedt. Er wird Goldfuß mit der Kaiserin gemeinsam empfangen wollen", sagte sie.

Krok nickte nur. Seine Versuche von dem verschlagenen Adeligen wegzukommen waren alle fruchtlos geblieben. Zuerst wollten sie nach der Schlacht damals ihrer Wege ziehen, dann nach ein oder zwei Jahren als Leibwächter des Königs, schließlich hatten sie sich dazu entschieden dem Adeligen treu zu bleiben. Sie lebten im Königspalast, bekamen genug Sold und Zara die beste Erziehung und Bildung, die man sich nur für sein Kind wünschen konnte. So hatten sie sich mit ihrem Dienst und Leben am Rande der vornehmen Gesellschaft arrangiert, was Krok erheblich mehr Überwindung gekostet hatte als Züleyha. Es ist so, wie es ist. Er seufzte auf und zeigte auf den Zug Zwerge. „Dort an der Spitze, der mit dem goldenen Helm, das ist König Goldfuß."

„Ich sehe ihn." Zara machte ein nachdenkliches Gesicht. „Wird an ihn auch einmal in der Heldenhalle erinnert werden?".

„Ja, Zara", Züleyha streichelte den Kopf ihrer Tochter. „Aber viel wichtiger ist die Erinnerung in den Herzen der Menschen."

Es klopfte an der Türe. Ohne Aufforderung öffnete sie sich und das Kindermädchen trat ein.

„Mir müssen los, Schatz." Züleyha küsste ihre Tochter auf den Scheitel. „Schau dir mit Emilia ruhig noch den Einzug der Zwerge an. Aber sei nachher brav und geh ins Bett, wenn sie es verlangt."

„Ja, Mama." Das Mädchen drückte sie.

Krok setzte sie wieder auf den Boden. „Nur das übliche Prozedere, Emilia. Zwei Geschichten und ein Glas Milch."

„Ja, Herr." Emilia ging zu dem Kind und nahm sie auf den Arm.

„Wie oft habe ich dir schon gesagt, dass du mich nicht Herr nennen musst. Ich bin kein verschissener Adeliger."

Züleyha räusperte sich tadelnd. „Wir müssen los, wenn wir nicht zu spät kommen wollen. Bis später, Emilia."

Sie gingen in einen Nebenraum, in dem ihre Waffen lagerten. Züleyha schnallte sich einen Säbel um und ihren Gurt mit den Wurfmessern. Krok griff nach dem Kurzschwert, welches er seit Jahren behielt.

„Hoffentlich bleibt es friedlich. Ich will früh ins Bett." Er kratzte sich den Metallarm.

„Gehe ich recht in der Annahme, dass du dich nicht zum Schlafen niederlegen willst?"

Er klopfte ihr auf den Hintern. „Rat mal."

„Lieber nicht, sonst willst du mich hinter dem nächsten Vorhang im Thronsaal vögeln."

„Die Idee finde ich gut."

Züleyha warf ihm einen gespielt vorwurfsvollen Blick zu und ging voraus. „Komm mit, sonst sind wir gleich wirklich zu spät."

Im Thronsaal hatten sie sich hinter König Norderstedt und der Kaiserin postiert und hielten alle Gäste im Auge. Gerade marschierte König Goldfuß mit den Clanführern Schildbuckel und Eisenhand ein.

Der Herold erhob die Stimme. „Die Kaiserin des Großreiches Dharan begrüßt den König Goldfuß nebst Gefolge."

Vornehmer Beifall brandete auf, als die Zwerge vor dem Thron der Kaiserin stehen blieben und sich leicht verbeugten.

„Ich grüße dich, König Goldfuß. Der Einzug deiner Männer war ein Spektakel, wie ich beobachten konnte."

„Meine Ehrenrotten sind die Eliteeinheiten meines Reiches. Ich möchte für den freundlichen Empfang bedanken, den mir dein Volk bereitet hat." Der Zwergenkönig verbeugte sich noch einmal knapp und grinste dann. „Wie ich sehe sind viele alte Bekannte hier. Botschafterin Feuersturm, du bist um keinen Tag gealtert seit damals."

„Wie ich sehe, können Zwerge nicht nur kämpfen, sondern auch außerordentlich nette Komplimente machen." Atriba Feuersturm schob die Hände in ihre weiten Ärmel und zwinkerte dem Zwerg zu.

Ein sanftes Lachen ging durch den Saal, der mit den Würdenträgern des Großreiches Dharan gefüllt war.

Die Kaiserin erhob sich und ging auf den Zwerg zu. „Ich freue mich, dich und deine Krieger hier zu haben. Ich hoffe, deine Reise war gut."

„Ja, sie war außerordentlich ruhig und friedlich. Ich habe einige Fässer Zwergenbrand mitgebracht, damit die richtige

Stimmung aufkommt. Euren Branntwein geben wir ja unseren Säuglingen, um die Muttermilch zu würzen."

Krok konnte sich ein Grinsen nicht verkneifen. Ja, die Zwerge hatten ihnen damals den Arsch gerettet. Und seit man mit ihnen Handel trieb, waren die Bände zwischen den Völkern enger geworden.

Er wurde von Norderstedt aus seinen Gedanken gerissen, als dieser sich erhob und zu einer kurzen Rede ansetzte. Leise stöhnte er auf und hoffte auf ein schnelles Ende des Wortschwalls.

Skiril

Der Liktor lieferte seinen Gefangenen in Ketten beim Kerkerwächter ab.

„Name?", fragte der Wächter gelangweilt an seinem Tisch.

„Uliniud der Rote", antwortet Skiril genauso gelangweilt, da Uliniud nicht antwortete.

„Vergehen?" Der pockennarbige Wächter bohrte in der Nase und förderte einen beachtlichen Brocken trockenen Rotzes hervor.

„Gesucht per Haftbefehl, Magieverbrechen in Verbindung mit Glücksspielbetrug. Der Haftbefehl wurde durch den König legitimiert."

Sein Gegenüber grunzte und schrieb mit ungeschickten Buchstaben die Angaben des Gesetzeshüters nieder. „Er soll in Zelle fünf, dort kann er mit seinen magischen Spielchen nichts anrichten. Sie ist magiesicher." Er schrieb auf einen anderen Zettel etwas und siegelte mit dunklem Wachs. „Hier, deine Bestätigung, dass du ihn abgeliefert hast."

Der Liktor steckte die Einlieferungsquittung ein und gab dem Rothaarigen einen Schubs. „Hier bist du in deinem neuen Heim. Viel Freude mit den Ratten." Er drehte sich um und ging aus dem stinkenden Kerker. Der Geruch von alter

Pisse war allgegenwärtig und er war froh, als er den Ausgang hinter sich gebracht hatte. Halbwegs frische Luft füllte seine Lungen. Sein Hund lag auf dem Pflaster und wartete auf ihn. Der Hund ging nie mit in den Kerker. „Na komm, gehen wir zur Wache und schauen, ob noch etwas anliegt."

Freudig sprang das Tier auf und strich um seine Beine.

„Ja ja, du bekommst später ein Bier als Belohnung. Jetzt müssen wir aber erst zum Centurio und Bericht erstatten."

„Und die anderen Gesellen hast du laufen lassen?" Der Centurio schaute streng zu Skiril.

„Ja, ohne ihn sind sie harmlos. Außerdem lag gegen sie kein Haftbefehl vor, Herr."

Der Offizier atmete tief durch. „Deinen eigenen Kopf werde ich dir wohl nicht mehr austreiben, bis ich in Ruhestand bin, Optio?"

Skiril erlaubte sich ein Grinsen. „Nein, Centurio. Draußen auf der Straße geht es nicht nach den Vorschriften."

„Höre auf mich zu belehren, Skiril. Ich weiß, dass du ein guter Kämpfer bist. Und bin ich dir äußerst dankbar, dass du diesmal kein Blutbad angerichtet hast. Aber halte mich nicht für einen senilen Trottel." Die buschigen Augenbrauen des Centurios zogen sich zusammen. „Vor allem dann nicht, wenn ich dich als meinen Nachfolger vorzuschlagen gedenke." Der ältere Mann verzog das Gesicht

Skiril sog die Luft scharf zwischen den Zähnen ein. „Meinst du das ernst?"

„Leider ja. Du bist der Einzige in dem Haufen, der genug Grips hat und die Erfahrung, um dem Posten gerecht zu werden. Trilis ist zu jung, Pokar würde ich jederzeit bei einer Schlägerei an meiner Seite wissen wollen, aber nicht als zukünftigen Centurio empfehlen. Und Dolori fehlt als Frau die Akzeptanz. Sie kann froh sein, dass sie überhaupt zum

Liktor ernannt wurde. Außerdem haben sie alle nicht das notwendige Dienstalter."

Skiril wusste nicht, ob er sich freuen sollte über die Absicht des Centurios. Der neue Posten würde bedeuten, weniger an der Front unterwegs sein zu können. Auf der anderen Seite hätte er mehr Verantwortung und einen besseren Sold zu erwarten. „Ich danke dir für dein Vertrauen", sagte er schließlich.

Der Centurio winkte ab. „Da nicht für. Ich glaube nicht, dass ich dir mit dem Posten einen Gefallen tue. Vielleicht will ich mich nur für den ganzen Ärger rächen, den du mir beschert hast." Er zwinkerte dem jüngeren Mann zu und wandte sich wieder seinen Unterlagen zu und schien vollkommen in die Korrespondenzen zu versinken.

Ohne auf die Erlaubnis zum Entfernen zu warten, verließ er das Zimmer des Centurios.

Im Raum der Wache waren Dolori und Trilis dabei ihre Waffen zu ölen.

„Nanu? Schon fertig mit dem Alten? Hat er dir diesmal keinen Verweis erteilt?" Dolori sah nicht von ihrer Arbeit auf.

Skiril setzte sich zu den beiden anderen Liktoren und schenkte sich aus dem Weinkrug ein, der auf dem Tisch stand. „Prost!", beschied er und stürzte seinen Becher herunter.

„Was ist los? Hat es was zwischen euch gegeben?" Dolori sah ihn über die Klinge hinweg an und erwartete eine Antwort.

„Kann man so sagen. Er will mich als seinen Nachfolger vorschlagen." Er goss sich noch etwas Wein ein, trank aber nicht.

„Dann können wir dir ja gratulieren", freute sich Trilis und klopfte mit der flachen Hand auf der Schulter. „Sollen wir später einen heben gehen und etwas feiern?"

Skiril schüttelte den Kopf. „Danke, aber nein. Ich habe heute schon etwas anderes geplant."

„Er muss zu seiner Stammhure", stichelte Dolori.

Skiril ignorierte seine hochnäsige Kameradin geflissentlich. Zum Glück arbeiteten sie, als Gesetzeshüter, zumeist selbstständig. „Ich werde mich später betrinken und dann ein wenig Vergnügen suchen."

„Ich sag doch, du gehst du deiner Hure."

„Lass es gut sein, Dolori, ich habe heute keine Lust mit dir zu streiten."

„Das hattest du nie. Weder streiten noch reden." Dolori hatte noch nicht verwunden, dass ihre kurze, aber heftige Affäre in die Brüche gegangen war. Sie hatte ihn anbinden wollen, was unweigerlich einen Fluchtinstinkt in ihm ausgelöst hatte. Die leichten Frauen, bei denen er bezahlte und nach einer Nacht wieder gehen konnte, waren da unkomplizierter und einfacher für ihn.

„Ich muss später mit der Stadtwache noch auf Patrouille, vielleicht sehen wir uns doch danach." Trilis steckte seinen Dolch weg. Er war Anfang zwanzig und für sein Alter bereits ein guter Liktor. Auch wenn er naiv und jugendlich wirkte, durfte man ihn nicht unterschätzen. Er war tödlich wie eine Natter, der man auf den Schwanz getreten hatte.

Dolori stammte aus einer verarmten Adelsfamilie und war über den guten Kontakt ihres Onkels zu den Liktoren gekommen. Sie war vier Jahre jünger als Skiril und längst in dem Alter, in dem eine Frau an Kinder und Familie hätte denken können. Allerdings lag ihr der Kampf mit dem Schwert erheblich mehr als Kochen und Wickeln. Skiril mochte sie und hätte die Affäre auch weiter fortgesetzt, wenn Dolori nicht irgendwann angefangen hätte, doch von Kindern und einer Familie zu sprechen. Trotz seiner aufrichtigen Gefühle zu ihr hatte er ihre Beziehung beendet.

Skiril trank seinen Becher leer und stand wieder auf. „Ich breche dann auf. Einen schönen Abenddienst wünsche ich." Er ließ sie sitzen und entfernte sich. Sein Hund folgte ihm ohne Aufforderung. Seit zehn Jahren war er sein treuester Kamerad. Kurz nach dem Krieg waren die Liktoren gegründet worden. Viele ehemalige Soldaten waren, wie er, zu den Gesetzeshütern gewechselt. Zweiunddreißig war er und stand nun vor der Beförderung zum Centurio. Viel mehr war nicht zu erwarten mit seiner Herkunft. Jetzt wollte er ein wenig feiern. Unwillkürlich musste er beim Gedanken an seine Lieblingshure lächeln.

Norderstedt

Die Feierlichkeiten begannen fulminant mit einem Fackelmarsch im Morgengrauen, an dem alle lebenden Helden teilnahmen. Begleitet wurden sie von den Zwergenrotten und kaiserlichen Ehrengarde.

Das Volk jubelte ihnen frenetisch zu, auch wenn einige Hauptpersonen fehlten. Trotz aller Anstrengungen ihn zu finden war der ehemalige Blutlord Gadah nicht zugegen, obwohl ihm eine der Hauptrollen bei dem Triumphzug zugestanden hätte. Er war damals an der Spitze der vereinten Streitkräfte zum Sieg marschiert. Trotz der Kundschafter, die Norderstedt ausgesandt hatte, war er nicht aufzutreiben gewesen.

Auch die Toten fehlten. Allen voran der Zwerg Holderar und Centurio Hunerik, die ihr Leben gegeben hatten und die Geheimwaffe der Zaubervölker im Zentrum der Hauptstadt gezündet hatten. Ihrem Opfer war es zu verdanken, dass nicht mehr Männer gestorben waren. Und Thom, der sein Leben gegeben hatte, um den Todesfürsten mit in das Seelenreich zu nehmen. In der Ehrenhalle erinnerte man sich ihrer.

Nach der großen Schlacht hatte man die ehemalige Nekropole zur neuen Hauptstadt ausgerufen. Die Kaiserin war in den Norden zurückgekehrt und herrschte von dort über das gesamte Reich. Bürger, Händler und Handwerker hatten sich in der ehemaligen Nekropole angesiedelt und gingen hier ihrer Arbeit nach. Ihr Land hatte große Opfer bringen müssen, aber jetzt war das Leben in Freiheit der Lohn dieser Opfer. Es war ein friedliches Leben geworden in den vergangenen Jahren. Die ehemals verfeindeten Völkergruppen wuchsen zusammen. Auch die Zwerge waren ein Teil dieser neuen Gemeinschaft geworden. Einige ihrer Händler und Handwerker hatten sich in den Städten der Menschen niedergelassen und sorgten so für einen regen Austausch der unterschiedlichen Kulturen. Neben dem Zwergenstahl war der berühmte Schnaps des kleinen Volkes das beliebteste Handelsgut. Einige Zwerge hatten sogar eigene Kneipen eröffnet, um direkt an den Endverbraucher zu verkaufen. Im Gegenzug war es den menschlichen Händlern gestattet, mit entsprechenden Handelslizenzen, in die Stollen der Zwerge zu reisen und dort ihre Waren feilzubieten. Insgesamt waren beide Seiten zufrieden und mit dem wachsenden Wohlstand der Völker verblasste der Schrecken des letzten Krieges.

Neuer Jubel brandete auf und die Menschen an den Straßenrändern der ehemaligen Nekropole klatschten Beifall und warfen Blumen in Richtung des Triumphzuges.

„Man könnte fast größenwahnsinnig werden, wenn man das Spektakel hier betrachtet." Goldfuß war neben ihm und winkte in die Menge.

„Ja, es erinnert an die alten Zeiten." Norderstedt hob ebenfalls den Arm und grüßte das Volk.

„Ein Hoch auf die alten Helden!", rief jemand in der Menge, „Sie leben hoch"!

„Sie leben hoch!", stimmte die Menge ein.

„Fast scheint es so, als ob wir die Schlacht gestern geschlagen hätten." Goldfuß sprach etwas leiser, während er weiter winkte. „Ich muss dringend mit dir sprechen, ohne Augen- und Ohrenzeugen." Der Zwergenkönig wirkte ernsthaft besorgt.

Norderstedt wusste, dass Goldfuß niemals ohne Grund eine solche Bitte geäußert hätte und obwohl die Neugier in ihm brannte, überlegte er, an welchem Ort er ungestört reden könnte. „Übermorgen werden wir gemeinsam auf die Jagd gehen. Abseits der anderen Teilnehmer wird uns niemand belauschen. Alle werden sich auf die Jagd konzentrieren."

„Einverstanden." Goldfuß schien zufrieden.

Sie schritten weiter durch die Straßen und ließen sich nichts anmerken. Freundlich grüßten sie das Volk und vereinzelte Würdenträger der Stadt.

„Wie ernst ist es denn?" Norderstedts Neugier trieb ihn zu der Frage.

„Das kann ich dir noch nicht eröffnen. Ich..." Der Satz des Zwergenkönigs ging in einem Gurgeln unter und Goldfuß brach zusammen, fasste sich an den Hals, aus dem ein Armbrustbolzen ragte.

Norderstedt riss erschrocken die Augen auf, unfähig zu reagieren.

Schneller als er war die Rotte des Zwergenkönigs. Mit erhobenen Schilden bildeten sie einen Kreis, um ihren Herrscher vor einem erneuten Angriff zu schützen.

Jetzt begriff auch die Menge, dass etwas passiert war. Einige schrien auf. Panik machte sich breit und sorgte dafür, dass ein Rempeln und Schubsen einsetzte. Ein Teil der Menschen wollte näher an den Kreis der Zwerge heran, um zu sehen, was geschehen war, der weniger mutige Teil des Volkes wollte flüchten.

Krok erschien neben Norderstedt. „Herr, du musst dich in Sicherheit bringen, bis klar ist, was passiert ist." Ohne auf den Protest des Königs zu achten, zog ihn sein Leibwächter in Sicherheit, während Züleyha ihre Flucht absicherte.

Skiril

Das laute Klopfen an der Türe riss ihn aus einem süßen Mittagsschlummer. Sein Kopf war schwer vom Rotwein und neben ihm lag die dunkelhaarige Hure, zu der er so gerne ging. Eines ihrer Beine lag über seinem Körper und sie gab ein leises Schnarchen von sich. Skiril atmete tief ein und roch den Duft ihres Haares, ihren frischen Schweiß, den Geruch von Geschlechtsverkehr, der im Raum lag. Er schloss wieder die Augen.

Es klopfte erneut. Lauter! Fordernder!

„Wer ist denn da?" Seine Zunge war schwer vom Wein und seine Sinne noch dumpf von der vergangenen Nacht. Schwere Müdigkeit lauerte hinter seinen Augen und wollte ihm die Lider wieder zudrücken.

„Ein Bote aus dem Palast des Königs. Ich habe eine Botschaft für dich, Liktor."

Sofort war Skiril hellwach. „Eine Botschaft aus dem Palast von König Norderstedt? Schieb sie unter der Türe durch, ich werde sie später lesen."

„Nicht später, Herr. Deine Anwesenheit ist sofort erwünscht."

Unverschämter Kerl. „Warte, ich zieh mir etwas über."

Stiefel scharrten ungeduldig vor der Türe.

„Was denn los?" Schlaftrunken räkelte sich die Hure im Bett.

„Schlaf weiter, mein Augenstern. Ich muss weg."

„Schade, ich hatte mich auf ein paar zusätzliche Stunden gefreut mit dir. Von meinen Besuchern bist du mir der

Liebste." Ehrliches Bedauern stand im Gesicht der Frau. Fast hätte Skiril ihr geglaubt.

Er schwang seine gedrungene Gestalt aus dem breiten Bett und ging an den kleinen Waschtisch, über dem ein Spiegel hing. Sein Gesicht zeigte erste Falten an den Augen und dunkle Ränder von dem Schlafentzug. Dunkle Bartstoppeln beschatteten seine Wangen.

Es klopfte abermals an der Türe. „Herr, wie weit bist du?" Die Stimme klang flehentlich.

Für eine Rasur würde keine Zeit bleiben. „Hör mit dem Drängeln auf, sonst lege ich mich wieder ins Bett und zieh mir die Decke über den Kopf. Wenn du etwas Sinnvolles tun willst, geh runter und bestell mir ein Frühstück, dann geht es schneller."

Es dauerte einen Augenblick, bis er Schritte hörte, die sich entfernten. Anscheinend hatte der Bote mit sich gerungen, ob er nochmal zur Eile drängen sollte, hatte sich dann aber anders entschieden. Schnell wusch sich Skiril mit dem bereitgestellten Wasser das Gesicht, unter den Armen und zwischen den Beinen. Das musste reichen. Jetzt trieb ihn die Neugierde an. Als er schließlich auf dem Bett saß und sich die Stiefel anzog, umarmte ihn die Hure und hauchte ihm einen Kuss aufs Ohr.

„Kommst du bald wieder?", wollte sie wissen.

„Natürlich." Er küsste ihr die Handfläche und stand auf. „Ich werde sehen, was los ist und mit Glück, werden wir heute Abend wieder zusammen liegen können." Ohne auf eine Antwort zu warten drehte er sich um und öffnete die Türe. Irgendeine leise Stimme flüsterte ihm zu, dass es nicht zu einem Beisammensein am Abend kommen würde.

Im Erdgeschoss des Bordells gab es eine Schenke in der am Abend der Alkohol in Strömen floss. Morgens wurde den

Übernachtungsgästen ein Frühstück kredenzt, was im Preis inbegriffen war. Skiril nahm seinen Stammplatz ein. Ihm gegenüber am Tisch saß der Bote. Ein großer schlanker Mann, der in der Gardeuniform der Palastwache gekleidet war. Sein Hund schlummerte vor dem warmen Feuer, hielt aber ein Auge offen um die Umgebung beobachten zu können.

„Herr, wir müssen uns beeilen. Du wirst...“

Skiril hob die Hand und brachte so den Mann zum Schweigen. „Ohne, dass ich was zwischen die Zähne bekommen habe, wirst du mich nicht aus diesem Haus bringen. Und wenn der König persönlich nach mir verlangt.“

Der Bote beugte sich vertrauensvoll nach vorne. „Genau das ist der Fall, Liktor.“

Skiril hätte sich beinahe an seinen gebratenen Eiern verschluckt und konnte mühsam einen Hustenreiz unterdrücken. „Soll das ein Scherz sein?“

Nervös zuckten die Augen des Boten hin und her, um sich zu vergewissern, dass sich niemand in Hörweite befand. Dann beugte er sich wieder nach vorne. „Nein, Herr. Ich bin von König Norderstedt zu dir geschickt worden.“

„Was ist denn vorgefallen?“, wollte der Liktor wissen und spülte einen Bissen Ei mit dem starken Tee herunter.

„Das kann ich dir nicht sagen. Ich weiß nur, dass dich der König persönlich sehen will.“

Skirils Gedanken kreisten. Ihm war schlagartig der Appetit vergangen, trotzdem aß er weiter.

„Herr, ich bitte dich. Lass uns aufbrechen.“ Der Mann machte Anstalten aufzustehen und der Liktor legte die Gabel weg.

„Gut. Gehen wir, bevor du deinen schwachen Nerven erliegst.“ Skiril stand auf und pfiff leise. Sein Hund stand auf und trottete zu ihm herüber.

„Willst du dieses Vieh in den Palast mitnehmen?“

Ein leises Knurren des Hundes war die Antwort. Weitere Fragen in die Richtung gab es keine.

„Nimm dir die restlichen Eier", bot der Gesetzeshüter dem Hund an, der sich prompt über die Reste auf dem Teller hermachte.

„Ein Bier gibt es aber nicht. Der König will uns mit Sicherheit nüchtern sprechen."

Krok

Züleyha hatte Posten vor dem Zimmer des Zwergenkönigs bezogen. Drinnen waren Männer der Zwergenrotten postiert, um Goldfuß zu bewachen. Ebenfalls standen Zwergenwachen in den Gängen.

„Ist alles ruhig?" Krok sprach so leise, dass nur Züleyha ihn hören konnte.

„Nein, ihr Heiler ist seit Stunden bei ihm. Ab und an geht und kommt jemand. Norderstedts Heiler ist auch drinnen.

Krok rieb unbewusst seinen Metallarm. Der Mann hatte ihm damals das Leben gerettet. „Hoffen wir, dass er überlebt. Es wäre ein unwürdiges Ende für ihn."

„Die Feierlichkeiten gehen weiter. Die Bevölkerung hat sich beruhigt und strömt zu den Feierplätzen, um sich dort von den Vorstellungen unterhalten zu lassen. Aber das Attentat ist das erste Gesprächsthema. Es ist eine schlimme Sache."

„Nicht nur das. Norderstedt und die Kaiserin haben sich zurückgezogen. Das Attentat kann einen ganzen Rattenschwanz an Scheiße hinter sich herziehen." Er hatte das Bedürfnis sich einen Bissen Kautabak in den Mund zu schieben, unterdrückte es aber. Er konnte seinen Priem ja nicht in die Gänge der Festung spucken und an Spucknäpfen mangelte es. „Ich muss zum König. Er will, dass ich bei dem Treffen mit dem Liktor dabei bin."

„Glaubst du, der Gesetzeshüter kann uns weiterhelfen?"
In Züleyhas Gesicht standen Zweifel.

Krok zuckte nur mit den Schultern. „Ich denke, dass die
Garde der Liktoren durchaus die richtige Wahl ist, um das
Attentat aufzuklären."

Marak erschien im Gang und winkte ihm zu.

„Ich muss los. Pass gut auf dich auf." Krok küsste sie auf
die Stirn.

„Mach dir keine Sorgen, ich bin nicht alleine. Außerdem
glaube ich kaum, dass im Königspalast ein weiteres Attentat
versucht wird."

Krok machte ein säuerliches Gesicht. „Pass trotzdem auf
dich auf. Und riskiere nicht dein Leben für den Zwerg. Dafür
sind seine Männer da."

„Keine Angst. Jetzt geh zu Norderstedt."

Der Liktor war ein mittelgroßer, stämmiger Mann mit
braunen Haaren und klugen Augen. Vor dem König und der
Kaiserin beugte er das Knie und wartete auf das Zeichen, sich
zu erheben. Der Mann zeigte Respekt, aber keine Angst. Krok
mochte den Liktor vom ersten Augenblick an. Kleine Falten
um die Augen zeugten von einem häufigen Lachen und die
kräftigen Arme unter dem Gewand von einer regelmäßigen
körperlichen Ertüchtigung. Dabei hatte er einen sanften und
gutmütigen Gesichtsausdruck.

„Vielen Dank, dass du so schnell gekommen bist, Liktor
Skiril", begrüßte König Norderstedt den Gesetzeshüter.

„Der Bote hat mir keine andere Wahl gelassen, Herr. Die
Hure in meinem Bett wäre noch willig gewesen und von
meinem Frühstück hat der Hund mitgegessen, damit es
schneller ging."

Norderstedt zuckte mit einer Augenbraue und Krok musste sich das Grinsen verkneifen.

„Liktor, ich bin nicht gewillt dummen Witzen zu lauschen, während einer unserer Gäste mit dem Tode ringt. Dein Centurio hat dich als den besten Mann angekündigt, den er hat. Also denk daran, dass du hier nicht in irgendeinem Bordell bist, sondern im Königspalast."

Skiril hielt dem Blick des Königs so lange stand, dass er sich an der Grenze zur Unverschämtheit bewegte, senkte dann aber den Blick. „Verzeiht, Herr. Anscheinend habe ich mich vergessen."

Krok sah das Lächeln um die Augen des Mannes, welches seine Worte ins Lächerliche zogen.

Norderstedt übersah es oder wollte es nicht sehen. „Kommen wir zum Grund deines Besuchs: Du weißt vermutlich, dass es ein Attentat gab."

„Nein, Herr."

„Heute Morgen wurde auf den Zwergenkönig Goldfuß ein Anschlag verübt."

„Donnerwetter!" Leise pfiff der Liktor durch seine Zähne, was ihm wieder einen missbilligenden Blick des Königs einbrachte.

„So kann man es formulieren. Er wurde während des Triumphmarsches von einem Armbrustbolzen in den Hals getroffen."

„Wie weit war der Schütze entfernt?", fragte Skiril.

Der König zögerte. „Das wissen wir nicht."

„Wir setzen unsere Hoffnung in deine Fähigkeiten und dein Können", mischte sich die Kaiserin ein.

Krok kam dieses Gerede bekannt vor und fühlte sich an seine Anfangszeit mit Norderstedt erinnert, als dieser kein König war. Schmeicheleien waren bei den Machthabern durchaus das Mittel der Wahl um andere Personen für sich zu vereinnahmen und für ihre Ziele einzuspannen. Allerdings schien der Liktor nicht empfänglich für diese Schmeicheleien zu sein.

„Herrin, was wird von mir erwartet?"

„Finde heraus, wer für den Mordanschlag verantwortlich ist. Du bekommst jede Hilfe, die du benötigst." Die Kaiserin sah den Liktor an.

„Nun ja, es ist meine Pflicht, den Schuldigen zur Strecke zu bringen, aber erlaubt mir eine Frage."

Die Kaiserin nickte.

„Um die Umstände gänzlich aufzuklären, wird es notwendig sein, auch mit den Zwergen zusammen zu kommen. Bei ihnen werde ich Schwierigkeiten haben, die Ermittlungen durchzuführen. Wie soll ich dort Antworten auf meine Fragen erhalten?"

Ein Lächeln umspielte den Mund der Kaiserin. „Ich sehe, wir haben den richtigen Mann gefunden. Deine Frage zeugt von Weitsicht." Sie gab einem Diener ein Zeichen. Der Diener verschwand hinter einem Vorhang und kam und mit einem Zwerg wieder herein.

„Rottenführer Lidokar, tritt näher."

König Norderstedt wandte sich wieder an Skiril. „Liktor, wir haben uns die gleiche Frage gestellt und sind zu dem Schluss gekommen, dass wir dir einen Gefährten zur Seite stellen."

Und schon zappelt er im Netz der Spinne, dachte Krok.

„Für die Zeit der Untersuchung wird der Rottenführer Lidokar mit den Befugnissen eines Liktors betraut und die Untersuchungen mit dir führen", fuhr Norderstedt fort. „Er ist hierbei gleichberechtigt und wir erwarten, dass ihr schnelle Ergebnisse vorbringt." Der König zog zwei gerollte und gesiegelte Schreiben hervor. „Dies sichert euch vollkommene Rückendeckung der Kaiserin. Ihr habt das

Recht in ihrem Namen zu handeln und Helfer, Mittel und Geld in dem Maß zu benutzen, wie es für die Sache förderlich scheint. Gibt es hierzu Fragen?"

„Wie sollen wir Kontakt aufnehmen, wenn wir etwas herausgefunden haben?", wollte Skiril wissen.

Eine schlanke, rothaarige Frau trat hinter der Kaiserin hervor. „Hier ist ein Kommunikationsstein. Mit ihm könnt ihr jederzeit Kontakt zu mir aufnehmen. Ich werde diejenige sein, der ihr Bericht erstatten werdet. Mein Name ist Atriba Feuersturm. Die erste Botschafterin der Kaiserin. Mit allen weiteren Fragen könnt ihr euch an mich wenden." Sie gab dem Zwerg einen Sack, in dem der Kommunikationsstein war. Bevor sie sich wieder abwandte, sah sie Skiril an. „Liktor, wenn du den Stein benutzen willst, musst du dein Amulett ablegen."

Skiril nickte knapp.

„Und jetzt lasst mich euch ein gutes Gelingen wünschen. Ich freue mich, dass zwei so fähige Männer ihre Kräfte bündeln werden und in den Dienst des Friedens stellen." Norderstedt klatschte in die Hände und zwei Wachen betraten den Saal. „Die Männer werden euch wieder aus dem Palast herausführen. Ich muss nicht erwähnen, dass wir unser vollstes Vertrauen in euch setzen. Die Kaiserin und ich müssen nun zurück zu den Feierlichkeiten, damit das Volk nicht unruhig wird." Mit diesen Worten wandte er und die Kaiserin sich ab.

Krok und Atriba folgten ihnen.

Skiril

„Schöne Scheiße", bemerkte der Zwerg, vor den Palasttoren. Es war das Erste, was er gesagt hatte.

„Das kannst du laut sagen", stimmte Skiril ihm zu. „Hier habt ihr einen Brief der Kaiserin, einen Stein und sucht den Mörder." Er pfiff und der Hund kam ruhig angetrottet.

„Ich hoffe, dieses laufende Gebiss gehört zu dir." Lidokar wich einen Schritt zurück.

„Ja, keine Angst."

„Ich habe keine Angst, aber das Vieh stinkt bis hierhin nach Bier, wie es eine ganze Rotte nicht könnte."

„Bier ist sein Lieblingsgetränk." Skiril stand da und tätschelte dem Tier den Kopf.

„Bier wäre jetzt gut. Als die Ehrenrotte dazu auserwählt wurde, den König zu begleiten, habe ich mich schon darauf gefreut, mich zehn Tage betrinken zu können."

„Da bist du nicht der Einzige. Heute ist eigentlich mein freier Tag."

„Schöne Scheiße", bemerkte der Zwerg erneut. „Wie heißt dein Hund?"

„Er hat keinen Namen. Meistens verstehen wir uns so oder ich pfeife."

„Sehr einfallsreich."

Skiril betrachtete den Zwerg. Dichte schwarze Haare und ein ebensolcher Bart umrahmten sein Gesicht. Im linken Ohr trug er einen goldenen Ohrring. Seinen Helm trug er am Gürtel, darunter ein Kettenhemd. Dicke braune Stiefel und eine schwarze Hose vervollständigten das Bild.

„Genug gesehen?" Der Zwerg steckte das Schreiben der Kaiserin weg.

„Ich bewunderte dein Auftreten vor unserem König und der Kaiserin."

„Das sagt der Richtige. Du riechst zehn Schritte gegen den Wind nach dem herrlichsten Hurenhaus."

Skiril steckte ebenfalls sein Schreiben weg. „Lassen wir das. Zeig mir lieber, wo der Anschlag auf deinen König passiert ist. Wir sollten dort anfangen mit den Ermittlungen. Oder hast du einen anderen Vorschlag?"

„Nein, komm mit. Ich glaube, auf dem Weg liegt eine Zwergenschenke mit einem guten Zwergenbrand."

Zwei Krüge Bier und einen Zwergenbrand später standen sie an der Stelle, an der König Goldfuß zu Boden gegangen war.

„Genau hier ist es passiert. Goldfuß wurde getroffen und gleich drauf war die Rotte zur Stelle, um unseren Herrscher zu schützen."

Ein paar Blutflecke waren auf den Pflastersteinen zu sehen. Skiril kniete sich nieder und fuhr darüber. Es war bereits angetrocknet und in weiten Teilen von den Stiefeln verwischt. „Von wo kam der Bolzen?"

Lidokar dachte nach, zuckte dann aber mit den Schultern. „Keine Ahnung. Er ging zu Boden und hatte den Bolzen im Hals."

„Stell dich mal an die Stelle, an der er zu Boden gegangen ist."

Der Zwerg nahm Aufstellung.

„Und jetzt zeig mir, wo der Bolzen deinen König getroffen hat."

„Ungefähr hier." Lidokar zeigte auf die Stelle an seinem Hals. Schnell hatte er begriffen, worauf der Liktor hinaus wollte. „Der Bolzen ragte so aus seinem Hals."

Skiril stand auf und stellte sich neben den Zwerg. „Das bedeutet, dass der Bolzen von dort oben abgeschossen worden sein muss." Er zeigte auf ein Gebäude.

„Was habt ihr getan, nachdem Goldfuß zu Boden gegangen war?"

„Wir haben ihn abgeschirmt und ein paar Männer sind ausgeschwärmt und haben nach dem Schützen gesucht."

„Ohne Erfolg", murmelte Skiril.

„Und jetzt?" Der Zwerg schaute in die Runde. Einige der Passanten waren stehen geblieben und schauten dem ungewöhnlichen Gespann mit unverhohlener Neugier zu.

„Wir sehen zu, dass wir erst einmal verschwinden und sehen uns später das Haus aus der Nähe an. In der Zwischenzeit kannst du mir ein Bier ausgeben."

„Dem Hund auch?"

Der grauhaarige Vierbeiner hob erwartungsvoll den Kopf.

„Ja, ihm auch. Er gehört dazu. Außerdem verträgt der mehr, als jeder andere Hund den ich kenne."

„Ich kenne gar keine Alkoholikerhunde."

„Da kannst du mal sehen, wie wenig ihr in euren Stollen mitbekommt."

Als die Kaiserin ihre Rede vor dem Palast hielt, war es in den Straßen der Stadt weitestgehend leer. Kaum jemand wollte sich die Ansprache der Herrscherin entgehen lassen. Nur vereinzelte Betrunkene wankten ziellos um die Häuser.

„Was, wenn die Bewohner zu Hause sind?"

„Dann zücke ich mein Abzeichen und wir haben ungehinderten Zugang. Wir dürfen Häuser durchsuchen" Skiril gab dem Hund ein Zeichen und dieser legte sich vor dem Eingang nieder. „Pass auf, dass niemand hier herauskommt." Dann klopfte er an die hölzerne Tür.

Nichts tat sich.

„Niemand zu Hause", bemerkte Lidokar.

„Abwarten. Oder die Bewohner stellen sich tot."

„Wir könnten die Türe einschlagen."

„Typisch Zwerg. Immer mit dem Kopf durch die Wand."

„Tür!"

„Halt die Klappe, ich glaube, ich höre Schritte." Skiril klopfte nochmal. „Aufmachen! Hier ist Liktor Skiril."

Ein Klirren von Glas. Dann sich schnell entfernende Schritte.

„Da haut einer ab." Der Zwerg machte Anstalten hinterherzulaufen, aber Skiril hielt ihn zurück.

„Bleib du hier, ich kenne mich besser hier aus und habe die längeren Beine." Skiril sprintete los und rannte um das Haus herum. Da die Gasse vor ihm leer war, sah er eine schwarz gekleidete Gestalt mit beträchtlichem Vorsprung vor sich her laufen.

Der Liktor zog das Tempo an und sprintete der Gestalt hinterher, die um die nächste Ecke bog und so außer Sicht geriet. Nur die Schritte waren zu hören, an denen sich Skiril orientierte. Er nahm die gleiche Abzweigung und er gelangte in eine Gasse, in denen keine Pflastersteine mehr lagen und keine Schritte mehr zu hören waren. „Scheiße", fluchte er und schnappte nach Luft. Dann rannte er weiter. Vor ihm war keine Gestalt mehr zu sehen und so rannte er mit vermindertem Tempo weiter, damit er in die dunklen Ecken schauen konnte. Irgendwo hier musste der Kerl stecken. Er war schon fast an einer dunklen Ecke vorbei, als er aus dem Augenwinkel eine Bewegung wahrnahm. Instinktiv duckte er sich und fühlte, wie etwas über seinen Kopf hinweg sauste.

Skiril warf sich zur Seite, dem Angreifer entgegen und bekam ein Knie in die Rippen. Aus seiner Lunge entwich die Luft und er keuchte auf. „Na warte", brummte er und zog seinen Morgenstern. Mit einer weiten Bewegung schlug er nach den Beinen des Angreifers und traf auf Fleisch und Knochen. Sein Kontrahent entpuppte sich als erfahrener Kämpfer, denn er versuchte nicht den Schlag zu parieren, sondern ließ sich von der Wucht des Aufpralls mittragen. So vermied er ernsthafte Verletzungen, auch wenn er zu Boden geschleudert wurde. Skiril setzte nach und rammte seinen Schädel in den Magen seines Gegners. Diesmal hatte sein

Kontrahent nichts entgegenzusetzen. Er prallte gegen die Hauswand und blieb benommen stehen. Schnell war der Liktor bei ihm und hämmerte ihm seine Faust ins Gesicht. Die Kapuze des Getroffenen dämpfte die Schläge kaum. Einmal, zweimal. Dann knickten der Gestalt die Beine weg und sie ging zu Boden.

Skiril stemmte sich schnaufend an die Hauswand und versuchte wieder zu Atem zu kommen. Er sah auf die schmale, reglose Gestalt am Boden. „Wollen wir doch mal sehen, wen wir hier haben." Er bückte sich und zog die Kapuze vom Haupt der Gestalt.

Lange blonde Haare wurden entblößt, zarte Lippen und ein schmales Gesicht mit dem Abdruck seiner Faust kam zum Vorschein. Eine Frau!

Verwundert runzelte er die Stirn. Er kannte sie nicht. Keine Anzeichen von einer Zugehörigkeit war an ihrer Kleidung zu erkennen. Die Frau stöhnte leise auf.

„Wer du bist, werden wir später herausfinden. Jetzt sorge ich erstmal dafür, dass du mir nicht wieder ausreißt." Er holte Handschellen heraus und legte sie der Frau an, die Hände auf dem Rücken gefesselt. Dann warf er sie sich, wie eine Schweinehälfte im Schlachthof, über die Schulter und marschierte zurück zum Zwerg.

Atriba

„... und ich habe es damals gesagt und sage es immer wieder: Die Männer und Frauen, die in der Schlacht gegen die Untoten ihr Leben in die Waagschale der Freiheit geworfen haben, besitzen ein lebenslanges Recht das von mir zu fordern, was sie wünschen. Ohne sie hätten wir heute nicht unser Land."

Die Kaiserin verstummte und erntete den tosenden Applaus der Menschen, die unter dem Balkon den weitläufigen Platz ausfüllten.

Atriba schob die Hände in ihre weiten Ärmel und schweifte gedanklich ab. Sie kannte die Rede der Kaiserin. Am Abend zuvor hatten sie beisammen gesessen und über die ein oder andere Passage diskutiert. Ihr hing das Attentat auf Goldfuß nach. Wer konnte ein Interesse daran haben, den Zwergenkönig umzubringen?

Kriegskonsul Luzil stand neben ihr und beugte sich leicht zu ihr herüber. „Was lenkt dich von der Rede unserer Kaiserin ab, verehrte Botschafterin?"

„Du bist ein kluger Mann, Kriegskonsul, sonst hättest du deine Frau nicht bekommen." Atriba erlaubte sich einen schnellen Seitenblick und zwinkerte dem obersten Soldaten des Reiches zu.

„Verzeih, es war eine dumme Frage. Du denkst über das Attentat nach, wie ich."

Der Applaus ebbte langsam ab und die Kaiserin holte Luft, um fortzufahren.

Atriba rückte etwas näher an ihn heran. „Nach allem, was wir bislang wissen, war Goldfuß das Opfer eines feigen Anschlages. Aber irgendeine Ahnung sagt mir, dass mehr dahinter steckt. Wenn man einen König umbringen will, gibt man Gift in sein Essen oder rammt ihm ein Messer ins Kreuz. Heimlich und in aller Stille. Einen König in aller Öffentlichkeit umzubringen soll ein Symbol sein."

„Das klingt durchaus logisch", stimmte Luzil ihr zu. „Ich hoffe, der Liktor wird die Umstände schnell aufklären."

„Ich denke ..."

Ein Schrei unterbrach Atriba und ein Aufschrei ging durch die Menge. Hektisch rannten die Wachen an ihr vorbei, und schirmten die Gäste auf dem Balkon mit ihren Schilden ab.

Der Botschafterin blieb vor Entsetzen die Luft weg. Ein Bolzen ragte aus der Brust der Kaiserin und mit gebrochenem Blick starrte sie gen Himmel.

Krok

Der ehemalige Gladiator begleitete den Leibarzt Norderstedts zum Lager des verletzten Zwergenkönigs. Hosurios, der ihm das Leben gerettet hatte, war gerufen worden und sollte sich um Goldfuß zu kümmern.

„Macht dir der Stumpf noch Probleme?", fragte ihn der Arzt, während sie durch die langen Gänge der unteren Etage des Palastes gingen. Hier erhellten nur Öllampen die Gänge. Keine Fenster waren in den Zimmern. Die Wache der Zwerge hatte darauf bestanden, dass ihr König den sichersten Platz im Palast bekam.

„Nein, ich habe keine Probleme mehr. Es ist fast so, als ob er nie weg war." Krok ließ den Arm rotieren und bewegte die einzelnen Finger. „Nur wenn ich meine Frau streicheln will, muss ich vorsichtig sein. Nicht, dass die Klingen herausspringen."

Sie gingen an der ersten Zwergenwache vorbei und Krok grüßte knapp, was die beiden Zwerge mit strengem Blick quittierten.

„Da läuft es einem ja kalt den Rücken runter, wenn man in ihre Gesichter blickt." Hosurios schaute sich um.

„Was erwartest du? Sie kamen mit ihrem König und wollten an den Feierlichkeiten teilnehmen. Stattdessen liegt ihr König schwer verletzt nieder und kämpft um sein Leben."

Betreten schwieg Hosurios. „Gibt es Verdächtige?"

„Ich glaube nicht. Aber das sind Dinge, die mich nichts angehen. Ich bin nur für die Sicherheit Norderstedts verantwortlich."

„Und warum bist du nicht auf dem Balkon, um ihn zu beschützen?"

„Weil er mich zum Schutz des Zwergenkönigs abgeordnet hat. Mich und Züleyha."

„Eine gute Frau."

Krok ließ den letzten Satz des Arztes so stehen, bis sie zu Goldfuß' Zimmer gekommen waren. Seine Frau hielt Wache davor. Mit aufrichtiger Freude begrüßte sie Hosurios. „Es tut gut, dich zu sehen, alter Freund."

„Gleichfalls, tapfere Kämpferin. Kann ich zu Goldfuß rein? Man erwartet mich."

„Selbstverständlich, die Zwerge erwarten dich. Hoffen wir, dass du dem König helfen kannst."

„Das hoffe ich." Der Arzt ging an Züleyha vorbei und schloss die Türe zum Flur.

Krok hatte keine Gelegenheit einen ausgiebigen Blick in das Zimmer zu werfen. Nur ein paar grimmige Zwergengesichter konnte er sehen, bevor sich die Türe wieder schloss. Er atmete hörbar ein und aus. „Bist du müde? Ich kann dich für ein paar Stunden ablösen."

Seine Frau überlegte kurz. „Ja, das wäre lieb von dir. Ich glaube, ich kann ein wenig Schlaf gebrauchen." Sie küsste ihn auf die Wange und wandte sich zum Gehen, als sich schnelle Schritte näherten.

Bevor einer von ihnen beiden etwas sagen musste, hatte Krok die Klingen an seinem Arm ausgeklappt und mit der anderen Hand den Griff seines Kurzschwertes umfasst.

Züleyha hatte ihr Schwert gezogen und war zur Seite geglitten, sodass sie sich nicht mit Krok behinderte, sollte es zu einem Kampf kommen.

Ein dünner Mann kam um die Ecke gelaufen und hielt schlitternd an, als er die beiden Leibwächter kampfbereit vor sich sah.

„Was ist los, Junge?" Kroks Stimme war gedämpft.

Der junge Mann keuchte und der Schweiß lief ihm über die Stirn, obwohl es in diesen Gewölben kühl war. „Die...Kaiserin..." Weiter kam er nicht, weil er einen Hustenanfall von der Anstrengung bekam, der er sich grade ausgesetzt hatte.

Der ehemalige Gladiator klappte seine Klingen wieder ein, arretierte seinen Arm und hakte seinen Daumen hinter seinen Schwertgurt. Mit einem schnellen Seitenblick sah er, dass seine Frau ihr Schwert wieder wegsteckte, aber wachsam blieb. Er wusste, dass sie innerhalb eines Wimpernschlages eines ihres Wurfmesser ziehen konnte und dem Jungen ins Auge werfen konnte, wenn sie eine Gefahr wittern würde.

„Junge, krepiere später, aber sag endlich, was du zu sagen hast. Was ist mit der Kaiserin?" Krok starrte den dünnen Jungen ungeduldig an.

Dieser nahm sich zusammen und straffte sich. „Es ist furchtbar, Herr. Die Kaiserin ist ... tot."

Skiril

„Dein Hund stinkt", stellte der Zwerg fest.

Der Liktor hatte seine Gefangene im Inneren des Hauses auf den Boden gelegt und seinem Hund befohlen, auf sie aufzupassen.

„Dafür ist er der beste Gefährte, den man sich vorstellen kann."

„Treibst du es eigentlich mit ihm und der Hure oder bestellst du ihm eine eigene Frau?"

Lidokar entzündete eine Lampe und erhellte den Raum, der sich als kleiner Wohnraum entpuppte.

„Es kommt drauf an. Wenn er einen sitzen hat, will er eine eigene Hure, das ist dann ein kostspieliger Abend für mich."

Lidokar zog eine Augenbraue hoch und lachte dann schallend. „Du gefällst mir, Langer."

„Freut mich außerordentlich. Aber wenn du glaubst, dass wir es jetzt zu dritt treiben, hast du dich geschnitten. Unsere Frauen sind etwas zu groß gebaut für euch." Skiril sah nochmal auf die ohnmächtige Frau. „Wenn sie sich bewegt oder fliehen will, beißt du ihr den Kopf ab", wies er den Hund an und wandte sich dem Raum zu. „Sieht unbewohnt aus", stellte er fest und wischte mit dem Zeigefinger eine Spur auf dem staubigen Tisch.

„Oder die Bewohner sind unordentlich."

„Das glaube ich nicht. Schau dir das Regal mit den Büchern an. Jedes Buch steht in Reih und Glied. Jemand der seine Bücher so lagert, wird sein Leben nicht im Dreck verbringen." Skiril kniete sich nieder und begutachtete den Boden. „Hier sind Spuren im Dreck." Er folgte den Spuren mit den Augen. „Sie führen nach oben!" Er stand wieder auf, folgte den Spuren und legte eine Hand auf seinen Morgenstern. Es war zwar unwahrscheinlich, dass sich hier jemand aufhielt, aber er wollte kein Risiko eingehen. Schon viele haben Gefahren unterschätzt und waren später mit einem eingeschlagenen Schädel überrascht worden. Die Treppe nach oben gab keinen Laut von sich.

„Ist oben alles in Ordnung?", rief Lidokar von unten hinauf.

„Ja", brummte Skiril, nachdem er sich versichert hatte, dass niemand da war.

Mit stampfenden Schritten folgte der Zwerg ihm die Treppe hoch. „Was gefunden?" Lidokar sah sich um. „Ich verstehe nicht, wie ihr euch in diesen unsicheren Bauten wohl fühlen könnt. Das Dach ist stetig in Gefahr, dass ein Sturm es wegblasen kann und eure Wände sind so dünn, dass man ein

Loch hineintreten kann. Da lobe ich mir meine Stollen. Da weiß man wenigstens, dass man sicher ist."

„Warum seid ihr Zwerge so verdammt stolz darauf, diese Löcher in den Fels gebuddelt zu haben? Ich habe noch nie einen Zwerg sagen hören, dass ihn die grauen Steine nerven. Selbst deine Brüder, die hier in der Stadt leben schwärmen dauernd von ihren alten Stollen."

„Komm mal mit, dann zeige ich dir die Schönheit der Steine."

„Danke, ich verzichte. Wahrscheinlich würde ich mir überall den Kopf blutig schlagen." Skiril wurde wieder ernst und deutete auf ein kleines Fenster. „Von hier aus hatte der Attentäter ein freies Schussfeld auf deinen König." Er beugte sich nach vorne. „Hier auf dem Fensterbrett sind Kratzspuren. Entweder hat er sich hier aufgestützt oder seine Armbrust aufgelegt."

„Ja, ich sehe es." Lidokar fuhr mit seinem dicken Zeigefinger über die Stelle und deutete aus dem Fenster. „Wir Zwerge verwenden keine Armbrüste. Aber wenn der Schütze von hier aus geschossen hat, muss er nicht ein guter Schütze gewesen sein? Es müssen von hier aus doch rund zweihundert Schritte sein, bis zu der Stelle, an der der König getroffen wurde."

„Eher zweihundertfünfzig. Ich war nie ein guter Armbrustschütze in der Armeezeit, aber ich stimme dir zu. Der Schütze muss verdammt gut gewesen sein. Auf diese Entfernung muss er ein regelrechter Meister gewesen sein."

„Können wir anhand der Fußabdrücke Rückschlüsse auf den Unbekannten ziehen?"

„Ein durchschnittlich großer Mann oder eine große Frau." Skiril fuhr sich übers Kinn. „Keine Besonderheiten beim Gang."

„Das ist nicht unbedingt hilfreich für unsere Nachforschungen." Der Zwerg spähte aus dem Fenster und schüttelte den Kopf. „Wie viele Schützen kennst du, die auf diese Entfernung getroffen hätten?"

„Keinen Einzigen." Insgeheim beglückwünschte sich der Liktor dazu, den Zwerg als Gefährten bekommen zu haben. Er verstand es, die richtigen Fragen zu stellen.

Lidokar zupfte seinen goldenen Ohrring. „Hier stimmt etwas nicht. Das ganze Haus ist voller Staub und hier oben hat jemand einen unmöglichen Schuss abgegeben und getroffen."

„Worauf willst du hinaus?", frage Skiril.

„Hier riecht es gewaltig nach Magie!", sagte der Zwerg ernst.

Einen Moment lang dachte der Liktor nach. „Was den Schuss betrifft, gebe ich dir recht. Wenn wir unterstellen, dass das Attentat den Richtigen getroffen hat, stimme ich dir zu. Niemand wäre in der Lage mit einer Armbrust einen Bolzen auf die Entfernung zielgenau ins Schwarze zu bringen. Aber wir wissen noch etwas." Er deutete auf den Boden.

Lidokar schaute zu Boden und zuckte mit den Schultern. „Was meinst du?"

„Die Fußspuren. Wir haben es in jedem Fall mit einem Täter zu tun, der einen Körper hat wie du und ich." Sein Blick glitt über den Zwerg. „Na gut, eher wie ich."

Von unten erklang ein unterdrücktes Stöhnen und der Hund knurrte vernehmlich. „Hör auf, mir ins Gesicht zu hecheln. Du stinkst ..."

„Die Frau ist wach geworden." Lidokar zupfte sich wieder am Ohrring.

„Dann wollen wir mal hören, was diese kleine Wildkatze hier zu suchen hatte."

Sie wandten sich bereits zum Gehen, als der Gesetzeshüter etwas Glitzerndes auf dem Boden liegen sah. „Lidokar!"

„Was ist? Ist dir etwas eingefallen?"

„Nein, aber schau mal da unten in der Ecke." Er deutete auf seinen Fund.

Der Zwerg bückte sich und hob den Fund in die Höhe. Ein an einem Lederriemen befestigtes Amulett aus grünglänzendem Metall.

Der Liktor biss sich auf die Lippen. Er kannte diese Art von Amuletten. Er trug selber eines um den Hals. Das Amulett eines Zauberjägers!

Atriba

Tränen verschleierten ihren Blick. Sie kniete neben dem Totenbett ihrer Kaiserin und langjährigen Freundin.

Nachdem die Kaiserin vor den Augen der Bevölkerung erschossen worden war, brach ein Tumult aus. Die Menschen drängten auseinander, schubsten ihre Nebenleute, um sich zur Flucht wenden zu können. Jeder hatte Angst, er könnte der Nächste sein. Die Palastwache hatte alle Mühe gehabt, die Menschenmasse von den Palasttoren fernzuhalten.

Die Kaiserin war von ihren Zofen zurechtgemacht und auf ihr Bett gelegt worden. Im Leben der Frau war kein Platz gewesen für einen Gemahl und Kinder, so hinterließ sie keine Angehörigen.

Die Botschafterin wischte sich die Tränen aus dem Gesicht und rief sich zur Ordnung. Sie musste einen klaren Kopf behalten, wenn die derzeitige Krise nicht zu einem handfesten Fiasko werden sollte. Die Kaiserin war tot. Zwergenkönig Goldfuß schwer verwundet. Nur seine Götter wussten, ob er es überleben würde. Sie fühlte etwas und griff in ihr Gewand und holte den Kommunikationsstein hervor.

Sie atmete einmal tief durch und schaute dann hinein. „Ja, Liktor? Was gibt es?"

Das Antlitz des Liktors tauchte in der spiegelähnlichen Fläche auf. Im Prinzip war ein Kommunikationsstein nur ein Kristall, der mit Magie mit einem Gegenstück verbunden war.

„Herrin, wir haben den Ort gefunden, von dem der Attentäter seine Waffe abgefeuert hat. Ein Haus an der Paradestrecke."

„Gute Arbeit. Gibt es Spuren, die Rückschlüsse auf den Täter zulassen?"

Skiril biss sich auf die Unterlippe. „Soweit sind wir noch nicht. Aber es könnte durchaus Magie im Spiel sein."

„Sehr gut. Liktor, es gibt Neuigkeiten." Atriba stockte, fuhr aber fort, bevor der Mann Fragen stellen konnte. „Die Kaiserin ist ebenfalls einem Attentat zum Opfer gefallen."

Skiril zog die Stirn kraus. „Wie geht es der Kaiserin?"

„Sie ist tot." Atribas Stimme war fester, als es ihr Innenleben war. „Führt die Ermittlungen fort und kommt heute Abend zu mir. Ihr findet mich im Palast."

„Jawohl, Botschafterin. Wir werden nach Einbruch der Dämmerung zum Palasttor kommen."

„Gut. Bist heute Abend, Liktor." Sie brach die Verbindung ab und steckte den Kristall wieder in ihr Gewand. Sie erhob sich und begann durchs Zimmer zu wandern. Der dicke Teppich dämpfte ihre Schritte. Ein Gedanke ging ihr durch den Kopf. Sie musste dringend mit Marak reden. Vielleicht würde er ihr weiterhelfen können.

Krok

Züleyha hatte sich gegen den Schlaf entschieden und hielt weiterhin Wache vor der Kammer des schwerverletzten Zwergenkönigs. Krok hatte den jungen Boten weggeschickt.

„Was sollen wir tun?", flüsterte seine Frau ihm zu, bestrebt, nicht zu laut zu reden.

Er kratzte sich an seinem Metallarm, eine Angewohnheit, die hatte, obwohl er an seinem künstlichen Arm nichts spürte. „Wir warten auf Norderstedt. Wir sollen hier die Zwergenwachen verstärken und werden dies tun. Die Entscheidung, was jetzt geschehen soll, muss er treffen."

„Du machst es dir mal wieder sehr einfach", bemerkte Züleyha.

„Ja, weil es das ist. Ich bin nur ein einfacher Leibwächter im Dienst eines Königs, den ich nicht sonderlich gut leiden kann. Goldfuß kämpft mit dem Tod, unsere Kaiserin ist einem Attentat zum Opfer gefallen. Für mich riecht das nach einem verdammten Komplott. Wir sind nur kleine Figuren in diesem Spiel. Figuren, die man bereitwillig opfert, wenn es notwendig ist. Aber wir beide tragen nicht nur die Verantwortung für uns, sondern auch für unsere Kleine. Aus diesem Spiel der Großen und Mächtigen halte ich mich heraus."

Züleyha schwieg. „Ich weiß, dass du kein Feigling bist. Ich achte und liebe dich, nicht zuletzt wegen deiner Fürsorge für mich und Zara. Aber wir können nicht nebenbei stehen, wenn um uns herum das Chaos ausbricht. Wenn du glaubst, du kannst dich neutral verhalten und den Kopf einziehen, dann bedenke, dass wir uns nicht mehr für eine Seite entscheiden können. Wir haben uns vor zehn Jahren für eine Seite entschieden. Wir haben uns dazu entschieden, Norderstedt zu dienen. Er ist der König und unser Herr."

Bevor Krok etwas erwidern konnte, öffnete sich die Türe zur Kammer des Zwergenkönigs auf. Im Rahmen erschien ein dicker Zwerg, der seine Rüstung abgelegt hatte und nur im Kettenhemd vor ihnen stand. „Bitte tretet ein", sagte er mit tonloser Stimme.

Verwundert sahen sich Krok und Züleyha an, folgten aber dann der Bitte. Krok zog den Kopf leicht ein, damit er sich ihn nicht am Türrahmen anschlug. Im Zimmer empfing sie ein künstliches Licht aus Kerzen und Öllampen.

„Tretet bitte näher. Der König will mit euch zu sprechen." Der dicke Zwerg wies ihnen mit der Hand den Weg und zog sich dann selbst zurück. Nun waren außer ihnen beiden nur Hosurios und zwei grimmige Zwerge anwesend.

„Der König wird sterben", eröffnete ihnen der Leibarzt. „Der Bolzen hat zu gut getroffen und obendrein vergiftet. König Goldfuß wird innerlich verbluten. Wir können ihm nicht mehr helfen." Nach diesen Worten senkte Hosurios den Blick und wischte sich mit dem Handrücken über die Stirn.

„Krok, Züleyha", krächzte der König schwach von seinem Lager, „Kommt näher, ich will nicht so laut reden müssen." Er nickte dem Zwerg links von ihm zu, woraufhin dieser ihm aus einer Glasflasche ein Glas mit einer goldschimmernden Flüssigkeit ausschenkte.

Das blasse Gesicht des Königs zeigte ein kurzes Lächeln. „Zwergenbrand, der beste Schnaps, den es gibt."

Dann wurde ihm das Glas an die Lippen gehalten und er trank das Glas leer.

„Gib meinen Gästen auch einen Schluck. Sie sollen auf mich trinken, wenn ich meinen letzten Atem ausgehaucht habe."

Der Zwerg gehorchte und füllte mehr Gläser mit dem beliebten Getränk.

Nach dem Schnaps röteten sich die Wangen des Zwergenherrschers und ein kleines Feuer brannte in seinen Augen. „Hört mir nun genau zu. Es ist etwas Ungeheuerliches im Gange, was den Frieden im ganzen Land gefährdet."

„Sollen wir nicht unseren König dazu holen? Ich glaube, wir sind die Falschen für Staatsgeheimnisse." Krok rieb sich wieder den Metallarm.

„Nein, ihr müsst mir zuhören, ich habe nicht mehr viel Zeit. Wenn mir dreihundert Atemzüge bleiben, bin ich glücklicher Mann." Blut lief ihm aus einem dünnen Faden in seinen gelben Bart. Schnell wurde es vom Diener weggewischt.

„Also, hört mir zu und unterbrecht mich nicht."

Ruhe kehrte in die Runde ein und alle lauschten gebannt den Worten des sterbenden Königs.

Skiril

„Warum hast du der Botschafterin nicht erzählt, dass wir eine Gefangene haben?" Lidokar hockte auf dem Stuhl und beobachtete Skiril, wie er den Kristall wieder in seiner Gürteltasche verstaute.

„Weil ich erst den Wahrheitsgehalt ihrer Aussage prüfen will, bevor wir die Pferde scheu machen." Der Liktor deutet bei diesen Worten auf die Frau, die er verhaftet hatte.

„Also", wendete er sich wieder an die Frau, „damit ich deine Geschichte glauben kann, erzähl sie uns nochmal."

Die Frau verdrehte die Augen. „Muss das sein? Ich kann nicht den ganzen Tag hier bei euch sitzen und Geschichten erzählen."

„Schau dir das Flittchen an. Kaum kann sie wieder geradeaus gucken, schon hat sie wieder eine große Klappe." Skiril baute sich breitbeinig vor der Frau auf. Er bemerkte, dass sie ihm gefiel. Perfekte Proportionen, ein hübsches Gesicht mit einer kleinen Narbe am Kinn, was sie aber nicht entstellte, sondern vielmehr interessanter machte. Er schätzte, dass sie ungefähr im gleichen Alter waren.

„Was ist, drohst du mir jetzt, mich zu vergewaltigen, wenn ich nicht spreche?"

Lidokar lachte leise. „Dein Singvogel hat einen ausgesprochenen Sinn für romantische Situationen. Erzähle ihr doch einfach, wie du es im Hurenhaus mit den Frauen und dem Hund treibst."

Einen Augenblick sah es so aus, als ob die Frau das ernst nahm und sah aufrichtig erschüttert aus. Dann besann sie sich. „Sagt mal ihr Komiker, wollt ihr mich auf den Arm nehmen?" Sie fasste sich ans Genick und massierte es leicht. „Gebt mir wenigstens etwas zu trinken, mir klebt die Zunge am Gaumen."

„Hier!" Lidokar zog einen kleinen Flachmann aus irgendeiner Tasche und warf ihn ihr zu.

Geschickt fing sie die Flasche auf und öffnete sie. Vorsichtig schnupperte sie daran. „Was ist das denn?"

„Schnaps. Nicht von Zwergen gebrannt, aber trotzdem trinkbar." Lidokar lehnte sich zurück.

Die Frau zuckte mit den Schultern und nahm einen tiefen Schluck. Es dauerte einen Augenblick, dann verzog sie das Gesicht, hustete aber nicht. „Schmeckt ja schauderhaft." Sie setzte sich etwas aufrechter hin und schlug die Beine über Kreuz. „Mein Name ist Gundra und ich gehöre dem kaiserlichen Magierorden an. Unser Gründungsvater hat für alle zukünftigen Mitglieder einen Treueschwur auf den Thron abgelegt."

„Welcher Orden ist das? Ich habe nie von ihm gehört", unterbrach Lidokar die Frau.

„Wir stehen im Dienst der Krone. Jede Kaiserin oder Kaiser darf über uns verfügen und unsere Treue einfordern. Die Kaiserin ist in jungen Jahren bei uns in der Ausbildung gewesen und hat ihre magischen Fähigkeiten bei uns ausbilden lassen. Sie war damals schon die Thronerbin und wurde nicht nur in ihren magischen Talenten, sondern auch in ihren Fähigkeiten als Herrscherin unterrichtet. Die erste Botschafterin war ebenfalls bei uns. Seit dieser Zeit sind sie unzertrennbar." Gundra trank noch einen Schluck von dem Schnaps und sammelte sich. „Meine Priorin hat mich ausgesandt, damit ich die Umstände des Anschlages auf den Zwergenkönig näher in Augenschein nehme."

„Warum?", hakte Skiril nach, „Aus welchem Grund interessiert sich der Orden für einen Anschlag auf den Zwergenkönig?"

Sie leckte sich mit der Zungenspitze über die Lippen. „Zu unseren Aufgaben gehört nicht nur die Ausbildung der Adeligen und Thronfolgerinnen, sondern auch der Schutz der Herrscherin. Unsere ehrwürdige Priorin war der Meinung, dass dieser Anschlag eine Kette von Ereignissen in Gang setzen könnte, die die Kaiserin in Gefahr bringen könnte."

Skiril fuhr sich mit gespreizten Fingern durch das dichte Haar. Weder Lidokar noch Gundra hatten sein Gespräch mit der Botschafterin vorhin hören können. Automatisch bildete der Kristall eine Barriere, die Lauscher ausschloss. Er drehte sich um, griff nach seinem Zauberjägeramulett und hängte es sich wieder um den Hals. „Die Sorgen deiner Priorin waren berechtigt."

„Was ist los?", fragte der Zwerg, der Skirils Gesichtsausdruck sehen konnte.

„Die Kaiserin ist tot", sagte der Liktor trocken.

Gundra fiel der Flachmann aus der Hand. „Das kann nicht wahr sein."

„Leider ist es wahr. Ich habe vorhin mit Botschafterin Feuersturm gesprochen, sie hat mir die schlechten Nachrichten mitgeteilt. Heute Abend treffen wir sie im Palast. Bis sie mir bestätigt, dass deine Geschichte stimmt, bleibst du in meinem Gewahrsam."

„Das wird sie. Die Botschafterin kennt mich." Sie schüttelte den Kopf „Die Kaiserin ist tot, unglaublich."

Kurz vor Einbruch der Dämmerung gingen drei Gestalten und ein großer Hund aus dem Haus. Die kleinere der drei Gestalten ging hinter den anderen beiden her, der Hund nebenbei.

„Denk daran, wenn du versuchst wegzulaufen, wird dich der Hund in Stücke reißen", zischte Skiril

„Keine Angst, ich werde mit euch zu der Botschafterin kommen, sie wird helfen können, diesen Schlamassel aufzuklären. Danach werden wir die Mörder jagen."

„Wir?" Der Liktor blieb stehen.

„Natürlich", fuhr die Frau ungerührt fort. „Wir haben das gleiche Ziel, wenn auch unterschiedliche Auftraggeber. Aber wir können uns helfen." Sie war gefesselt und kratzte sich an der Nase. Ein verschmitztes Lächeln umspielte ihre Lippen.

„Darüber werden wir noch reden. Erst einmal klären wir, wer du bist." Er schaute Lidokar an. „Was sagst du denn dazu?"

Dieser zuckte mit den Schultern. „Ich finde den Vorschlag vernünftig."

„Vielen Dank, du bist mir ja eine große Hilfe." Skiril stampfte mit düsterem Gesichtsausdruck weiter.

Die Straßen der Stadt waren ungewöhnlich leer. Wegen der Feierlichkeiten wäre damit zu rechnen gewesen, dass Betrunkene ihren Weg kreuzten. Skiril glitt zur Seite. „Hierüber! Los!", wies er seine Begleiter an. Sein Instinkt warnte ihn vor einer Gefahr.

Der Hund knurrte.

„Danke, Freund. Ich habe es gemerkt."

„Was ist denn los?", flüsterte Lidokar.

„Ich weiß es nicht, aber irgendetwas stimmt nicht." Skiril kniff die Augen zusammen.

„Ho, nehmt schön die Hände hoch und bewegt euch nicht", erschallte eine Stimme. Aus der Dunkelheit schälten sich sechs Gestalten. Zwei hielten Schleudern in der Hand, die anderen Männer lange Messer und Knüppel. Längere Klingen oder Schwerter waren der Stadtwache und den Gesetzeshütern vorbehalten, allen anderen war das Tragen von Klingen, die länger als anderthalb Fuß waren, verboten.

„Was sollen wir machen?", zischte Gundra.

„Du machst gar nichts. Du bist immer meine Gefangene", gab Skiril zur Antwort.

Lidokar hatte schon eine Hand an seiner verborgenen Axt und wartete darauf, losschlagen zu können.

„Warte. Wir regeln das friedlich." Der Liktor trat vor und schlug den Mantel zurück, sodass der Blick auf sein Abzeichen freigegeben wurde. Selbst in dem herrschenden Halbdunkel waren die silbernen, gekreuzten Schwerter gut zu erkennen.

„Leute, vergessen wir das Ganze. Ich habe heute an euch kein Interesse. Geht eures Weges und es wird heute niemand verletzt."

Ein hünenhafter Kerl trat vor und schwang einen armdicken Knüppel auf seine Schulter. „Hier wird heute keiner verletzt, nur getötet." Aus einer Seitengasse, hinter ihnen traten weitere zwei Männer mit Keulen.

Sie waren eingekeilt. Hier handelte es sich nicht nur um einen simplen Straßenraub, sondern es war etwas anderes im Spiel.

„Mach mich endlich los, ich will mich meiner Haut wehren, wenn der Tanz losgeht." Gundra hielt auffordernd ihre Handfesseln hoch.

Ein unsichtbares Signal ließ die Männer vorrücken. Mordlust stand in ihren Augen.

Schnell griff Skiril in seinen Mantel und warf Gundra den Schlüssel für ihre Fesseln zu. Dann drehte er sich mit einer fließenden Bewegung um und zog seinen Morgenstern.

Lidokar verstand und zog seine Axt unter dem Umhang hervor.

Der Liktor stieß einen leisen Pfiff aus und der Hund sprang mit gesträubtem Nackenfell den beiden Angreifern mit den Keulen entgegen. Trotz der Waffen in ihren Händen stockte der Angriff der Männer.

Etwas flog zischend an Skirils Auge vorbei und riss eine brennende Furche auf seine Wange. Er fühlte, wie es unter der Wunde vom herunterfließenden Blut warm wurde. Dann wurde es böse und unbarmherzig.

Lidokar zauberte von irgendwoher einen Wurfstern hervor, der durch die Luft flog und die Kehle eines Schleuderschützen traf. Röchelnd ging er zu Boden.

Skiril sprang vor und trat dem Hünen vor das Knie, welches knackend unter dem Gewicht des Mannes nachgab. Mit einem Aufschrei ließ er seinen Knüppel los und fiel zur Seite. In seinem Fall schlug der Liktor ihm, mit einem Schlag auf die Schläfe, ihm den Schädel ein.

Der zweite Schleuderschütze versuchte sich gegen die Axt des Zwerges zu wehren, konnte aber in Ermangelung einer anderen Waffe nur die Hände über den Kopf nehmen, als die Schneide der Axt ihn von der Seite traf. Blut und Hirnmasse spritzte die durch die Luft.

Aus dem Augenwinkel sah Skiril, wie Gundra einem der Männer in die Kniekehle trat. Vor Schreck fiel dem Mann das Messer aus der Hand.

Plötzlich ertönte ein langgezogenes Pfeifen und die verbliebenen Meuchelmörder traten den Rückzug an.

Lidokar machte Anstalten ihnen zu folgen und sie vollends niederzumachen.

„Halt, lass es gut sein. Ich habe keine Lust in eine weitere Falle zu geraten." Er wischte sich mit der Rückhand das Blut von der Wange und spuckte aus. Drei der Mörder lagen tot am Boden. Er versicherte sich, dass es dem Hund gut ging und sah, wie er dem zweiten Keulenträger die Kehle durchbiss. Ohne Freude schaute er auf ihr Werk und wischte dabei seinen Morgenstern am Hemd des toten Anführers ab.

Gundra ergriff das Wort. „Das waren Stümper. Beim nächsten Mal wird man uns keine Chance lassen."

Skiril nickte und steckte seine Waffe weg. Er wusste, dass die Frau recht hatte. Das waren plumpe Meuchelmörder. Fähig, einen Kaufmann auszurauben, aber erfahrenen Kämpfern hatten sie nichts entgegenzusetzen gehabt. „Wir sollten zusehen, dass wir hier wegkommen. Ich bin neugierig, was die Botschafterin uns zu sagen hat."

Gundra warf ihm die Handfesseln hin. „Muss ich die wieder tragen?"

Er überlegte kurz, entschied sich aber dagegen. „Wenn wir nochmal in einen Hinterhalt geraten, sollst du dich verteidigen können. Aber denke daran, jeder Fluchtversuch ist sinnlos." Er deutete auf den Hund, der sich jetzt mit blutverschmierter Schnauze zu ihnen gesellte.

„Keine Angst. Wir haben alle das gleiche Ziel."

„Schaut mal her!" Lidokar kniete bei dem Anführer.

„Was ist denn?", fragte Skiril.

„Nichts. Keiner von den Toten hat Münzen dabei. Zumindest wäre damit zu rechnen, dass sie einen Vorschuss für ihre Tat kassiert haben."

In ein paar der umliegenden Häuser wurde Licht entzündet. So ruhig sich die Bewohner der Unterkünfte vorhin verhalten hatten, so trieb sie jetzt die Neugier an und wollten sehen, was vor ihrer Haustüre geschehen war.

„Brechen wir auf. Die Stadtwache wird sich um die Überreste dieser armen Irren hier kümmern, wenn sie sie finden." Skiril setzte sich in Bewegung und ohne ein weiteres Wort zu verlieren, folgten ihm die anderen aufmerksam.

Sie kamen keine hundert Schritte weit, als sie wieder angerufen wurden. „Halt! Gebt euch zu erkennen!" Eine befehlsgewohnte Stimme schallte durch die Dunkelheit.

Skiril erkannte die Stimme. „Lass es gut sein, Centurio Hilius. Hier ist Liktor Skiril mit einer Gefangenen und einem Rottenführer der Zwerge im Sonderauftrag."

„Skiril? Was hast du hier draußen zu suchen?", fragte der Centurio der Stadtwache.

„Sonderauftrag. Du bekommst keine Auskunft von mir, Centurio."

Aus der Dunkelheit schälten sich vier Gestalten. Einer von Ihnen war Liktorin Dolori. Schweigend stand sie neben dem Centurio. „Lass mich mit ihm reden." Sie zog Skiril auf die Seite und sprach so leise, dass sie niemand hören konnte.

„Was hast du hier zu suchen? In der ganzen Stadt herrscht eine Ausgangssperre."

„Wer hat die verhängt?"

„König Norderstedt. Die Stadtwache soll für Ruhe in der Stadt sorgen."

„Das scheint ja ausgezeichnet zu gelingen", ätzte Skiril, „nicht weit von hier sind wir auf eine Bande gestoßen, die uns töten wollte."

„Wie viele waren es?"

„Insgesamt acht Männer."

Dolori runzelte die Stirn. „Ich frage dich jetzt nochmal: Was tust du hier, während der Ausgangssperre", sie deutete auf den Zwerg und Gundra, „und diesen Gestalten?"

Skiril nagte für einen Moment an seiner Unterlippe. „Ich arbeite im Auftrag der Botschafterin Feuersturm und bin auf dem Weg zu ihr."

„Hat dein Auftrag etwas mit dem Mord an dem Zwergenkönig zu tun?"

„Du meinst mit dem Mordversuch."

„Nein, mit dem Mord. Vor zwei Stunden hat er sein Leben ausgehaucht."

„Verdammte Scheiße. Zwei tote Herrscher, das ist eine Katastrophe."

„Es hat einzelne Aufstände und Plünderungsversuche gegeben, der Tod der Kaiserin droht zu einem Zusammenbruch der öffentlichen Ordnung zu führen. König Norderstedt muss hart durchgreifen."

„Deswegen die Ausgangssperre."

Dolori sprach etwas leiser. „Unser Centurio ist äußerst besorgt. Eigentlich ist jeglicher Urlaub gestrichen, aber wir haben dich nicht gefunden. Du solltest dich so schnell wie möglich bei ihm melden."

„Ich kann jetzt nicht. Ich muss dringend zum Palast, zur Botschafterin. Die Frau da hinten ist angeblich ein Mitglied des königlichen Magierordens. Sie ist ebenfalls hinter dem Attentäter her."

„Das scheint alles etwas kompliziert zu sein."

„Das kannst du laut sagen. Wollt ihr uns begleiten bis zum Palast? Ich weiß nicht, ob uns noch mehr Banden auflauern."

„Dazu kann ich die Stadtwache überreden. Brauchst du sonst etwas?" Flüchtig legte sie ihm die Hand auf die Brust.

„Ja, Berichte dem Centurio was ich dir erzählt habe. Ich werde mich so schnell wie möglich melden."

Als sie in Richtung Palast aufbrachen, fühlte sich Skiril etwas sicherer.

Atriba

Der Liktor ließ keine Regung erkennen, als er vom Tod des Königs erfuhr.

„Du scheinst nicht überrascht, verehrter Liktor", bemerkte Norderstedt.

„Nein, Majestät. Ich habe damit gerechnet, seit ich wusste, dass die Kaiserin ebenfalls ihr Leben gelassen hat."

„Wie kommst du darauf?", hakte Atriba nach.

„Ganz einfach. Jemand, der sich eine solche Mühe macht und mithilfe von Magie ein Attentat durchführt, macht keine halben Sachen. Ich vermute, der Bolzen war vergiftet, sodass der Zwergenherrscher entweder durch den Schuss oder durch ein Gift zu Tode kommt." Dass er von Dolori vom Tod des Zwergenkönigs gehört hatte, verschwieg er.

Atriba wechselte einen kurzen Seitenblick mit König Norderstedt. „Du hast richtig geraten, Liktor Skiril. Wie bist du darauf gekommen?"

„Ich hätte es genauso gemacht, Botschafterin."

Lidokar verkniff sich Lachen, als er das konsternierte Gesicht des Königs sah.

„Liktor, wie mir scheint, besitzt du eine kriminelle Energie, um die dich andere durchaus beneiden dürften." Er deutete auf Gundra, die mit gesenktem Kopf hinter Skiril stand. Wer ist diese Frau und was hat sie hier zu suchen?"

Bevor der Gesetzeshüter antworten konnte, trat Atriba vor. „Schwester Gundra, ich grüße dich."

Die Angesprochene beugte respektvoll den Kopf. „Ich grüße dich ebenfalls, Schwester Atriba."

„Dann wäre das geklärt", murmelte der Zwerg und schubste Skiril leicht an, um ihn daran zu erinnern, dass der König ihm eine Frage gestellt hatte.

„Schwester Gundra ist uns begegnet, als wir den Ort des Attentats näher in Augenschein genommen haben."

„Liktor, es ist Zeit für einen vollständigen Bericht über das, was du und Rottenführer Lidokar bislang herausgefunden habt." Norderstedt war ungeduldig.

Skiril erzählte, was vorgefallen war und sie im Haus vorgefunden hatten. Er verschwieg allerdings das gefundene Zauberjägeramulett.

Norderstedt wartete ungeduldig, bis der Bericht komplett war und schnaubte dann. „Das ist nicht viel." Er begann auf und abzugehen. „Liktor, ich habe mir mehr von dir versprochen. Du hast den Ruf, der beste Gesetzeshüter in dieser Stadt zu sein. Und was bringst du mir? Vermutungen über magische Schützen." Er ging wieder im Raum umher und erntete einen tadelnden Blick von Atriba.

Der Zwerg räusperte sich. „Wenn ich etwas hinzufügen dürfte?"

„Raus mit der Sprache!", polterte der König.

„Wir haben noch nicht mit meinen Zwergenbrüdern gesprochen, die unmittelbar dabei waren. Wir sollten mit ihnen reden, ob auffällige Personen in der Nähe des besagten Hauses gesehen wurden."

Atriba antwortete, bevor der König seine schlechte Laune ausleben konnte. „Das solltet ihr. Und ich denke, Schwester Gundra wird sich euch anschließen wollen. Ihr habt alle das gleiche Ziel, dann könnt ihr auch direkt zusammenarbeiten."

Skiril blies die Backen auf, sagte aber nichts.

„Ich will bis morgen Mittag Ergebnisse präsentiert bekommen." Norderstedt deutet auf Atriba. „Botschafterin

Feuersturm hat euch einen Kommunikationsstein zur Verfügung gestellt. Ich erwarte eine Meldung." Mit diesen Worten rauschte er aus dem Raum und ließ Atriba mit den drei unfreiwilligen Kameraden allein.

„Er ist in Sorge um das Reich. Nehmt es ihm nicht übel."

„Botschafterin, wenn ich mich bei jedem Anpfiff in meinem Leben heulend unter die Decke verkrochen hätte, würde ich heute nicht hier stehen." Skiril machte ein entspanntes Gesicht, ungeachtet der Wut, die Atriba in seinen Augen sah.

„Ich spüre, dass du nicht mit leeren Händen gekommen bist. Was habt ihr in dem Haus gefunden? Ich verspreche, der König wird vorerst nichts davon erfahren." Sie stand eine halbe Armlänge von ihm entfernt und konnte seinen Geruch riechen. Metall, Leder und einen leichten Hauch von frischem Schweiß.

Skiril schürzte die Lippen und zog dann einen Gegenstand hervor. Ein Amulett aus einem grünlich schimmernden Metall.

Atriba schnappte nach Luft und schaute dem Liktor in die Augen. „Wo lag das?"

„Neben dem Fenster, aus dem geschossen wurde", antwortete der Zwerg.

„Das ergibt doch keinen Sinn. Wenn ein Zauberjäger das Attentat verübt hätte, wäre der Schuss unmöglich, da er nicht über magische Kräfte verfügt."

„Genau das ist der Grund, weswegen ich dem König davon nichts gesagt habe. In seinem momentanen Zustand will er dem Volk nur einen Schuldigen präsentieren, ohne zu wissen, ob der Präsentierte der wirkliche Täter ist."

„Du bist weiser, als man auf den ersten Blick denkt", machte Atriba dem Mann ein Kompliment. „Steck das

Amulett wieder ein und schweigt darüber. Vorerst soll es ein Geheimnis unter uns sein."

Verschwörerisch nickten alle Anwesenden.

„Wir sollten langsam aufbrechen. Es liegt ein Haufen Arbeit vor uns." Skiril wandte sich zum Gehen und der Zwerg und Gundra folgten ihm wortlos.

Atriba sah der Gruppe einen Augenblick nach und ging ihren Gedanken nach. Ein Zauberjäger, der zwei Attentate verübt hat ... Das wäre nicht nur ein Skandal, sondern eine Katastrophe. Trauer stieg in ihr hoch, als sie an die tote Kaiserin, ihre Freundin, dachte. Sie entschloss sich dazu, sich in ihre Gemächer zurückzuziehen. Mit einem Fingerschnippen löschte sie die Kerzen und ging hinaus.

Halb auf dem Weg bemächtigte sich ihrer ein bedrohliches Gefühl. Sie blieb stehen und lauschte. Nur eine schummrige Beleuchtung erhellte den Weg vor ihr. Irgendetwas stimmte nicht. Sie spürte es deutlich. Das Gefühl steigerte sich und sie handelte. Eine Feuerwand flammte vor ihr auf. Im selben Augenblick sah sie den heranfliegenden Bolzen, der schnurstracks durch die Feuerwand auf sie zuflog. Zwar lenkten die Flammen den Flug ein wenig ab, aber sie konnten den Bolzen nicht aufhalten. Alles ging zu schnell und sie konnte nicht mehr reagieren. Ein helles Licht explodierte in ihrem Kopf und sie verlor die Besinnung.

Krok

„Ihm war nicht klar, in welche Gefahr er uns damit gebracht hat."

Züleyha stimmte ihm zu. „Er hat jemanden gesucht, der das Geheimnis weiterträgt und schützt."

„Warum ausgerechnet wir?" Krok schüttete sich ein Glas Wein aus und hob den Becher an die Lippen. Dann überlegte er es sich anders und stellte den Becher wieder ab. „Wir müssen weg. Sofort!"

Züleyha rieb sich am Ohrläppchen. „Ja, wir müssen heute Nacht aufbrechen und weg aus dem Palast."

„Was ist mit den anderen?"

„Jeder Mitwisser bringt uns näher an den Tod. Wir wissen nicht, wer der Verräter ist."

„Anstatt wegzulaufen können wir auch hierbleiben und den Verräter bloßstellen." Dann dachte Züleyha an ihre Tochter. „Aber das Risiko ist zu hoch, wir können nicht auf uns und unsere Zara achten. Zudem würde uns niemand glauben schenken."

Krok schüttelte den Kopf. „Ein Verräter im Palast. Das ist unglaublich."

„Und niemand kann eingeweiht werden." Züleyha sah fast schon verzweifelt aus.

„Verfluchte Scheiße!" Krok rieb seinen Metallarm. „Wir packen das Notwendigste zusammen und brechen nach Einbruch der Dunkelheit auf."

Züleyha nickte. „Was ist mit den anderen, die dabei waren vorhin?"

Krok zuckte mit den Schultern. „Die Zwerge sollen auf sich selbst aufpassen und Hosurios wird nicht in Gefahr sein, nehme ich an."

„Dann werden wir uns unter einem Vorwand entschuldigen. Ehe man bemerkt, dass wir nicht wiederkommen, sind wir über alle Berge."

Nach Einbruch der Dunkelheit schlichen Krok und Züleyha mit Zara durch einen verlassenen Nebengang der Festung. Die Eltern hatten ihrer Tochter eingeschärft, sich absolut ruhig zu verhalten. Obwohl das Mädchen nicht begriff, warum sie mit ihren Eltern fliehen musste, so bemerkte sie die Anspannung der Erwachsenen.

Am frühen Abend war Züleyha mit ihrem Dienst fertig gewesen und hatte sich rasch in ihre Privatgemächer zurückgezogen. Krok ließ sich beim König unter Vortäuschung einer Magenverstimmung entschuldigen und so vermisste man sie nicht. Als dann am frühen Abend die Nachricht durch die Festung ging, dass Atriba Feuersturm verletzt aufgefunden worden war, beschlossen sie, sofort aufzubrechen.

So schlichen sie durch den Gang, darum bemüht, die patrouillierenden Wachen zu umgehen. Plötzlich blieb Züleyha stehen.

„Was ist los?", flüsterte Krok.

„Wir können so nicht einfach gehen. Wir haben jemanden vergessen", gab sie zur Antwort.

„Was meinst du? Erklärst du mit bitte kurz und knapp, was jetzt wieder in deinem Köpfchen vorgeht?" Krok machte ein säuerliches Gesicht.

Zara, an der Hand ihrer Mutter, senkte den Kopf, da sie bemerkte, dass die Stimmung zwischen ihren Eltern zu kippen drohte.

„Wir haben vorhin gehört, was der Botschafterin zugestoßen ist. Sie war eine gute Gefährtin und wir können sie nicht hilflos im Palast zurücklassen."

Krok senkte den Kopf und schnaufte tief durch. „Wir haben eindeutig zu viel Gewissen abbekommen, meine liebe Züleyha. Wie sollen wir denn die Botschafterin mitnehmen? So wie wir es gehört haben, liegt sie schwer verletzt in ihren Gemächern. Wir sind keine Heiler und können uns nicht mit ihr belasten. Es wird schon mit dem Kind schwer genug sein sich abzusetzen."

„Eine Tagesreise von hier kenne ich einen fähigen Kräuterkundler. Wir haben genug Gold in den Taschen, um uns sein Schweigen zu kaufen. Ich kenne ihn von früher und halte ihn für vertrauenswürdig. Dort bekommen wir auch frische Pferde. So weit sollte die Botschafterin durchhalten. Wenn wir sie zurücklassen, wird sie durch fremde Hand sterben, das weißt du."

„Ach Scheiße, Züleyha!" Krok ballte die Faust und fasste einen Entschluss. „Du gehst mit der Kleinen zu den Ställen. Sattel die Pferde. Ich werde schauen, ob ich die Botschafterin holen kann."

„Einverstanden. Pass auf dich auf." Züleyha strich ihm über die Wange und hauchte ihm einen Kuss auf die Wange. Dann huschte sie mit Zara durch den Gang. Nur das leise Knarzen des Leders von Züleyhas Kleidung war zu hören. Dann waren sie im nächsten Gang verschwunden und außer Sicht.

„Verdammte Scheiße", fluchte Krok leise und drehte sich um. Sein Weg führte ihn zurück in einen der Hauptgänge, wo helle Lichter den Weg wiesen. Zum Glück war er nicht allzu weit vom Quartier der Botschafterin entfernt. Er wäre am liebsten gelaufen, zwang sich aber zu einem langsamen Schritt.

Vor der Türe der Botschafterin stand keine Wache. So konnte er unbeobachtet in die Räumlichkeiten schlüpfen.

Drinnen empfing ihn Dunkelheit, an die sich seine Augen zunächst gewöhnen mussten.

Irgendjemand wollte dies ausnutzen. Krok spürte, trotz der vorübergehenden Blindheit einen Luftzug an seinem Gesicht und riss erschrocken den Kopf zurück. Etwas streifte seine Schläfe und ließ ihn taumeln. Krok strauchelte und stolperte über einen Stuhl, der neben der Türe stand. Halb benommen fiel der ehemalige Gladiator der Länge nach hin.

Der Unbekannte stürzte sich von hinten auf ihn und begann ihn zu würgen.

Krok fühlte den warmen Atem des Mannes im Nacken und langsam stieg Panik in ihm hoch. Er lag flach auf dem Bauch und konnte sich kaum rühren. Obendrein lief ihm etwas Warmes übers Gesicht -Blut! Er keuchte auf und langsam setzte sich ihm die Erkenntnis durch, dass er nicht mehr lange Zeit hatte, um sich zur Wehr zu setzen. Mit einer Kraftanstrengung warf er sich herum und überraschte den Angreifer. Zwar ließ der nicht von Krok ab, aber er musste seinen Griff lockern. Das gab Krok die Gelegenheit seinen Metallarm zu befreien und schwang ihn auf Verdacht gegen den Kopf des Angreifers. Er fühlte einen Widerstand und merkte, dass er getroffen hatte. Der Druck auf seinen Hals ließ wieder kurz nach. Er nutzte die Gelegenheit und riss die Knie nach oben, in der Hoffnung die empfindlichen Geschlechtsteile des Mannes zu treffen.

Ein wütendes Grunzen war die einzige Antwort, die er erhielt.

Wieder schlossen sich harte Finger um seinen Hals und drückten zu. Verzweifelt warf Krok sich hin und her, schaffte es aber nicht, sich von dem Gewicht des Mannes zu befreien, der auf seinem Körper saß und ihn langsam, aber stetig zu Tode würgte. Sterne begannen vor seinen Augen zu tanzen und seine Gedanken wurden schwer. Seine Muskeln gehorchten ihm nicht mehr. So fühlt sich das Sterben an, dachte Krok müde und stellte jede Gegenwehr ein.

Wie aus weiter Ferne hörte er, wie jemand den Raum betrat. Eine Klinge schwirrte durch die Luft und fuhr mit einem schmatzenden Laut in das Fleisch seines Peinigers. Eine zweite Klinge wurde gezogen und wurde ebenfalls in seinem Peiniger versenkt.

Krok fühlte, wie der Druck auf seinen Hals nachließ und sammelte noch einmal seine Kräfte. Sein Metallarm schoss nach vorne und stieß die ausgefahrenen Klingen in die Kehle des Mannes. Blut sprühte durch den Raum und traf auf Kroks Gesicht.

Der unbarmherzige Druck auf seinen Hals war auf einmal verschwunden und er hörte den Körper des Mannes auf den Boden aufschlagen. Wertvolle Luft strömte wieder in seine Lungen. Er keuchte und hustete.

„Liebling, lebst du?", hörte er Züleyhas sorgenvolle Stimme in der Dunkelheit.

„Ich glaube ja", röchelte er mühsam. „Noch am Leben", stieß er hervor.

Züleyha entzündete eine Lampe und schloss die Türe.

Zum ersten Mal sah Krok den Angreifer. Groß und bullig lag er seitlich auf dem Steinboden und blutete langsam aus.

„Ein ziemlicher Brocken", sagte Züleyha und kniete bei dem unbekannten Mann nieder. „Kräftig, sehr muskulös." Sie tastete die Taschen ab, fand aber nichts von Bedeutung.

„Was ist mit der Botschafterin?", fragte Krok, der sich wieder gesammelt hatte und langsam aufrappelte.

Sie gingen beide zum Bett der Botschafterin, die verschwitzt in den Laken lag. Ein dünnes Nachthemd bedeckte ihren Körper.

„Wo sind denn nur die Wachen?" Züleyha runzelte die Stirn.

„Jemand muss sie abgezogen haben." Krok kratzte sich am Schädel und befühlte dann seinen malträtierten Hals. Seine Beine fühlten sich wackelig an. „Wir stecken schon wieder über beide Ohren in der Scheiße", fluchte er.

„Wir sollten zusehen, dass wir hier wegkommen. Ich habe keine Lust, noch einem dieser Kerle in die Hände zu laufen."

„Geh voraus, ich trage die Botschafterin." Er hielt inne, bevor er die Frau hochhob. „Wieso bist du überhaupt hier? Du solltest doch mit Zara bei den Ställen auf mich warten."

„Ich hatte ein komisches Gefühl und hatte den Drang zurückzugehen."

„Da hattest du diesmal das richtige Gefühl." Er hob Atriba Feuersturm hoch und merkte, wie ihm die Knie zitterten. Der Angriff steckte ihm in den Knochen. Die Botschafterin fühlte sich heiß und verschwitzt an. „Sie hat Fieber. Ich hoffe, sie hält den Ritt durch."

„Hier wäre sie auch gestorben", bemerkte Züleyha knapp. „Ich gehe vor. Wir müssen Zara holen."

„Wo hast du sie versteckt?", schnaufte Krok unter der Belastung und folgte seiner Frau.

„In der Vorratskammer." Sie gingen den halbdunklen Gang entlang.

„Wo sind die ganzen Wachen bloß?", wiederholte Krok.

Züleyha hielt bei einer schmalen Türe und öffnete sie vorsichtig. „Zara, komm! Wir sind es."

Das Mädchen kam heraus, in der Hand eine Zuckerstange und nahm die Hand ihrer Mutter.

„Wer ist die Frau?", wollte das Mädchen wissen.

„Psst. Wir erzählen dir alles später. Jetzt musst du schön leise sein, Kind."

Sie gingen wieder zu dem Nebengang und folgten ihm, bis sie vor einer Wand standen. Züleyha drückte zwei Steine gleichzeitig in das Mauerwerk und mit einem Knirschen öffnete sich ein Geheimgang, der direkt bei den Ställen endete. Ursprünglich war der Gang als Fluchtweg angelegt worden. Immerhin erfüllte er jetzt seinen Zweck. Sie hatten die gesamte Festung, nachdem sie hier eingezogen waren, nach dieser Art Gänge durchforstet. Jetzt machte es sich bezahlt.

Krok spürte die frische Luft. „Wir sind gleich da." Dicke Schweißperlen standen auf seiner Stirn und er war froh, die Botschafterin gleich auf ein Pferd setzen zu können. Die ganze Zeit hatte sie schlaff in seinen Armen gelegen. Nur ein gelegentliches Stöhnen zeigte, dass sie unter den Lebenden weilte.

Nachdem sie die letzte Geheimtüre in die königlichen Ställe hinter sich gelassen hatten, standen sie im dunklen Stall. Der Geruch von frischen Pferdeäpfeln und Heu empfing sie freundlich. Hier fühlte sich Krok wohler als in dem ganzen Luxus und Prunk der oberen Stockwerke. Vorsichtig legte er Atriba auf einen Heuhaufen. „Wir müssen uns beeilen. Die Wächter werden gegen Morgengrauen wieder hier sein und ihre Runde machen. Bis dahin brauchen wir einen uneinholbaren Vorsprung."

„Wir nehmen unsere Pferde und eines der königlichen Tiere für die Botschafterin", bestimmte Züleyha.

Zara setzte sich neben die Botschafterin in den Heuhaufen und lutschte an ihrer Zuckerstange herum, während ihre Eltern die Pferde zu satteln.

„Wir werden sie auf dem Pferd festbinden, sonst fällt sie uns herunter. Wir ziehen ihr am besten einen Mantel der Pferdeknechte an."

„Mache du das. Ich sattel das letzte Pferd in der Zwischenzeit." Krok nahm mit seiner eigenen Hand den Sattel am Knauf hoch und warf ihn auf den Pferderücken eines Schimmels, der bereits die Schabracke von Züleyha aufgelegt bekommen hatte. Als sich seine Frau zum Gehen wandte, räusperte sich Krok. „Danke für vorhin. Ich glaube diesmal, wäre es zu Ende gewesen."

Sie winkte ab. „Mach dir nichts daraus. Man kann nicht jeden Kampf gewinnen. Zudem glaube ich, dass Magie im Spiel war."

„Wie kommst du denn darauf?" Krok beugte sich unter dem Pferd und zog den Sattelriemen feste.

„Nun, da sind die verschwundenen Wachen. Dann war der Mann erstaunlich schmerzunempfindlich. Normalerweise hätte er nach meinem ersten Messer schon zusammenbrechen müssen."

Krok fiel auf, wie recht sie hatte. Trotz des Treffers mit seinem Metallarm war der Mann in der Lage gewesen, ihn fast bis zur Besinnungslosigkeit zu würgen. „Ich glaube, es hängt alles zusammen."

„Das mag sein. Aber wir müssen erst einmal zusehen, wie wir aus der Stadt kommen. Denke daran, dass es eine Ausgangssperre gibt."

„Die habe ich nicht vergessen. Wir werden durchkommen. Immerhin sind wir die königlichen Leibwächter und wir sind mit der Botschafterin Feuersturm auf geheimer Mission."

„Ohne eine entsprechende Depesche wird uns sie Geschichte nicht weiterhelfen."

„Ich habe etwas Besseres zu bieten." Krok klopfte auf seine Westentasche und zwinkerte ihr zu. „Die Pferde sind fertig, wir können los."

Kurz später ritt eine kuriose Reisegesellschaft aus den Ställen. Ein Mann, der die Zügel einer verhüllten Gestalt führte und eine Frau, vor der ein kleines Mädchen saß.

Skiril

Lidokar ging voraus und führte sie in den Bereich der Festung, in der die Zwerge ihre Quartiere bezogen hatten. Trauerwachen waren aufgestellt worden und standen vor den Gemächern des toten Königs. Der Rottenführer klopfte leise an der Türe und wartete auf eine Reaktion.

Sie hatten sich darauf geeinigt, dass Lidokar von seinem König Abschied nehmen konnte, bevor sie zur Ehrenrotte gingen, die bei dem Attentat unmittelbar bei Goldfuß gestanden hatten.

Ein dicker Zwerg öffnete die Türe. Höflich senkte Lidokar das Haupt und ging in die Gemächer des Toten.

Skiril und Gundra warteten draußen. Der Liktor begann vor den Zwergenwachen auf- und abzugehen. Die Zwerge ignorierten die Menschen und starrten stur geradeaus.

Seine Gedanken kreisten um das Geschehene. Etwas an der ganzen Sache stank zum Himmel. Gab es eine Verschwörung von Zauberjägern oder innerhalb der Armee? Oder gab es eine geheime Kraft, die es auf die einen Machtwechsel abgesehen hatte. Einfache Morde schloss er bei den Opfern aus.

„Worüber denkst du nach?" Gundra lehnte lässig an der Wand und beobachtete Skiril dabei, wie er nachgrübelte.

„Ich will die Teile dieser Sache zusammenzubringen. Aber wie ich es drehe und wende, es ergibt keinen Sinn."

„Wir wissen zu wenig. Wenn wir mehr herausfinden, wird sich bald ein sinnvolles Bild ergeben."

„Du bist eine Optimistin. Bis jetzt hat uns jeder Schritt und jedes Detail eher zurückgeworfen." Skiril lehnte sich auch mit dem Rücken an die Wand und starrte zu Boden. „Was seid ihr für Schwestern in diesem königlichen Orden?" Die Frage war schärfer formuliert, als sie gemeint war. Er hatte ernsthaftes Interesse.

Gundra schaute ihm in die Augen und fuhr sich mit gespreizten Fingern durchs Haar. „Wir Schwestern des königlichen Ordens verstehen uns als Hüterinnen des

Throns. Unsere Aufgabe ist es, jegliche Gefährdung von der jeweiligen Throninhaberin fernzuhalten."

„Das hat ja blendend funktioniert", murmelte Skiril.

Ihr scharfer Blick traf ihn.

„Tut mir leid", entschuldigte er sich. „Bitte fahre fort."

„Ich weiß, dass du den Ruf hast, respektlos zu sein und den Frauen nachzusteigen. Aber du hast auch den Ruf, ein ausgezeichneter Ermittler zu sein. Wie du siehst, sind wir bestens im Bilde, was dich betrifft. Wir wissen, dass du als Nachfolger des Centurios vorgesehen bist, der die Liktoren befehligt. Der Einzige, der dir die Beförderung verderben kann, bist du selbst." Ihre Augen blitzen spöttisch. Einen Augenblick herrschte Schweigen. Dann fuhr sie fort: „Die Vorsteherin meines Ordens rief mich, als der Anschlag auf Zwergenkönig Goldfuß bekannt wurde. Ich sollte herausfinden, wer den Mordversuch unternommen hatte. Da war der König noch lebendig. Jetzt, durch den Tod des Zwergenkönigs und der Kaiserin, hat sich alles verändert. Meine Vorsteherin hat mich damit beauftragt, den Mörder zur Strecke zu bringen. Ohne jegliche Gnade."

„Was hast du in dem Haus herausgefunden, bevor wir dazu gekommen sind?"

„Gar nichts. Ich hatte mir Zutritt verschafft, als du mit dem Zwerg aufgetaucht bist. Ich habe lediglich gespürt, dass etwas Magisches im Haus vorgegangen war."

Skiril nickte langsam. „Das bringt uns zumindest einen kleinen Schritt voran."

„Inwiefern?"

„Das Amulett, was wir gefunden haben, ist eine falsche Spur. Nur Zauberjäger tragen es. Allerdings kann keiner aus meiner Zunft Magie anwenden. Insoweit wissen wir, dass derjenige, der den Schuss abgegeben hat, magische Talente besitzt." Der Liktor ging zwei Schritte vor und stand eine

Armlänge von der Ordensschwester entfernt. „Was für Frauen treten eigentlich in deinen Orden ein?"

„Jede, die die Prüfungen besteht, kann in den Orden eintreten. Die Frauen, die sich dafür entscheiden, müssen sich darüber im Klaren sein, dass sie sich mit Leib und Seele dem Dienst des Ordens verschreiben."

„Was bedeutet das?"

„Wir leben enthaltsam was die fleischliche Zuneigung zwischen Mann und Frau betrifft und jede von uns ist bereit, ihr Leben für den Thron zu geben." Ihr Blick ging zu Boden.

Bevor Skiril etwas sagen konnte, öffnete sich die Türe und Lidokar kam mit ernstem Gesicht heraus. „Wir müssen sofort an einen sicheren Ort, wo uns niemand belauschen kann. Folgt mir!" Er stapfte, ohne auf Gundra und den Liktor zu warten, voraus und den beiden blieb nichts übrig, außer ihm zu folgen.

Luzil

„Herr, wenn wir die Legion in die Stadt marschieren lassen, wird das die Bevölkerung gegen und aufbringen." Der Oberbefehlshaber der Legion knetete, für den König nicht sichtbar, seine Hände hinter dem Rücken.

„Kriegskonsul, ich habe dich nicht um deine Meinung gebeten. Führe den Befehl aus und schaffe in der Stadt Ordnung!" König Norderstedts Gesicht rötete sich und seine Schlagader pochte. „Die Stadtwache wird der Lage nicht Herr. Die spärlichen Patrouillen vermögen nicht für die notwendige Ordnung sorgen."

Luzil räusperte sich, um sich Zeit zu verschaffen. Nach dem Attentat an der Kaiserin hatten sich marodierende Banden gebildet, die die Verwirrung in der Stadt ausnutzten. „Herr, bitte überdenke deinen Befehl. Sobald die Legion in die Stadt einmarschiert, wird die Bevölkerung dies als Kriegserklärung auffassen."

Der Zorn wich einer wilden Wut in den Augen des Königs. „Kriegskonsul Luzil. Ich wiederhole den Befehl ein letztes Mal: Marschiere mit deiner Legion in die Stadt und stelle die öffentliche Ordnung wieder her. Dann wirst du jedes Haus, jedes Hurenhaus und jeden Stein in dieser Stadt auf links drehen. Deine Legionäre müssen die Mörder von Goldfuß und der Kaiserin ausfindig machen. Tod oder lebendig! Wenn du dich nicht in der Lage siehst, dies zu tun, werde ich dich deines Kommandos entheben und mir einen Nachfolger suchen, der nicht mit mir über Befehle diskutiert."

Luzils weiße Narbe zuckte kurz in die Höhe, dann senkte er den Kopf. „Ich werde es tun, Herr."

„Gut, dann mache dich bereit. Im Morgengrauen wird deine Legion einmarschieren."

„Ja, Herr." Luzil biss sich auf die Zunge und salutierte. Als er das Arbeitszimmer des Königs verließ, spürte er die Blicke des Herrschers im Rücken und er musste sich beherrschen sich nicht umzudrehen. Erst nachdem sich die Türe hinter ihm geschlossen hatte atmete er tief durch und er erlaubte sich einen leisen Fluch. Seine Männer waren ausgebildete Soldaten. Auf einem Schlachtfeld konnte er sich keine besseren Kameraden wünschen. Aber sie würden nicht die Stadtwache ersetzen können.

Im Innenhof der Königsfestung wartete der stellvertretende Kommandant Olizu. Im Laufe der Jahre waren sie gute Freunde geworden und Luzil vertraute ihm wie keinem Zweiten.

„Was wollte der König?", fragte der Albino.

„Ich erkläre es dir auf dem Weg. Wir haben eine neue Mission", antwortete er kurz angebunden.

„Das wird die Männer freuen."

„Ich glaube nicht, Olizu."

Krok

Mit einem gefälschten Passierschein kamen sie problemlos an den Patrouillen der Stadtwachen vorbei. Niemand fragte, warum die schmale Frauengestalt leblos auf dem Pferderücken hing. Züleyha und Krok waren in der Stadt nicht unbekannt, aber sich auf ihre Bekanntheit zu verlassen hätte zu viel Risiko bedeutet. Nachdem sie die Stadtmauern hinter sich gelassen hatten, fiel die Anspannung von ihm ab.

„Wir müssen uns südlich halten, morgen Mittag kommen wir zu einem guten Bekannten. Dort können wir ausruhen."

Krok hielt das Pferd der Botschafterin am kurzen Zügel und fühlte nach der ohnmächtigen Frau. „Sie atmet gleichmäßig und ihr Puls ist kräftig. Sie sollte es schaffen."

„Sie muss es schaffen. Wir müssen genug Abstand zwischen und uns Norderstedt bringen."

Zara kuschelte sich an ihre Mutter und Züleyha gab ihr einen Kuss auf den Kopf und drückte dem Pferd die Fersen in die Flanken und trieb es an. „Keine Angst, mein Schatz, uns wird nichts geschehen."

Krok sah sich nach etwaigen Verfolgern um, konnte aber niemanden ausfindig machen und trieb sein Pferd ebenfalls an.

Sie ritten die Nacht durch und rasteten erst im Morgengrauen im Schutz einer kleinen Baumgruppe. Die Umgebung war gut einsehbar und selbst waren sie durch die Bäume und Büsche gedeckt. Vorsichtig hob Krok die Botschafterin vom Pferd und bettete sie auf einer bereitgelegten Decke. Dann lockerte er die Sattelgurte der

Pferde und streckte sich neben der Botschafterin aus. Er merkte, wie müde er war und langsam in den Schlaf glitt.

Ein sanftes Rütteln an seiner Schulter weckte ihn. Verschlafen rieb er sich die Augen. Verdammt, er hatte sich hingelegt und Züleyha den Rest überlassen. Er wurde langsam alt. „Wie lange habe ich geschlafen?"

„Es geht gegen Mittag", sagte Züleyha.

Krok fuhr hoch. „Wieso hast du mich nicht geweckt?"

„Beruhige dich. Die Botschafterin hat den Schlaf gebraucht und Zara auch."

„Du hättest mich zumindest wecken können, damit ich dich bei der Wache ablösen kann."

„Ich war nicht müde. Du wirst später deine Kräfte brauchen." Sie küsste ihn auf die Lippen und wendete den Kopf. „Botschafterin, die Männer sind doch alle gleich. Erst lässt man sie schlafen und dann machen sie einem Vorwürfe."

Schwach lächelte die rothaarige Frau. Sie saß aufrecht an einen Baum gelehnt und war mit einer Decke bedeckt. „Man muss sie nehmen, wie sie sind. Besser werden sie nicht."

„Du bist wach, Botschafterin?" Krok setzte sich vollends auf und wandte sich der Frau zu.

„Sonst würde ich kaum mit dir sprechen", unkte Atriba.

„Die Botschafterin und ich haben uns schon unterhalten." Züleyha reichte Krok frisches Wasser aus einer gefüllten Feldflasche.

Gierig trank Krok.

„Nicht weit von hier ist eine kleine Quelle. Wir hatten Glück bei der Wahl unseres Lagers." Sie zeigte eine grobe Richtung. „Die Pferde habe ich schon getränkt."

„Hoffentlich hast du die Flasche gefüllt, bevor du die Pferde hingeführt hast." Krok gab ihr die Flasche zurück.

„Deine Frau hat mir bereits erzählt, was vorgefallen. Wie konnten wir nur so blind sein." Atriba schüttelte den Kopf.

„Botschafterin, wir ...", setzte Krok an aber die rothaarige Frau hob die Hand.

„Nennt mich nicht so. Atriba reicht vollkommen aus. Wir sind hier nicht bei Hofe." Ihre Augen wurden für einen Augenblick feucht, aber dann fing sie sich wieder. „Die Kaiserin ist tot. Sie war nicht nur meine Herrscherin, sondern meine Freundin. Unsere Wege waren lange Jahre untrennbar miteinander verbunden."

Schweigen senkte sich über die kleine Gruppe, bevor Krok wieder das Wort ergriff. „Hast du gesehen, wer dich umbringen wollte, Atriba?"

Vorsichtig schüttelte sie den Kopf. „Nein. Ich konnte im letzten Moment meinen Feuerschild aufbauen, das hat mir das Leben gerettet. Falls der Bolzen vergiftet war, hat das Feuer das Gift verbrannt" Ihre Hand fuhr hoch zu dem Verband, der um ihren Kopf lag. „Ein Wimpernschlag später und ich wäre ins Seelenreich eingegangen." Sie bat um Wasser und trank aus der Feldflasche, die Krok vorhin benutzt hatte. Dankbar gab sie die Flasche zurück. „Der einzige Weg, der uns offensteht, ist der Norden. Wir müssen dringend mit den Adligen aus dem Regierungsrat sprechen, die der Kaiserin treu ergeben sind. Wie ihr wisst, war die Kaiserin nach der Vereinigung des Reiches der Hauptstadt fern geblieben und hat sie Norderstedt überlassen, damit sie die Adeligen des Rates weiter unter Kontrolle halten konnte. Sobald sie ihnen den Rücken zugewandt hätte, wäre das die Gelegenheit gewesen, Intrigen zu spinnen."

„Schon wieder Politik", stöhnte Krok auf und schüttelte den Kopf.

„Sei still und höre lieber zu", maßregelte Züleyha ihn halbherzig.

„Und der Rat sitzt weiter in der alten Hauptstadt Curaidun", fuhr Atriba fort. „Im Rat sind alle Adelsgeschlechter mit einem Mitglied vertreten. Und nicht alle sind der Kaiserin zugetan. Als sie sich vor zehn Jahren dazu entschlossen hatte, sich mit den Mitgliedern der Leibwache und Freiwilligen dem vereinigten Heer anzuschließen haben es ihr viele Adelige übelgenommen."

„Worauf willst du hinaus, Botschaft ... Atriba?", wollte Krok wissen.

„Ich will darauf hinaus, dass der Rat durchaus seine Gründe hat, sich einen Verbündeten zu suchen, um die Kaiserin abzusetzen, aber sie umzubringen ... das geht über meinen Horizont hinaus. Dies ist in der Tradition des Thrones noch nie vorgekommen." Sie verstummte müde und schloss die Augen.

Krok dachte schon, sie sei eingeschlafen, als sie sie wieder öffnete.

„Züleyha, du sprachst eben von einem Weg, den wir beschreiten könnten." Atriba massierte sich die gesunde Kopfseite und schwieg.

„Ja. Zu meiner Zeit in der Gilde gab es eine Anzahl an ... sagen wir ... Stationen für Leute wie mich. Wenn wir uns unauffällig absetzen mussten, konnten wir eine Art Spinnennetz von Wegen und Stationen aufsuchen, damit wir unsere Fährte verwischen konnten."

„Und du kannst diese Helfer aufsuchen? Du bist nicht mehr in der Gilde." Krok fuhr sich übers Kinn.

„Genau genommen stimmt das nicht. Ich bin im Ruhestand, aber immer noch Mitglied der Gilde." Züleyha sah sich nach der schlafenden Zara um und atmete tief durch. „Ich denke, wir können einige dieser Helfer aufsuchen, um unauffällig in den Norden zu kommen. Wir werden dort frische Pferde, Kleidung und Nahrung erhalten."

„Das klingt realistisch", gab Atriba zu. „Wie weit ist der erste Helfer entfernt?"

„Eine halbe Tagesreise von hier. Dort kann ich jemanden aufsuchen. Einen Kräuterhändler, der auf der Lohnliste der Gilde steht."

„Dann ist es beschlossen. Wir werden es auf diesem Weg versuchen." Krok stand auf und streckte sich. „Atriba, kannst du reiten?"

„Solange wir kein Rennen abhalten, werde ich durchhalten."

Züleyha stand ebenfalls auf. „Ich wecke Zara und dann können wir sofort aufbrechen. Unser Verschwinden ist nicht unbemerkt geblieben."

Skiril

„Dann wissen wir jetzt genauso viel, wie der verstorbene Goldfuß." Der Liktor spuckte auf den mit Sägespänen bedeckten Boden der Schenke. Er hatte sich mit Gundra, Lidokar und dem Hund in eine ruhige Ecke der Schenke verzogen. Ihre Bierkrüge waren fast unangerührt. Keiner wollte sich betrinken.

„Also, ein Spion arbeitet mit abtrünnigen Adeligen aus dem Adelsrat zusammen. Dabei ist der Zwergenkönig und die Kaiserin dieser Intrige zum Opfer gefallen." Skiril schaute auf seinen grauen Hund, der sein Bier getrunken hatte. „Wir müssen diesen Spion in die Hände bekommen und ihn an König Norderstedt ausliefern."

Die Musikanten spielten auf und machten jedes Belauschen unmöglich.

„Hast du nochmal versucht, die Botschafterin mit dem Kommunikationsstein zu erreichen?" Gundra nippte an ihrem Bier und verzog das Gesicht.

„Ja, aber sie antwortet nicht."

Lidokar hob die Hand und bestellte eine Runde Schnaps. „Den haben wir alle nötig. Mal sehen, was der Laden hier für eine Rattenpisse anbietet."

Die Bedienung brachte den bestellten Schnaps und sie prosteten sich zu. Ein Beobachteter hätte geschworen, eine harmlose Zechergruppe zu sehen.

Gundra lief rot an und hustete, nachdem sie den Schnaps geschluckt hatte. „Was, bei allen Teufeln, ist das?"

„Kein Zwergenbrand. Aber er vollbringt seine Wirkung." Skiril fühlte das Feuer des Alkohols in seinem Magen und merkte, wie er sich entspannte.

„Ich glaube, wir können es uns sparen, mit der Ehrenrotte zu sprechen. Es wird niemand etwas gesehen haben." Skiril trank den halben Becher mit Bier leer, den Rest goss er dem Hund in seinen Napf. Sofort machte sich das Tier über die Spende her.

Gundra deutete auf den großen grauen Hund. „Sag mal, wieso gibst du dem Hund Bier?"

„Weil er seinen Schnaps heute schon gehabt hat. Zuviel davon verträgt er nicht."

„Das habe ich nicht gemeint ..."

„Liktor Skiril?" Ein Mann stand neben ihrem Tisch. Er trug die Uniform der Stadtwache. Harte, blaue Augen sahen auf sie herab.

„Ja? Was willst du, Soldat?" Skiril lehnte sich etwas in seinem Stuhl zurück, damit er den Kopf nicht so in den Nacken legen musste.

„Ich soll dich und deine Begleiter zu König Norderstedt bringen", sagte der Soldat leise aber bestimmend.

„Schon wieder in den Palast", seufzte Lidokar gespielt auf. „So viel Ehre ist nicht mal meinem König zuteilgeworden."

„Wir müssen sofort aufbrechen, der König hat keinen Zweifel daran gelassen, dass er ungeduldig ist." Der Soldat vollführte eine einladende Bewegung und ging dann voraus.

„Und ich hatte mich schon auf ein paar Stunden Schlaf gefreut." Gundra stand auf und folgte dem Soldaten.

„Ein paar Stunden Schlaf und eine schöne Flasche Zwergenbrand." Lidokar folgte Gundra und Skiril saß allein am Tisch. Der Hund legte den Kopf schief und sah ihn an. „Keine Wahl, alter Junge. Ein paar Stunden Schlaf, eine Flasche Zwergenbrand und meine Lieblingshure. Aber nicht heute."

Sie standen aufgereiht im Arbeitszimmer des Königs. Diesmal war der Hund mitgekommen. Brav saß er neben Skiril und harrte der Dinge, die da kommen würden.

Der König kam durch einen Geheimgang hereingerauscht, der sich hinter einem Wandteppich verbarg.

Ohne Umschweife oder Gruß kam der König zur Sache. „Der Botschafterin ist etwas zugestoßen. Jemand wollte sie töten."

Gundra wurde blass. „Ist sie …?"

„Nein, sie war lebendig. Zumindest als ich sie das letzte Mal gesehen habe." Norderstedt setzte sich hinter seinen Schreibtisch, bat seinen Gästen aber keinen Stuhl an, während er fortfuhr. „Es gibt einen Spion an meinem Hof."

Das erwartete Entsetzen blieb aus. Stattdessen konterte Skiril. „Herr, das wissen wir bereits. Und der Spion soll mit abtrünnigen Adeligen aus dem Adelsrat gemeinsame Sache machen."

Norderstedt kniff die Augen zusammen. „Bist du etwa fähiger, als ich es gedacht habe?"

Skiril spürte Abneigung gegen seinen König aufsteigen, schluckte aber eine scharfe Erwiderung herunter.

„Ich kann dir aber mitteilen, wer der Spion ist. Es ist kein Adeliger", eröffnete der König. „Er hat die Botschafterin entführt und einen Mann getötet."

„Wer ist es?", stieß der Liktor hervor.

„Mein Leibwächter!"

Skiril blieb der Mund offen stehen. „Das muss ein Irrtum sein."

„Es ist kein Irrtum möglich. Die Botschafterin stand unter Bewachung spezieller Männer. Einen dieser Männer hat er umgebracht. Danach hat er meine Nichte, ihr gemeinsames Kind und die Botschafterin aus der Stadt geschmuggelt. Die Wachen haben die Gruppe aufgrund eines gefälschten Passierscheines durchgelassen."

„Ein Mann soll drei Menschen entführt haben? Es müsste doch nur einer von ihnen um Hilfe gebeten haben und schon hätte die Wache ihn aufgehalten."

„Der Mann ist äußerst fähig. Wie du weißt, ist er ein ehemaliger Gladiator. Leider ist es mir entgangen, dass seine Gesinnung nicht gutmütig ist."

„Was erwartest du von mir?" Skiril beschlich das ungute Gefühl, dass der König ihnen eine Art Sonderauftrag zugedacht hatte.

„Ich erwarte, dass ihr den Spion jagt und zur Strecke bringt. Ich will ihn tot oder lebendig vor mir sehen."

„Ich bin Liktor. Meine Befugnisse enden an der Stadtgrenze."

„Jetzt nicht mehr. Von jetzt ab bis du Centurio im Sonderauftrag. Du unterstehst von jetzt an meinem direkten Befehl. Hier ist deine Ernennungsurkunde. Herzlichen Glückwunsch" Norderstedt warf ihm eine Schriftrolle zu, welche Skiril geschickt fing. Die Überraschung stand ihm ins Gesicht geschrieben. „Und da der Spion nicht nur für den Tod der Kaiserin verantwortlich ist, sondern gleichfalls an

König Goldfuß' Tod beteiligt war, ist Rottenführer Lidokar mit von der Partie. Der Botschafter des Zwergenreiches hat mir zugesichert, dass dir große Ehren bevorstehen, wenn du erfolgreich zurückkehrst." Die letzten Worte richtete er an Lidokar. Dann drehte sich der König zu Gundra. „Schwester Gundra. Ich denke, du wirst dich dieser Jagd anschließen, da unsere geliebte Kaiserin dir und deinem Orden besonders am Herzen lag." Er schaffte es tatsächlich die letzten Worte ohne Spott auszusprechen.

„Herr, erlaubt ihr mir eine Frage?" Skiril wählte seine Worte mit Bedacht.

„Nur zu, Centurio." Gönnerhaft schwenkte Norderstedt mit der Hand.

„Welche Befugnisse haben wir außerhalb der Stadt? Die örtlichen Gesetzeshüter werden sich nicht ins Handwerk pfuschen lassen wollen, wenn dieser Mann mit seinen Geiseln durch ihr Gebiet zieht."

„Ihr bekommt alle drei einen Steckbrief von mir. Darin wird von schriftlich festgelegt, dass ihr in meinem Namen handelt. Ich rate euch, diese Befugnisse nicht zu missbrauchen." Der König stand auf und ging auf Skiril zu. Leise knurrte der graue Hund und verstummte nach einer kurzen Handbewegung Skirils. „Centurio, auf deine Schultern lege ich die wichtige Aufgabe, diesen Mann ausfindig zu machen. Ich wünsche dir Erfolg. Und nach deiner erfolgreichen Heimkehr wirst du den Befehl über die Liktoren erhalten." Norderstedt lächelte sanft.

„Danke, Herr. Ich hoffe, dass ich mich deines Vertrauens würdig erweise." Skiril grinste den König an.

„Dann los. Ich erwarte eure erfolgreiche Rückkehr."

Skiril salutierte und drehte sich dann um, in Richtung Türe. Ohne ein Wort folgten ihm Gundra und Lidokar. Der Hund trottete an seiner Seite. Erst als sie den Palast wieder verlassen hatten, ergriff Lidokar das Wort. „Was haltet ihr von der Sache?"

Der Liktor machte ein grimmiges Gesicht. „Es stinkt zum Himmel. Aber wir müssen diesem Krok hinterher. In der Stadt werden wir nicht die Antworten auf unsere Fragen bekommen."

Vor dem Morgengrauen ritten sie aus dem gleichen Tor, durch das Krok mit seinen Begleiterinnen geritten war. Regen setzte eine und fiel in großen schweren Tropfen auf sie herab. Sie waren an einigen Patrouillen der Stadtwache vorbeigekommen, die Gefangene in den Kerker brachten. Einige Banden waren bei den Plünderungen erfolgreich gewesen und hatten einige Kaufleute ausgeplündert. Auch Tote waren zu beklagen. Gerüchten zufolge gab es Bereiche in der Stadt, in die sich die Stadtwache nicht herein traute.

Lidokar ritt hinter Skiril auf einem kleinen Pferd. Axt und Krähenschnabel trug er auf dem Rücken über Kreuz. Seinem Gesicht nach zu urteilen war er nicht vom Reiten begeistert.

Gundra ritt als letzte der kleinen Gruppe. „Du musst dich mehr mit dem Pferd bewegen, sonst hast du heute Abend einen wunden Hintern."

„Wenn ich heute Abend einen wunden Hintern habe, schlachte ich das Pferd und verwurste es."

„Und wer soll dann die ganze Wurst schleppen?"

„Hört auf!" Skiril war genervt und sauer, dass er sich auf diese Reise begeben musste. Er war kein Freund der Wildnis und des Reisens. Er war froh gewesen über den Posten als Liktor. Jeden Abend ein Bett, eine Frau und ein tägliches Bad. Centurio, die Beförderung hatte er sich lange Zeit gewünscht. Aber irgendwie besaß sie jetzt einen bitteren Beigeschmack. Vielleicht würden sie endlich auf Antworten stoßen, wenn sie den ehemaligen Leibwächter eingeholt hatten.

Luzil

Mit strammem Schritt marschierte die Schwarze Legion in die Stadt. In Kampfformation nahmen sie die ganze Breite der Straße in Beschlag. Seinen Männern voran marschierte Kriegskonsul Luzil. Neben ihm ging Centurio Olizu, der eine Hand auf seinen Schwertgriff gelegt hatte. Luzils Männer trugen ihre volle Rüstung. Er hoffte, die Aufständischen schon alleine mit ihrer Präsenz abzuschrecken.

Ihnen kam ein Soldat der Stadtwache entgegen, der in seiner typischen roten Uniform vor ihnen stehen blieb. Luzil gab das Kommando zum Halten.

„Herr, ich soll dir und deinen Männern den Weg in die Quartiere zeigen. Unter der Festung gibt es genug Platz für deine Männer."

„Gut, dann geh voran. Wir werden wir folgen." Luzil deutete auf die Straße.

Zackig salutierte der junge Mann und marschierte dann voran.

Der Kriegskonsul gab ein Handzeichen und die Legion setzte sich stumm wieder in Bewegung. Ein paar Veteranen von damals waren dabei, aber die meisten waren junge Burschen, frisch aus der Ausbildung. Sie galten als Elitetruppe der dharanischen Armee, obwohl sie den kleinsten Verband darstellten. Insgesamt standen achthundert Mann unter seinem Kommando, gut ausgebildet und speziell ausgerüstet mit Amuletten, die sie vor Zauberei schützte. Im großen Krieg mit den Zauberern vor rund dreißig Jahren waren die Vorfahren dieser Legion als Zauberjäger bekannt geworden. Nicht bei allen waren sie beliebt. Vor allem viele aus dem Zaubervolk waren skeptisch. Trotz der gemeinsamen Schlachten vor zehn Jahren gegen die Untoten waren die alten Wunden nicht bei allen verheilt. Das war einer der Gründe, warum Luzil gegen einen Einmarsch seiner Legion in die Hauptstadt gewesen war. Durch einen solchen Einsatz gegen die eigene Bevölkerung würden die Sympathien ihnen gegenüber nicht wachsen.

Sie durchschritten die Mauer durch ein massives Eisentor, die die Königsfestung von der Stadt abtrennte.

„Hier entlang, Herr." Der junge Soldat ging weiter voraus und führte sie in den Bereich in dem sich ihre Unterkünfte befanden. „Deine Männer können hier Quartier beziehen. Später erfolgt die Ausgabe der Essensrationen. Der König erwartet dich und deinen Stellvertreter, sobald ihr die Männer untergebracht habt."

Luzil nickte knapp und gab die entsprechenden Befehle an seine Offiziere weiter. Neben Centurio Olizu standen zurzeit vier weitere Offiziere unter seinem Kommando. Nachdem die Centurionen die Befehle an die Mannschaften weitergegeben hatten, gab er Olizu ein Zeichen. „Wir müssen zum König. Er will uns sehen. Vermutlich hat er vor eine seiner Reden halten und uns sagen, was er genau von uns erwartet."

„Muss ich da unbedingt mit? Ich würde gerne mit den Offizieren die Einteilung der Männer besprechen und die Patrouillen einteilen." Olizu machte ein saures Gesicht.

Luzil wusste, wie ungern sein Freund diese Pflichten hasste. „Na gut, bleib hier bei den Männern. Es wird nicht lange dauern, bis ich zurückkehre."

Olizu lächelte erleichtert und salutierte dankbar.

Luzil atmete tief durch und rückte seinen Schwertgurt zurecht. Manchmal drückte diese Verantwortung, die auf seinen Schultern lastete, schwer. Damals, als er ein kleiner Optio gewesen war, waren die Entscheidungen einfach gewesen. Seine Kameraden und er hatten klare Befehle, die es auszuführen galt. Jetzt musste er selbst die Verantwortung für achthundert Mann tragen. Zum Glück war seine Frau ihm eine große Stütze. Isela war eine Frau, die er sich immer schon gewünscht hatte. Er wusste zwar, dass seine Liebe am Anfang größer gewesen war als ihre, aber mit Verständnis, Liebe und Treue hatte sie ihm ihr Herz geöffnet.

Seine Beine trugen ihn durch die bekannten Gänge der Festung, in Richtung des Arbeitszimmers des Königs. Düster dreinblickende Wächter standen davor und starrten geradeaus, beachteten ihn gar nicht. Ohne auf eine Reaktion zu warten ging er nach einem kurzen Klopfen in das Arbeitszimmer.

„Du hast dir Zeit gelassen, Kriegskonsul. Ist es deine Art, deinen König warten zu lassen?" Norderstedt stand mit dem Rücken zu ihm und fuhr mit dem Finger über ein paar Bücher, die in dem Regal neben dem Schreibtisch standen.

Luzil fühlte die Wut in sich aufsteigen, die er so oft in Anwesenheit des Mannes verspürte. „Verzeihung, Majestät ..."

Der König hob seine linke Hand und gebot Ruhe. „Keine Ausflüchte, Soldat. Ich will dich über den aktuellen Stand der Dinge in Kenntnis setzen." Norderstedt drehte sich um und setzte sich hinter seinen Schreibtisch.

Luzil stellte sich bequem hin und verschränkte die Hände hinter dem Rücken. Je weniger er sagte, umso schneller würde er der Anwesenheit dieses Mannes entrinnen.

„Ich habe Liktor Skiril mit zwei weiteren Helfern auf die Fährte meines ehemaligen Leibwächters gesetzt. Der ehemalige Gladiator hat die Botschafterin entführt und hat ein Kind sowie meine Nichte bei sich. Ob sie seine Komplizen sind, wird sich herausstellen. Jetzt zur Aufgabe, die ich deiner Legion gebe: Ich erwarte, dass deine Männer Ordnung in der Stadt schaffen. Dabei erwarte ich ferner, dass kriminelle Elemente beseitigt werden. Deinen Männern werden Listen mit den fraglichen Personen ausgehändigt. Auf jeden von ihnen ist ein Kopfgeld ausgesetzt, was unter deinen Legionären nach deinem Gutdünken verteilt werden kann."

„Verstanden. Was ist, wenn die Aufgabe erfüllt ist?" Luzils Narbe an der Augenbraue zuckte, aber sich jetzt vor dem König zu kratzen wäre unpassend.

„Dann wird deine Legion die Stadt wieder verlassen und eine saubere und gute Stadt hinterlassen. Ich will, dass deine Legion wie ein eiserner Besen durch die Straßen fegt. Ist das klar?"

Der fordernde Tonfall des Königs nötigte Luzil ein Nicken ab.

„Die feigen Morde an unserer geliebten Kaiserin und am Zwergenkönig Goldfuß dürfen nicht ohne Folgen bleiben."

„Zu Befehl, mein König." Luzil war bereit zum Gehen, aber Norderstedt war noch nicht fertig.

„Ich möchte, dass du mir ein Dutzend Männer zur Verfügung stellst, die meine persönliche Sicherheit garantieren. Nach dem Verschwinden meiner Leibwächter, bin ich zur Zeit ohne jeglichen Schutz."

„Selbstverständlich, Hoheit."

„Das war es dann. Die Listen werden dir durch einen meiner Diener zugestellt. Du kannst jetzt gehen."

Luzil salutierte und ging wieder hinaus. Nur seine Stiefelschritte waren in dem leeren Gang zu hören.

Irgendwo im Südosten Dharans

Der Wirt servierte mit blütenweißer Schürze dem Mann ein Bier und strich die Münze ein, die auf ihn wartete. „Kann ich dir sonst noch etwas bringen? Meine Frau hat einen Hammeleintopf auf dem Feuer stehen."

„Nein. Vielen Dank, das Bier reicht mir." Gütig nickte der Mann dem Wirt zu und zündete sich seine Pfeife an. Seine fast vollständig grauen Haare waren mit einem Stirnband gebändigt und fielen über die breiten Schultern. Sein Bündel lag neben ihm auf dem Stuhl. Die Arbeit war getan und das Bier war die Belohnung für sein Tageswerk. Jetzt musste er nur auf seinen Sohn warten, der einige Besorgungen beim Kaufmann tätigte.

Der Wirt sah sich kurz um. Die wenigen Gäste waren versorgt mit Getränken und Speisen. Er zog sich einen Stuhl heran und setzte sich seinem Freund gegenüber an den Tisch. „Gestern kam ein Postreiter hier durch", sagte er leise.

Sein Freund schaute ihn über das Bierglas hinweg an. „Und? Gibt es Neuigkeiten?"

„Kann man so sagen." Der dicke Wirt malte mit einem Tropfen verschütteten Bieres Muster auf die grobe Tischplatte.

„Spanne mich nicht so auf die Folter." Der Grauhaarige zog an seiner Pfeife und blies einen Rauchkringel in die Luft.

„In der Hauptstadt ist die Hölle los. Dieser Zwergenkönig und die Kaiserin sind tot."

Fast wäre seinem Gegenüber der Bierkrug aus der Hand gefallen. „Tot? Ist das sicher oder sind das nur blöde Gerüchte?"

Der Wirt schüttelte den Kopf. „Nein, sie sind tot. Ermordet von einem Attentäter. Der Postreiter hat einen Steckbrief dagelassen von einem Verdächtigen."

„Wer soll das getan haben?" Der Grauhaarige legte eine Hand auf die Tischplatte, um nicht zu zeigen, wie er zitterte.

„Der Steckbrief beschreibt einen ehemaligen Leibwächter. Ehemaliger Gladiator, gefährlicher Kämpfer. Man wird gewarnt, sich ihm zu nähern. Außerdem hat er die Botschafterin der Kaiserin entführt. Den Namen des Mannes habe ich vergessen."

„Krok", flüsterte der ältere Mann.

„Kann sein." Argwöhnisch schaute der Wirt auf. „Kennst du ihn etwa?"

„Kann sein, ich habe im Krieg damals viele Menschen kennengelernt. Ich glaube, ich bin ihm einmal begegnet. Wir Legionäre hatten keinen Kontakt zu solch wichtigen Leuten. Hatte der Postreiter sonst etwas Neues berichtet? Der Tod der Kaiserin muss doch zu Verunsicherungen bei der Bevölkerung geführt haben."

„Hat er auch. Es gab Aufstände und mehrere Tote. Das alles ging angeblich von den kriminellen Banden aus. König Norderstedt hat die Zauberjägerlegion in die Stadt marschieren lassen, um Ordnung zu schaffen."

Der Grauhaarige trank einen großen Schluck Bier. „Das sind wahrlich schlimme Neuigkeiten."

Die Eingangstüre der Schenke ging auf und ein junger Mann mit dem ersten Kinnflaum stand im Türrahmen. Er sah den Grauhaarigen und grinste ihn an, dann kam er an den Tisch. „Ich habe alles bekommen. Von mir aus können wir nach Hause reiten."

„Gut, ich komme. Deine Mutter wird schon auf uns warten." Er stand auf und klopfte dem Wirt auf die Schulter. „Danke dir. Ich komme in den nächsten Tagen nochmal rein. Vielleicht gibt es dann weitere Neuigkeiten."

„Schon möglich." Der Wirt strich sich über die Halbglatze und stand ebenfalls auf. Nachdenklich schaute er Vater und Sohn hinterher und zum ersten Mal fiel ihm auf, dass sein Freund leicht humpelte.

Skiril

„Warum haben alle Zwerge den Drang zu singen?"
Gequält verzog Schwester Gundra das Gesicht und schüttelte
genervt den Kopf, nachdem Lidokar ein Lied beendete.

„Mädchen, dadurch kann man den eventuellen Feinden
aus weiter Entfernung schon zeigen, was für starke Kerle hier
unterwegs sind und sie in die Flucht schlagen." Der Zwerg
schaute ernst und richtete sich im Sattel seines Pferdes auf.

„Wenn du nicht andauernd plärren würdest wie ein
störrischer Esel, hättest du mit Sicherheit bemerkt, dass man
uns folgt", erwiderte Gundra und zügelte ihr Pferd.

Skiril tat es ihr nach und stellte sich in den Steigbügeln
auf. „Kannst du erkennen, wer und wie viele?" Der Liktor
spähte entlang ihrer Fährte.

„Ein halbes Dutzend Reiter folgt unserer Spur."

„Tragen sie Uniform?", wollte Skiril wissen, der nicht so
weit sehen konnte wie Gundra.

„Nein, sie tragen alle etwas anderes."

„Dann ist es keine Hilfe für uns", stellte der Liktor fest.

„Woher willst du das wissen?" Gundra lockerte ihr
Kurzschwert etwas und streichelte mit dem Daumen über
den Griff.

„Wenn man uns Hilfe nachgesandt hätte, würden unsere
Verfolger Uniform tragen. Wir sollten sie hier erwarten und
feststellen, was sie wollen."

„Und wenn wir versuchen, ihnen zu entkommen?" Der
Zwerg strich sich durch den dichten Bart.

„In diesem Gelände schwierig. Außerdem möchte ich in
der Nacht ruhig schlafen und nicht permanent Angst haben,
dass man mir die Kehle aufschlitzt, während ich selig
träume."

Der Hund knurrte leise vor sich hin und witterte in
Richtung der Verfolger.

„Ruhig, Junge." Skiril stieg vom Pferd und war insgeheim froh, wieder auf seinen eigenen Beinen zu stehen. „Die Pferde verstecken wir dort drüben bei den Bäumen und dann entfachen wir ein Feuerchen."

„Warum das denn?" Lidokar sprang von seinem Gaul und rieb sich den Hintern.

„Weil du uns etwas kochen wirst, während Schwester Gundra und ich uns etwas im Wald vergnügen werden."

Lidokar hockte auf seinen Stiefelabsätzen und rührte in einem Topf, in dem ein Hase mit Kräutern vor sich hin köchelt. „Mich hier als Köder hinzusetzen und diesen zähen Langlöffel brutzeln zu lassen", murmelte der Zwerg vor sich hin und lauschte auf den Hufschlag der Verfolger. Das Feuer lockte sie an, wie Licht die Motten.

Sie kreisten ihn ein und sahen auf ihn herab.

Lidokar sah nicht auf und kümmerte sich weiter um den Hasen in seinem Topf. Er sah nicht hoch, erkannte aber, dass es sich bei den Männern um üble Gesellen handelte.

„Zwerg, wo sind der Mann und die Frau?" Der Anführer war ein hässlicher Kerl, mit einer Narbe an der Stirn.

Lidokar zuckte mit den Schultern. „Ich weiß es nicht."

„Was heißt das?", schnauzte der Anführer ihn an.

„Sie wollten hinten im Wald vögeln und haben mich dazu verdonnert, dieses zähe Biest zu braten."

„Lüge uns nicht um, sonst kochen gleich deine Eier in dem Eintopf und du kannst dabei zusehen", stieß ein anderer Kerl hervor, dem die Schneidezähne fehlten.

„Junge, meine Eier sind zu groß für diesen Topf. Die müsstest du über dem offenen Feuer rösten."

„Ha, der Zwerg hat es dir aber gegeben." Der Mann links neben dem Zahnlosen lachte wiehernd auf.

„Halt die Schnauze, Arschloch."

„Ruhe", donnerte der Anführer. „Wir sind nicht hier, um mit dem Zwerg Witze zu reißen." Er wandte sich wieder an Lidokar. „Deine letzte Chance. Verrat uns, wo deine Begleiter sind oder wir erschlagen dich auf der Stelle."

Von rechts vernahm Lidokar ein leises Knurren und schmunzelte. „Jungs, ich glaube sie werden gleich zurückkommen, sie sind da hinten im Wald verschwunden."

Es war ein kleiner Moment, aber es reichte, um die Männer zu irritieren.

Skiril sprang mit einem Pumaschrei von einem nahestehenden Baum und landete auf dem weichen Waldboden.

Instinktiv scheuten die Tiere vor der Gefahr der Wildkatze und stiegen auf die Hinterhand. Erschrocken versuchten die Reiter die Pferde zu beruhigen. Ein Pferd ging durch und war nicht mehr zu halten. Zwei Reiter wurden abgeworfen und flogen im hohen Bogen von den Tieren.

Gundra erschien hinter den Reitern, die sich im Sattel hatten halten können, und schlug ihnen die flache Seite des Schwertes auf die Schädel. Beim zweiten Schädel knackte es laut und vernehmlich. Dieser Mann würde nie wieder erwachen.

Der Zwerg sprang auf und stürzte sich auf den Anführer der Bande. Mit einem Ruck zog er den überraschten Mann vom Pferd und schlug ihm die behandschuhte Faust zwischen die Augen.

Der Mann verdrehte die Augen und wurde schlaff.

Als die verbliebenen drei Männer das sahen, ergriffen sie die Flucht und trieben ihre Pferde an. Während sie an einem Gebüsch vorbeiritten, fiel der Hund über den zweiten Reiter her. Im Flug biss er dem Flüchtenden ins Genick und holte ihn so aus dem Sattel. Dann herrschte Ruhe.

Skiril kam zum Feuer und spionierte in den Kochtopf.

„Wie weit ist der Eintopf?"

„Gleich fertig, Centurio."

Gundra hatte unterdessen die Männer, die das kurze Scharmützel überlebt hatten, mit schmalen Lederbändern gefesselt. „Das war purer Wahnsinn. Ihr seid vollkommen irre. Wir hätten Ihnen ausweichen müssen", murrte sie, während sie sich dem Anführer zuwendete, um ihn zu fesseln.

„Es ist ja alles gut gegangen, reg dich nicht auf", versuchte Skiril sie zu beschwichtigen.

„Ich bin froh, mich nicht mit euch Mannsbildern abgeben zu müssen. Eine Frau, die so jemanden über Jahre hinweg neben sich im Bett erduldet, muss ja sehnlichst den Tag herbeisehnen, an den sie von diesem Idioten erlöst wird."

„Ach Schwesterchen, die meisten Frauen, bei denen ich gelegen habe, wünschten sich eine andere Art der Erlösung." Skiril grinste schief.

Lidokar lachte auf. „Frieden, meine Freunde. Wir sollten einen der beiden mal nett fragen, warum sie uns am Arsch kleben, wie eine Zecke am Pferdesack."

Der Liktor wurde wieder ernst. „Bringt sie näher ans Feuer. Bevor sie wach werden wollen mir mal schauen, was sie in den Taschen haben."

Gundra hatte sich wieder beruhigt und durchsuchte den Anführer. Lidokar übernahm den zweiten Gefangenen. „Nur ein paar Geldstücke, Nähzeug und Kautabak. Sehr armselig, wenn ihr mich fragt."

„Ich habe etwas." Gundra hob ein Papier in die Höhe.

„Zeig mal her." Skiril nahm das Papier und kniete sich neben das Feuer. Seine Augen flogen über die Zeilen. Ungläubig schüttelte er den Kopf.

„Was steht dort?", wollte Gundra wissen.

„Das werdet ihr nicht glauben." Der Liktor stand auf und reichte das Blatt an sie zurück. Sie las es laut vor:

„Hiermit wird erklärt, dass der Centurio Skiril, die Schwester Gundra des Thronordens und der Zwerg Lidokar wegen Hochverrats zu Vogelfreien erklärt werden. Auf ihre Ergreifung wird ein Kopfgeld von 1000 Goldstücken ausgesetzt." Im Anhang war eine Beschreibung von ihnen. Der Steckbrief endete mit den Worten „Tot oder lebendig."

Skiril ließ den Steckbrief langsam sinken und presste die Zähne aufeinander. In seiner Tasche steckte ein ähnlicher Brief, nur auf den Leibwächter ausgeschrieben.

„Das kann doch nicht wahr sein." Gundra griff nach dem Brief. „Wer hat den Brief gesiegelt?" Sie las die Zeilen. „König Norderstedt", hauchte sie.

Lidokar spuckte ins Feuer. „Ich wusste doch, dass er ein Arschloch ist."

Luzil

„Die Patrouillen sind, in diesem Viertel, bislang nicht auf Widerstand gestoßen." Olizu nahm seinen Helm ab und fuhr sich durch das verschwitzte Haar.

Luzil war froh, Isela in der sicheren Obhut ihrer Kaserne gelassen zu haben. Nur eine kleine Wache war dort verblieben, um den Dienstbetrieb aufrecht zu halten. Es roch förmlich nach Ärger in der Hauptstadt. Die braven Leute blieben ängstlich in ihren Häusern und hofften, dass nichts ihr kleines Leben gefährden würde. Einige der Banden waren bereit aufgegriffen und eingekerkert worden. Insgesamt waren die Zauberjäger nur auf geringen Widerstand gestoßen. Zwar kehrte nach und nach wieder die Ordnung in die Straßen ein, aber die Präsenz der Soldaten beunruhigte die Bevölkerung nicht weniger als die marodierenden Banden.

„Sind alle in Position?", fragte Luzil seinen Stellvertreter.

Olizu nickte knapp. „Ja, die Männer warten nur auf das Signal zum Vorrücken. Dann räuchern wir das Viertel hier aus."

Sie hatten am Tag zuvor einen Hinweis bekommen, dass sich mehrere Banden zusammengeschlossen hatten und hier im Viertel versteckt hielten. Heute sollten seine Männer sie festnehmen.

Luzil gab dem Optio neben ihm den Befehl, das Signal zum Vorrücken zu geben und der Mann stieß in das Horn, was er mit sich führte. Sofort wurde das Signal erwidert von den Einheiten, die an den Straßen des Viertels gewartet haben.

Die Legionäre der schwarzen Legion setzten sich gleichzeitig in Bewegung, um die Männer zu verhaften, die auf der Liste standen, die der König dem Kriegskonsul zur Verfügung gestellt hatte. Jeder Centurio der vier Einheiten, die die Schlinge hier im Viertel eng um die Aufständischen ziehen sollten, trug eine Abschrift dieser Liste in der Tasche.

Olizu ging vor Luzil her und hatte seine Hand auf den Knauf seines Schwertes gelegt, bereit es zu ziehen, wenn es Schwierigkeiten geben sollte.

Luzil trug eine kleine Armbrust, geladen mit einem Bolzen. In den letzten Jahren hatten sie mit den Waffenschmieden der Zwerge die Technik weiterentwickelt und so waren die Waffen leichter und handlicher geworden. Gleichzeitig hatte sich die Durchschlagskraft der Bolzen verbessert.

Vor den beiden Offizieren gingen zwei Dutzend Legionäre, geführt von einem altgedienten Optio. „Los, von Haus zu Haus. Jeder der Schwierigkeiten mach, wird festgesetzt."

Die Legionäre gehorchten und brachen die Türe eines kleinen Hauses auf, in dessen Erdgeschoss eine Bäckerei war. Zwar führte jeder der Soldaten sein Schwert mit sich, aber für diese Mission hatte sich Luzil dazu entschieden, seine Männer zusätzlich mit dicken Knüppeln auszurüsten. Er wollte nicht, dass aus Versehen Menschen ernsthaft zu Schaden kamen.

Aus dem Inneren des Hauses klirrte etwas. Eine Frau schrie. Kurz drauf kamen vier Legionäre mit einem Mann in Ihrer Mitte wieder hinaus. Der Mann trug Handfesseln und hatte Mehl an der Wange.

„Ihr Hurensöhne! Das werdet ihr bitter bereuen. Das Volk wird sich nicht gefallen lassen ..." Der Ellenbogen eines Legionärs landete in der Magengrube und ließ den Mann aufkeuchen. Vornübergebeugt schnappte er nach Luft.

Luzil ging zu der Gruppe und betrachtete den nach Luft ringenden Mann. „Willst du uns verraten, wo sich die anderen Aufrührer aufhalten?"

Hochrot im Kopf, aber wieder zu Luft gekommen, spuckte der Gefangene Luzil auf die Stiefel. „Such dir doch selbst deine Aufrührer. Wir sind ehrliche Handwerker und Menschen, die ihre Meinung äußern. Niemand von uns hat etwas Böses im Sinn. Wir wollen Leben und das Beste für unsere Kinder."

Der Optio langte nach dem Hemd des Mannes und zog ihn zu sich heran. „Das waren die Worte eines Feiglings, der nicht zu seinen Taten stehen will, sondern sich hinter seinen Kindern versteckt."

„Optio, lass es gut sein," befahl Luzil. „Passt auf ihn auf und lasst ihn nicht flüchten." Er ging weiter und ließ die Legionäre hinter sich. Die Empörung des Mannes war ihm aufrichtig vorgekommen. Trotzdem stand es ihm nicht zu, die Befehle des Königs in Frage zu stellen. Der Trupp bewegte sich weiter, zum nächsten Haus, wo einer der Männer wohnen sollte, dessen Name auf der Liste stand.

Plötzlich erschallte ein Hornstoß des zweiten Trupps.

„Die Kameraden haben Schwierigkeiten. Los, wir müssen hin. Laufschritt!" Luzil fiel in Laufschritt und die Männer folgten ihm.

Zwei Straßen weiter sah er, was los war. Der zweite Trupp war umzingelt. Der Mob bestand aus Männern, die mit Heugabeln, kleinen Äxten und anderen Utensilien bewaffnet waren. Ein Schwert war nicht zu sehen. Vereinzelt waren Bögen zu sehen. Die eingekesselten Männer der Schwarzen Legion hatten sich zurückgezogen und einen Verteidigungskreis gebildet. Keiner hatte den Stahl blank gezogen.

Luzil erfasste die Situation sofort und gab seine Befehle „Knüppel raus! Niemand zieht das Schwert." Er selbst blieb zurück und ließ seine Männer passieren. Man erwartete von ihm nicht, dass er in der ersten Reihe kämpfte, sondern den Überblick über das Geschehen behielt, auch wenn es ihm schwerfiel.

Der Mob war von der Ankunft der zweiten Gruppe Legionäre überrascht und und wusste nicht, welcher Gruppe er sich zuwenden sollte.

Der Kriegskonsul wollte die Verwirrung der Männer nutzen. „Zieht euch zurück und wir werden keine Gewalt anwenden!"

Ein älterer Mann, der sich zum Anführer der Männer berufen fühlte erwiderte die Aufforderung Luzils. „Ihr wollt unsere Freunde in die Kerker werfen. Keiner von ihnen hat sich eines Verbrechens schuldig gemacht."

„Haut ab und und vertraut darauf, dass König Norderstedt ein redliches Urteil fällen wird."

„König Norderstedt kann uns am Arsch lecken", rief ein anderer Mann.

Der ältere Mann ergriff wieder das Wort. „Wir haben jahrelang unter fanatischen Königen gelitten, die nur Unglück über uns gebracht haben. Die Jahre des Friedens haben die alten Wunden nicht vergessen lassen. Jetzt will der König wieder ein Unrecht begehen, weil er sich auf unsere Kosten zum neuen Kaiser aufschwingen will. Lasst uns in Ruhe oder wir werden euch zeigen, was das Volk vermag."

Luzil leckte sich kurz über die Lippen, bevor er zu einer Erwiderung ansetzte. „Leute, ich sage es euch zum letzten Mal. Geht nach Hause, wir werden den Befehl des Königs ausführen. Solltet ihr nicht den Weg frei machen, werden wir Gewalt anwenden."

„Soldat, du stehst vor meinem Haus und drohst mir mit Gewalt? Ich bin in einem Alter, in dem mich der Tod nicht mehr schreckt. Erschlage mich, hier auf dieser Stelle, und ernte die Früchte deines Tuns." Die Menge murrte und stimmte ihm zu.

„Los, schlagt uns doch alle tot." Ein junger Mann trat vor die Menge und schüttelte die Faust.

„Meine Kinder könnt ihr einsperren und foltern." Eine Frau schob ihre Kinder vor und legte ihre Hände auf die Köpfe ihrer Sprösslinge.

„Meine Frau wartet nur darauf, dass ihr sie vergewaltigt und nackt durch die Straße treibt." Der braunhaarige Mann verschränkte die Arme vor der Brust.

Luzil war versucht seinen Legionären den Einsatz der Knüppel zu befehlen und die Menschen zur Räson zu bringen, aber ihm dämmerte, dass sie hier auf erbitterten Widerstand treffen würden. Sie waren hier im Viertel der Menschen, in ihrem Zuhause. „Legionäre, wir ziehen uns zurück", hörte er sich sagen.

Olizu hinter ihm knirschte mit den Zähnen, widersprach ihm aber nicht. „Ihr habt es gehört", gab der Optio den Befehl weiter. „Rückzug!"

„Lasst die Gefangenen frei!" Luzil deutete auf zwei Legionäre. „Nehmt ihnen die Fesseln ab und lasst sie gehen."

„Herr ...", versuchte Olizu, wurde aber von Luzil unterbrochen.

„Vertraue mir, mein Freund. Wir sind dazu da, das Volk zu beschützen, und wie ich sehe, sind hier nur redliche Bürger anwesend."

Olizu senkte die Stimme. „Der König wird dich des Kommandos entheben, du weißt das."

„Das mag sein, aber die Zauberjäger werden nicht unter meinem Kommando die politischen Feinde Norderstedts verhaften." Luzil drehte sich um und Olizu konnte seinem Freund nur hinterherschauen. Die Legionäre folgten ihm unter lautem Jubel der Anwohner.

Norderstedt

„Kein Kommandant, auch nicht deines Ranges, darf sich gegen den Befehl des Königs stellen. Du hast nicht nur Schande über dich und deine Männer gebracht, sondern vor allem über mich. Und das ist unverzeihlich." Die Hand des Königs knallte auf die Tischplatte.

Die Atmosphäre im Raum drückte ihn schier nieder und er wusste, was jetzt folgen würde. Olizu stand neben ihm und hatte den Blick starr geradeaus gerichtet.

„Ich enthebe dich hiermit deines Kommandos. Du bist nicht länger Kriegskonsul. Bis ich entschieden habe, was mit dir geschehen wird, stehst du unter Arrest. Du begibst dich in dein Quartier und wartest dort, bis ich dich holen lasse. Und vertraue darauf, dass ich dich in den Kerker werfen lasse, wenn du nicht gehorchst. Hast du das verstanden?"

„Ja, Herr", bestätigte Luzil.

„Dann geh mir aus den Augen." Norderstedt wies auf die Türe und würdigte den ehemaligen Kriegskonsul keines Blickes mehr. Stattdessen wandte er sich Olizu zu, nachdem die Türe sich geschlossen hatte. „Centurio, ich bin mir deiner Freundschaft zu ihm bewusst, aber siehst du dich in der Lage, mir zu folgen, wenn ich dir das Kommando über die Zauberjäger gebe?"

Olizu leckte sich über die Lippen. Er wusste, wenn er jetzt dem König den Gehorsam verweigerte, würde er genauso unter Arrest gestellt werden. War dies eine Wahl?

„Centurio, ich warte auf deine Antwort. Wirst du meine Befehle ausführen, die ich dir gebe?"

„Ja, Herr", hörte sich Olizu sagen und salutierte.

„Gut, dann erkläre ich dich hiermit zum Kriegskonsul - vorläufig-. Und nun", er holte eine Liste mit Namen aus dem Ärmel, „bring mir die Männer auf dieser Liste."

Nachdem der Albino dem Raum verlassen hatte, lehnte sich König Norderstedt in seinem gepolsterten Stuhl zurück und goss sich einen Becher mit Wein voll, trank aber nicht, sondern genoss den kleinen Triumph. Dieser Querkopf von Luzil war endlich entmachtet und er hatte jemanden, der einfacher zu kontrollieren war. Der Albino war sich bewusst, dass er sich nur mit seinem aktuellen Rang in der Hierarchie der Armee behaupten konnte. Er würde ihm bedingungslos folgen. Er nahm den Weinbecher und trank ihn zur Hälfte aus. Er hatte noch etwas vor und wollte sich nicht vollkommen betäuben.

Es klopfte leise an der Türe.

„Herein", sagte der König mit gedämpfter Stimme.

Marak kam herein, mit drei Büchern unter dem Arm. „Herr, ich sah die beiden Offiziere gehen und dachte ..."

„Schon gut, Bibliotheksmeister. Ich habe auf dich gewartet. Hast du gefunden, was du suchen solltest?"

„Ich glaube schon, Herr."

„Dann zeige, was du gefunden hast." Norderstedt beugte sich gespannt vor, während Marak die entsprechenden Seiten aufblätterte. Er schaute sich die aufgeschlagenen Seiten an und las sich die Passagen in den Texten durch.

Marak verhielt sich still und beobachtete den König, auf dessen Stirn sich feine Schweißperlen gebildet hatten und sich vertieft den Funden widmete.

Ein Jahr zuvor ...

Marak saß schon seit Stunden beim Licht der Öllampe in einer Ecke der Bücherei, die sich tief unter dem Palast der ehemaligen Nekropole befand. Wie der Rest der alten Stadt war auch der Palast nicht dem Zerfall anheimgefallen, sondern unversehrt geblieben. Bei der Entdeckung der Bibliothek war er Feuer und Flamme gewesen.

Die Liebe zu den Schriftrollen und Büchern hatte ihn vollends gepackt und Norderstedt hatte gemeint, er hätte das Zeug zu einem guten Schriftgelehrten. Offiziell war er von ihm zum Bibliotheksmeister ernannt worden und so war er seitdem Herr aller Schriften im Palast.

Er rieb sich die müden Augen und musste sich eingestehen, dass er sich nicht länger auf die Buchstaben vor ihm konzentrierte. Uralte Aufzeichnungen über die Pvudir waren ihm in die Hände gefallen, die diese Stadt errichtet hatten. Kluth Cinur hieß die Stadt, die die siegreichen Truppen vor zehn Jahren als Hauptstadt ausgerufen hatten.

Die Pvudir waren an ihrem eigenen Größenwahn zugrunde gegangen. Einige Quellen berichten davon, dass die Götter sie für ihren Hochmut bestraft haben, wieder andere Quellen sagen, dass sie einfach die Welt verlassen hatten, auch eine Seuche wurde für das Verschwinden des alten Volkes verantwortlich gemacht. Marak studierte jetzt seit Wochen die alten Schriften, angeblich von pvudrischen Aufzeichnungen abgeschrieben, die Originale fehlten allerdings. Alles in allem war das Verschwinden der Pvudrier mysteriös. Alles in allem war nur sicher, dass sie eine Rasse waren, die die Menschen verachtete. Und sie waren mächtig gewesen. Die Magie war in jedem von ihnen gewesen. Im Gegensatz zu den heutigen Magiebegabten kontrollierten sie nicht nur eine Elementarmagie, Wasser, Erde, Feuer oder Luft; sondern sie beherrschten alle Elemente.

Marak riss sich los und löschte die Leselampe auf dem Tisch. Anschließend legte er die Bücher auf den Stapel, den er nochmal durchsehen wollte. Ein Gedanke kreiste die ganze Zeit in seinem Kopf, aber er wusste noch nicht, ob er ihm nachgehen wollte an diesem Abend. Es war ein langer Tag gewesen und er sehnte sich nach einem Bett. Er presste die Lippen zusammen und entschloss sich dazu, seiner Neugier nachzugeben.

Kurz darauf ging er mit einer Lampe einen der unzähligen Gänge entlang, die tiefer unter den Palast führten.

Die Bauherren hatten ein verzweigtes Gangsystem erschaffen, was fast schon dem Stollenlabyrinth der Zwerge das Wasser reichen konnte. Jeder Gang hatte ein Symbol, sodass man sich nicht verlaufen konnte, wenn man wusste, welches Symbol für welchen Weg stand. Die Gänge zu den Baderäumen waren mit drei Wellen gekennzeichnet, Gänge zur Bibliothek mit einer Schriftrolle und so weiter. Bei einem seiner Streifzüge war Marak auf ein Symbol gestoßen, was nicht im Verzeichnis aufgeführt war. Er war den Symbolen eine Zeitlang gefolgt, aber nicht zum Ziel gekommen. Einmal stand er vor einer Wand. Ein andermal an einer Abzweigung, an der das fragliche Symbol nicht mehr zu sehen war, nur zwei neue Symbole. Zweimal schon hatte er die Spur verloren. Vielleicht würde er es heute Abend schaffen, dem Blitzsymbol zu folgen. Er ging zu der bekannten Stelle, an der ein stilisierter Blitz auf dem Stein abgebildet war. Marak fuhr mit den Fingerspitzen über das Symbol. Es gab keine Meißel- oder andere handwerkliche Spuren. Der Blitz schien förmlich mit dem Stein gewachsen zu sein.

„Na, denn", flüsterte Marak zu sich selbst und folgte dem Gang bis zur nächsten Abzweigung. Die Lampe, die er bei sich führte, schwenkte er dabei hin und her, um nichts zu übersehen. Er ging bis zur nächsten Abzweigung und sah an der Wand wieder den Blitz. Bis hierhin hatte er es beim letzten Mal auch geschafft. Allerdings verzweigte sich vor ihm der Gang in zwei weitere Gänge.

„Links", entschied Marak und hielt die Lampe vor sich, damit er etwas sehen konnte. Der Lichtkegel verlor sich in der tiefen Dunkelheit vor ihm. Langsam ging er weiter.

Konnte man sich hier doch verirren? Der Gedanke war ihm zuvor nie gekommen, aber jetzt, wo er sich weiter von den Hauptgängen entfernte fragte er sich, was passieren würde, wenn er jetzt ohnmächtig würde. Würde man ihn finden?

Er rief sich selbst zur Ordnung und schob den Gedanken beiseite wie einen Vorhang. Sein Forschungsdrang war ungleich größer als die Angst, die sich allmählich in ihm ausbreitete.

Nach genau achtundneunzig Schritten stand er vor einer Wand, auf der in Augenhöhe ein Blitz zu sehen war.

„Verdammt", fluchte Marak. Was hatte es für einen Sinn, einen Gang zu einer Wand zu bauen? Er hielt die Lampe höher und begutachtete jeden Stein der Wand genau, drückte und tastete ab. Nichts tat sich. Nur der einzelne Stein mit dem Blitz unterschied sich von den Anderen. Er stellte die Lampe ab und versuchte mit beiden Händen eine Fuge, einen Hebel oder einen Stein zu finden, der sich bewegen ließ, den Weg freigab; denn er war sich sicher: die Erbauer würden keinen Weg bauen, der ins Leere führt. Es musste einen Mechanismus geben, der ihm den Weg freigab. Er musste ihn nur finden.

Nachdem er jede Handbreit der Mauer untersucht hatte, setzte er sich auf den Boden. Es war zum Verzweifeln. Nichts! Er zog die Beine an den Körper und legte sein Kinn auf seine Knie, um zu grübeln. Marak glaubte nicht, dass er sich täuschte.

Er musste eingeschlafen sein, denn als er die Augen öffnete, war ihm kalt und sein Hinterteil tat ihm weh. Er stützte sich ab um aufzustehen und erstarrte. Seine Hand fühlte etwas, eine Unebenheit im Boden. Aufgeregt rutschte er beiseite und zog die Lampe an sich, damit er die Stelle beleuchten konnte.

„Ein Blitz", triumphierte Marak als er das Symbol in der Bodenplatte erkannte. „Das ist es." Er sprang hoch. Einen Fuß stellte er auf die gekennzeichnete Bodenplatte und mit der freien Hand drückte er den Stein mit dem Blitz an der Wand.

Ein leises Klicken erklang und die Mauer vor ihm schwang geräuschlos auf. Kalte Luft strömte ihm entgegen, aber die spürte er vor Aufregung kaum. Vor ihm präsentierte sich ein großer Raum, fast schon eine Halle. Fasziniert ging er hinein.

„Wem hast du von deiner Entdeckung erzählt?" Der König stand nach der Entdeckung mit Marak in der Halle und schwitzte.

„Niemandem, Herr."

„Gut, sehr gut." Norderstedt ging an den Regalen entlang. Ratlos schaute er auf die Buchtitel. „Welche Sprache das wohl ist?"

Marak räusperte sich höflich. „Es ist pvudrisch.

„Eine Bibliothek der ursprünglichen Bewohner dieser Stadt?" Norderstedt rieb sich das Kinn und zog einen Band aus dem Regal. Das Werk war wertvoll gearbeitet mit einem Goldschnitt und aufwändigen Verzierungen auf dem Buchdeckel. Er blätterte durch die handgeschöpften Papierseiten mit unverständlichen Worten. „Kannst du das entziffern?"

„Teilweise. Soweit ich das hier verstehe, ist es eine technische Bibliothek, die sich mit Reisen beschäftigt."

„Das alles hier sollen Reiseberichte sein?" Der König breitete die Arme aus.

„Ja und nein."

„Du sprichst in Rätseln."

„Folge mir bitte, Herr. Es geht weiter." Marak ging an die gegenüberliegende Wand und öffnete eine zweite verborgene Türe auf dem gleichen Weg wie den Zugang zur Halle. Ein dunkles Treppenhaus lag vor ihm. „Wir müssen die Lampen mitnehmen, hier unten ist es dunkel wie in der tiefsten Nacht."

„Geh vor, ich folge dir."

Sie zündeten die bereitgestellten Lampen an und stiegen dann die Wendeltreppe hinab.

„Hier unten ist es eiskalt", sagte Norderstedt.

„Es wird kälter, je weiter wir herunter gehen." Marak deutete vage vor sich und stieg weiter Stufe für Stufe herab. „Dreihundertzwölf", sagte er.

„Was meinst du?" Norderstedt wurde langsam ungeduldig.

„Dreihundertzwölf Stufen, bis wir da sind."

Der König schwieg und folgte seinem Bibliotheksmeister.

Plötzlich waren die Stufen zu Ende und sie befanden sich in einer weiteren Halle, die größer war als die vorherige. Mit Betreten des Absatzes flutete ein Licht die Halle. Marak löschte seine Lampe.

„Was hast du getan?", wollte Norderstedt wissen.

„Nichts. Das Licht geht an, wenn man die letzte Stufe betritt. Eine Art Magie der alten Herren." Marak deutete auf einen steinernen Bogen, der in der Mitte der Halle stand. Fast wie ein Triumphbogen erhob er sich aus dem glatten Steinbogen. „Nur der Bogen ist hier."

Fasziniert ging der König an Marak vorbei und näherte sich dem Steinbogen. Fremde Schriftzeichen, ähnlich denen von den Büchern, waren auf dem Rand zu sehen. „Was bedeuten diese Zeichen?"

„Ich weiß es nicht, ich denke, die Botschafterin Feuersturm könnte mir bei der Entzifferung helfen."

„Auf keinen Fall!" Der König fuhr herum und sah Marak scharf an. „Die Botschafterin darf hiervon nichts erfahren, zumindest nicht, bis ich das erlaube. Ist das klar?"

„Ja, Herr." Marak senkte gehorsam den Kopf. Innerlich rechnete er schon mit einigen schlaflosen Nächten, die er hier unten verbringen würde.

„Dann schlaf dich ordentlich aus und begib dich morgen an die Arbeit. Alles andere kann warten."

„Ich werde morgen in aller Frühe beginnen."

Nur widerwillig löste sich Norderstedt von der Halle und sie stiegen gedankenversunken wieder die Treppe hinauf.

Skiril

„Wann sind wir bei deinen Leuten?" Der Liktor atmete schwer, während sie den Berg hinaufstiegen.

„Wir sind gleich da, eine Pause wird jetzt nicht mehr eingelegt. Oder kannst du nicht mehr?", frotzelte Lidokar.

„Ich laufe noch, wenn du deine kurzen Beine abgelaufen hast und auf deinen Eiern hüpfst, aber ich bin keine Bergziege."

Gundra bildete mit dem Hund den Abschluss der kleinen Gruppe. Die Frau war schweigsam geworden, seit sie den Steckbrief gefunden hatten. Nach einigem hin und hatte Lidokar vorgeschlagen, sich bei seinem Clan zu verstecken. Dort konnten sie überlegen, was sie machen würden und wären erst einmal in Sicherheit. Gundra war davon nicht begeistert und wäre lieber in die Arme ihres Ordens geflüchtet. Nur mit einiger Mühe hatte Skiril sie davon abbringen können, da dort mit dem Einfluss des Königs gerechnet werden musste und sie dort nicht sicher gewesen wäre.

Lidokar blieb stehen und stemmte die Hände in die Hüfte. „Niemand scheint uns zu folgen", verkündete er.

„Zumindest sehen wir niemanden." Skiril blieb neben ihm stehen und streckte die Hand aus, um der Ordensschwester behilflich zu sein, eine hohe Stufe zu überwinden.

Der Hund folgte ihr mit einem Satz.

„Ich dachte immer, ihr Zwerge lebt unter der Erde und nicht auf Bergen." Gundra musste tief durchatmen.

„Ja, die normalen Zugänge sind tiefer. Das hier ist ein geheimer Zugang, der für Notfälle gedacht ist." Lidokar drehte sich um und schob ein paar dichte Sträucher beiseite. „Hereinspaziert in die Stollen des Kriegerclans."

Der Stolleneingang mündete vor einer Pforte, an die Lidokar mit der geballten Faust schlug.

Ein dumpfes Dröhnen erklang. Kurz drauf öffnete sich eine Klappe in der Pforte. „Wer da?" Ein Gesicht erschien, dicke Nase, rote Haare.

„Lidokar, Ehrenrottenführer des verstorbenen Königs Goldfuß."

„Parole?"

„Für die Rotte, bis in den Tod." Ungeduldig ballte Lidokar die Faust.

Krachend wurde die Klappe geschlossen und kurz darauf Riegel geschoben und Schlösser geöffnet. Mit einem leisen Quietschen wurde die Metallpforte geöffnet. Skiril bemerkte, dass Metall und Stein sich zuvor fugenlos aneinandergeschmiegt hatten. Kein Ansatzpunkt für Eindringlinge.

„Wen bringst du, Zwergenbruder?" Ein zweiter Zwerg stand neben demjenigen, den sie bereits gesehen hatten. Er war etwas älter als Lidokar und leichte graue Strähnen durchzogen seinen ehemals roten Bart.

„Freunde. Sie sind keine Feinde unseres Volkes. Den Rest werde ich mit den Anführern besprechen. Wer hat den König beerbt?"

„Es gab noch keine Nachfolgerwahl. Viele Dinge sind geschehen. Diejenigen, die unseren König zurückgebracht haben, stecken die Köpfe zusammen und tuscheln über wichtige Dinge", antwortete der ältere Zwerg. „Onkel Eisenarsch hat die Führung über den Clanrat. Entscheidungen werden dort getroffen."

„Dann bring uns zu Onkel Eisenarsch, wir müssen mit ihm reden." Lidokar.

„Die Menschen sollen ihre Waffen ablegen. Wenn sie bleiben dürfen, bekommen sie sie wieder."

Ohne auf Lidokars Antwort zu warten, schnallte Skiril seinen Morgenstern ab und reichte ihn den Zwergen.

Gundra tat es ihm nach und überreichte ihre Waffe.

Zufrieden nahm der ältere Zwerg auch ihr Schwert in Empfang. „Folgt meinem Sohn. Er bringt euch zu unserem Anführer."

„Lidokar, welch eine Freude, dich wiederzusehen." Ein breitgebauter, weißhaariger Zwerg breitete die Arme aus und klopfte Lidokar auf die Schultern.

„Gut siehst du aus, Eisenarsch."

„Junge, es ist gut, dass du wieder bei uns bist. Wie ich gehört habe, bist du vom Menschenkönig eingesetzt worden, um herauszufinden, wer die Kaiserin und unseren geliebten König ermordet hat." Der weißhaarige Zwerg schaute an ihm vorbei auf Skiril, Gundra und den Hund. „Wer sind deine Begleiter und warum hat er sein Pferd dabei? Es hat mehr Haare auf den Ohren als ich am Sack."

„Dies ist Centurio Skiril von den Liktoren mit seinem Partner und Ordensschwester Gundra."

Eisenarsch sah die Ankömmlinge der Reihe nach an und beugte sich leicht zu Lidokar. „Fickt der Centurio mit der Schwester?"

Ebenso vertraulich neigte sich Lidokar zum anderen Zwerg. „Ich glaube eher mit dem Hund. Die beiden sind unzertrennlich."

„Was soll man auch von den Langen erwarten." Er schaute auf den Hund, der sich intensiv im Ohr kratzte und schüttelte. „Immerhin hat es Haare." Er klatschte in die Hände und kratzte sich an der Wange. „Dann kommt mal mit, wir machen uns eine Flasche Zwergenbrand auf und dann könnt ihr mir erzählen, was euch hierhin verschlagen hat."

Züleyha

Es war schon dunkel und sie wartete, bis der Bewohner des Hauses die ersten Lampen anzündete. Sie war sich sicher, dass er alleine zu Hause war. Seit dem späten Nachmittag hockte sie schon hier am Rand des Waldes und spähte hinüber. Krok, Zara und Atriba waren eine Wegstunde entfernt zurückgeblieben, da sie erst einmal alleine die Lage peilen wollte. Zunächst hatte Krok protestiert und wollte sie nicht alleine gehen lassen. Aber sie hätten die Botschafterin nicht mit Zara alleine zurücklassen können. Das hatte Krok eingesehen und war mürrisch zurückgeblieben.

Seit sie hier hockte, war lediglich ein Besucher ins Haus gegangen. Der Kräuterhändler war jetzt seit dem späten Nachmittag alleine. Sie löste sich aus ihrem Versteck, blieb aber im Schatten der Bäume, soweit dies möglich war, und näherte sich von der Rückseite dem Haus. Der kleine Kräutergarten hier war eingezäunt, aber stellte kein ernstzunehmendes Hindernis dar.

Am Fenster des Hauses angekommen lauschte Züleyha zunächst auf verdächtige Geräusche aus dem Inneren. Der Mann summte leise vor sich hin und klapperte mit den Gerätschaften in seinem Labor. Der vertraute Geruch dieses Ortes stieg ihr in die Nase. Alkohol zum Isolieren der Kräuteressenzen lag in der Luft, ebenso der süßlich-bittere Geruch der Kräuterpflanzen. Vorsichtig spähte sie in das offene Fenster und sah den Rücken des Bewohners, der eifrig am Tisch arbeitete.

Sie duckte sich und ging unter dem Fenster her zur Vorderseite. An der Türe klopfte sie und lauschte. Leise Schritte näherten sich von innen der Türe. „Wer ist da?"

„Eine liebe alte Bekannte, Pilurt."

Die Türe wurde aufgerissen. „Züleyha." Der Mann grinste sie an. „Ich dachte, dich gibt es nicht mehr."

„Doch, es gibt mich doch." Züleyha lächelte.

Pilurt umarmte sie und drückte sie fest an sich. „Mädchen, ich freue mich, dass du lebst." Er schob sie auf Armlänge weg und sah sie an.

Freund, du bist alt geworden, dachte sie, während sie in das verwitterte Gesicht des Mannes blickte. Die Hakennase stand mehr hervor als früher. „So leicht bringt mich nichts um. Darf ich hineinkommen? Ich brauche Hilfe."

Pilur fasste sich. „Komm herein, ich habe etwas Gutes auf dem Ofen stehen."

„Reicht es für ein paar Leute mehr?"

„Du bist nicht allein?"

„Nein, meine Familie und eine Freundin warten etwas entfernt von hier."

„Ich bin neugierig, welche Geschichte du mir zu erzählen hast. Hol sie her und ich mache Essen für alle. Und dann könnt ihr die Nacht hier verbringen. Ich habe den Kellerraum noch und werde die Betten herrichten für euch."

„Danke." Züleyha küsste den alten Mann auf die linke Wange und löste sich dann. „Ich werde mich beeilen."

„Immer mit der Ruhe, ich werde dir nicht davonlaufen. Wenn du hier bist, bist du erst einmal in Sicherheit."

Züleyha drehte sich um und ging wieder in Richtung der Stelle, wo sie das Pferd angebunden hatte. Ein warmes Bett, frische Pferde und gutes Essen. Vielleicht konnten sie einen Tag hierbleiben, bis es der Botschafterin wieder besser ging. Dann würde es zur nächsten Station gehen.

„Das war köstlich, Pilur. Du bist immer noch ein ausgezeichneter Koch."

„Vielen Dank, meine Liebe. Du hast es immer schon verstanden, die Männer um die Finger zu wickeln." Pilur grinste breit und zeigte trotz seines Alters ein vollständiges Gebiss.

Krok beäugte den fremden Mann kritisch, war aber still und wischte den Rest der Fleischsoße mit einem Stück Brot auf.

„Dein Mann ist schweigsam, Züleyha. Ich hoffe, du hast die letzten zehn Jahre nicht nur schweigend mit ihm am Tisch gesessen."

Sie antwortete, bevor Krok etwas sagen konnte. „Er ist ein guter Mann, stark, ehrlich und aufrichtig. Jede Frau wäre froh, ihn zum Mann zu haben. Ich glaube, das habe ich ihm nie so gesagt, aber ich liebe ihn von ganzem Herzen." Züleyha griff nach Kroks Hand und streichelte sie. Krok lächelte schief und hob ihre Hand an seinen Mund, küsste sie zart. „Ich liebe dich auch, das weißt du. Dich und Zara. Ohne euch wäre ich die letzten Jahre vor die Hunde gegangen."

Atriba räusperte sich und unterbrach die Stille, die sich auszubreiten drohte. „Ich bin ziemlich müde und würde mich gerne hinlegen. Wenn es dir nichts ausmacht, Meister Pilur, wäre ich dir dankbar, wenn du mir mein Bett zeigen würdest."

„Gerne. Ich glaube, für die junge Dame ist es auch Schlafenszeit." Der Kräuterhändler streckte die Hand aus und Zara ergriff sie, nachdem Züleyha ihr zugenickt hatte.

„Geh zu Bett und leiste der Botschafterin Gesellschaft."

Atriba streichelte Zara über den Kopf. „Lass die Botschafterin weg. Ich bin einfach nur Atriba." Man sah ihr die Strapazen der letzten Tage an. Sie war blass und hatte dunkle Ringe unter den Augen.

Artig wünschte Zara eine gute Nacht und ging mit den beiden Erwachsenen in den Keller, wo die Betten für sie standen.

Krok und Züleyha blieben allein zurück. „Wir haben zu wenig über deine Vergangenheit geredet." Krok trank einen Schluck Bier.

„Eifersüchtig?", neckte sie ihn.

„Ein wenig." Er lächelte schief. „Du bist viel herumgekommen."

„Ja, das stimmt. Aber wichtig ist, dass ich angekommen bin bei dir. Seit wir ein Paar sind, habe ich das Gefühl, ein Zuhause zu haben. Es war nicht immer leicht für mich und ich war nah dran innerlich zu verhärten Aber du bist mit der Kleinen die Menschen, die meinem Leben Erfüllung geschenkt haben." Sie küsste ihn auf den Mund und legte ihren Kopf auf seine Schulter.

Krok legte schweigend den Arm um sie und drückte sie an sich. „Ich hoffe, dass dein Freund uns helfen kann."

Sie löste sich von ihm. „Ja, er wird uns helfen. Er schuldet mir etwas, außerdem mag er mich."

„Das habe ich gemerkt."

„Du ..." Sie schlug ihn liebevoll vor die Brust. „Ich habe ihm einmal das Leben gerettet. Seitdem steht er in meiner Schuld."

Sie hörten Schritte und lösten sich vollends voneinander. Pilur kehrte zurück, die Hände in seinem Gewand vergraben. „Ich beneide euch. Die Kleine ist folgsam und lieb."

„Ja, sie erträgt die Strapazen tapfer." Züleyha schaute Pilur in die Augen. „Wie lange können wir bleiben?"

„Das kommt darauf an, wer hinter euch her ist und wie nah sie sind." Pilur ging zu einer Anrichte und holte eine Flasche Hochprozentiges und drei Gläser. „Ich denke, den können wir alle gebrauchen." Er schenkte aus und nahm eins der Gläser in die Hand. „Prost."

116

Züleyha und Krok taten es ihm nach und kippten den Inhalt herunter. „Puh, was ist das denn?" Krok leckte über die Lippen und stellte sein Glas auf den Tisch.

„Kräuterschnaps. Gute Wildkräuter und selbst gebrannt." Pilur schenkte nach.

„Bist du sicher, dass man davon nicht blind wird?" Krok nahm das zweite Glas und sie tranken alle eine zweite Runde.

Der Kräuterhändler setzte sich hin und legte die Hände gefaltet auf den Tisch. „Bedient euch. Und jetzt erzählt mir, vor wem ihr auf der Flucht seid."

Züleyha warf einen schnellen Seitenblick zu Krok. „Vor dem König", sagte sie schließlich. Dann erzählten sie Pilur alles.

Die Flasche war mehr als halbleer und Züleyha merkte den Alkohol in den Beinen und im Kopf. Es fiel ihr zunehmend schwerer, ihre Gedanken zu ordnen.

„Ich muss schon sagen, das ist eine abenteuerliche Geschichte." Pilur malte mit den Fingern kleine Kreise auf der Tischplatte und schaute über den Tisch seine Gäste an. „Du bist nicht auf dem aktuellen Stand, Züleyha. Die Gilde existiert nicht mehr. Die Gildenführer und viele der Helfer wurden verhaftet und weggebracht."

„Wohin?", wollte sie wissen.

„Das weiß niemand. Es gibt Listen, auf denen Namen von gewissen Leuten stehen, die dem Reich feindlich gesonnen sind. Die Zauberjäger streifen durch die Hauptstadt und das ganze Land, um diese Leute zu verhaften. Was danach mit ihnen geschieht weiß keiner. Kerker oder..." Er machte eine eindeutige Geste mit dem Daumen über die Kehle und verstummte. „Es ist nur eine Frage der Zeit, bis sie zu mir kommen werden, um mich mitzunehmen. Ich besorge morgen frische Pferde und gebe euch genügend Vorräte mit.

Einige der sicheren Unterkünfte sind bestimmt noch vorhanden, aber es kann sein, dass sie den Jägern bekannt sind."

„Wir hatten gehofft, ein paar Tage bei dir unterkommen zu können." Krok kratzte sich an seinem Metallarm.

„Ich werde euch nicht hinauswerfen, aber sicher seid ihr hier nicht." Pilur gähnte.

„Warum bleibst du hier?", fragte Krok.

„In meinem Alter kommt es nicht mehr darauf an, ob man ein Jahr länger oder kürzer lebt. Ich will nicht den Rest meiner Tage auf der Flucht sein und mich dauernd umdrehen müssen, ständig in der Angst einen Pfeil in den Rücken zu bekommen. Ich bleibe hier und hoffe, dass man mich übersieht."

Krok brummte etwas Unverständliches und lehnte sich zurück.

„Unter diesen Umständen sollten wir so schnell wie möglich von hier aufbrechen." Züleyha schlug die Augen nieder.

„Dann besorge ich die Pferde im Dorf und ihr brecht morgen Abend auf, im Dunkeln wird euch niemand sehen." Der Kräuterhändler stand auf. „Und jetzt verzeiht, ich bin müde und es war ein langer Tag. Ein alter Mann braucht seinen Schlaf. Ihr wisst ja, wo die Betten stehen." Er verschwand durch eine Nebentüre und schloss sie.

„Ich bin auch müde", gähnte Krok.

„Dann lass uns schlafen gehen. Morgen sieht die Welt schon wieder anders aus. Halt mich heute Nacht nur im Arm."

Er küsste sie zärtlich auf die Stirn und nahm sie dann auf den Arm und trug sie in den Keller.

Luzil

Wütend starrte er aus dem Fenster und beobachtete den Nieselregen, der auf die Stadt niederging. Seit dem Mittag stellte er sich immer die gleiche Frage: Hatte er richtig gehandelt?

König Norderstedt wollte sich mit seiner Hilfe von Kritikern befreien. Es war nur eine Frage der Zeit, bis die Bevölkerung außerhalb der Stadt dies merken würde. Und das alles mit Hilfe der Zauberjäger!

Er schüttelte den Kopf und fuhr mit der Hand über das Tablett, auf dem man ihm vorhin das Essen gebracht hat. Zwar saß er nicht im Kerker, aber ein Gefangener war er trotzdem. Es klopfte leise und Isela kam herein.

„Isela, was machst du hier?"

„Psst. Ich habe von der Wache vor deiner Türe nicht viel Zeit eingeräumt bekommen, um mit dir zu reden. Kann ich etwas für dich tun?"

Sanft streichelte er ihr über das Haar. „Ich möchte nicht, dass du mich besuchst. Ich will Norderstedt nicht auf dumme Gedanken bringen."

„Du meinst, er könnte mich als Druckmittel benutzen, damit er von dir doch das bekommt, was er verlangt?"

„Olizu tut das, was ich nicht getan habe. Ich möchte dich nicht in den Streit mit dem König hineinziehen, ihm ist nicht mehr zu trauen."

„Olizu hat so etwas Ähnliches gesagt. Er will erst einmal den Befehlen Folge leisten, um zu sehen, wo das hinführt."

„Also hat er mich nicht verraten."

„Nein, er will dir helfen, sobald es geht und dich wieder als Kommandant der Zauberjäger einsetzen." Isela sah ihn aus ihren tiefblauen Augen an und legte eine Hand an seine Brust.

„Der König ist gefährlich wie eine Schlange. Er wird mit Sicherheit der neue Kaiser werden wollen. Deswegen lässt er alle, die ihm widersprechen verhaften." Luzil zog die Stirn kraus, was seine Narbe über dem Auge mehr zum Vorschein brachte. „Halt dich an Olizu, er wird dich beschützen und komm bitte nicht mehr hierher. Achte darauf, was du sagst und zu wem. Traue nur Olizu."

Ohne Ankündigung wurde die Türe geöffnet und drei Männer drangen in Luzils Unterkunft ein. „Kriegskonusl, wir sollen dich und deine Frau zum König geleiten."

Luzil musterte die Männer. „Ist das eine Bitte oder ein Befehl?" Er schob Isela hinter sich, um sie vor den Männern zu schützen.

„Wir sollen dich und deine Frau holen.", sagte der mittlere Mann.

„Von welcher Einheit seid ihr?" Luzil erkannte weder Rangabzeichen noch die Uniform. Alle waren einen halben Kopf größer und wirkten kräftig.

„Wir unterstehen nur dem König. Entweder kommst du auf deinen eigenen Füßen mit uns oder wir schleifen dich hinter uns her, das kannst du dir aussuchen."

Isela drückte seinen Oberarm.

„Wir kommen mit euch. Wohin gehen wir?"

„Das werdet ihr sehen. Folgt uns und macht keinen Ärger, dann habt ihr nichts zu befürchten."

Luzil glaubte den Worten zwar nicht, aber er war sich sicher, dass vorerst nichts passieren würde.

Sie gingen eine lange Wendeltreppe herab, die in einem Saal mündete. Norderstedt stand dort mit dem Bibliotheksmeister vor einem der Regale und wartete auf sie.

„Ah, mein guter Luzil und seine liebreizende Gattin." Der König breitete zur Begrüßung die Arme aus und kam ihnen ein paar Schritte entgegen. „Ich brauche euch jetzt nicht mehr, wartet oben auf uns", wandte sich Norderstedt an die drei Männer, die nach kurzem Zögern dem Befehl nachkamen.

Als die Männer außer Hörweite waren, winkte der König Marak heran. „Lieber Kriegskonsul, ich hoffe, du verzeihst mir deinen kurzzeitigen Arrest, aber es musste sein. Du hast einen Eid auf mich geschworen und was sollen die Legionäre davon halten, wenn nicht mal ihr Anführer seinem Eid folge leistet? Die Schwarze Legion ist bei Olizu in zuverlässigen Händen, vorerst." Luzil setzte zu einer Erwiderung an, aber der König hob eine Hand und gebot Ruhe. „Nach deiner ruhmvollen Rückkehr wirst du das Kommando über deine Männer zurückerhalten, auf Lebenszeit."

„Nach meiner Rückkehr?"

Norderstedt grinste schief und nickte Bibliotheksmeister Marak zu. Dieser befeuchtete seine Lippen und deutete auf die sauber aufgereihten Bücher in den Regalen.
„Kriegskonsul, was ist dir über die Erbauer dieser Stadt bekannt?"

„Ein untergegangenes Volk, die Pvudir haben diese Stadt mit Magie erbaut." Luzil antwortete knapp, weil er wusste, dass Marak zu einer längeren Erklärung ansetzte.

„Das ist nicht alles, Kriegskonsul. Dieses alte Volk hat diese Stadt nicht nur mit der Hilfe von Magie erbaut, sondern sie regelrecht in die Steine eingewoben. Uns allen ist aufgefallen, dass sich die Straßen und Fußwege nicht abnutzen. Der Angstbann, der es uns schwierig gemacht hat, damals diese Stadt zu erobern. All das ist Magie. Sie ist nicht nur über diese Stadt gelegt wie ein Mantel, sondern sie ist ein Teil von ihr. Kannst du mir folgen?"

Gleichgültig zuckte Luzil mit den Schultern.

„Dein Mann ist nicht gesprächig", scherzte Norderstedt.

„Unter diesen Umständen kann ich es ihm nicht verdenken." Isela ergriff demonstrativ Luzils Hand.

Marak fuhr fort. „Anders als bei uns war Magie nicht nur den Begabten vorbehalten, sondern sie war Bestandteil ihres täglichen Lebens."

„Woher willst du das Wissen? Ich dachte, die Kenntnisse über die Pvudir sind untergegangen." Luzil schaute sich zum ersten Mal um.

„Was du hier siehst, ist die alte Palastbibliothek der Erbauer." Marak strich mit den Fingern über die Buchrücken, die mit den fremden Schriftzeichen beschriftet waren.

„Und du vermagst die alte Sprache lesen?", fragte Isela.

Marak senkte den Kopf ein Stück. „Zum Teil. Einige sind in einer Gemeinsprache verfasst, die der unsrigen nicht unähnlich ist. Ich konnte einige der Bücher zum Teil übersetzen und ..."

„Kurzum", unterbrach Norderstedt den jungen Mann, „hat mein Bibliotheksmeister herausgefunden, dass die Pvudir eine Art des Reisens beherrschten, die uns bislang fremd war. Folgt uns bitte." Der König ging voraus und alle folgten ihm in die Halle, in der der Steinbogen stand.

„Was ist das?" Luzil näherte sich fasziniert. Isela war ebenso erstaunt.

„Das ist eine Art Reiseportal, wie ich den Schriftwerken entnehmen konnte", antwortete Marak. „Eines steht hier im Palast, es gab aber auch andere, welche ich noch nicht ausfindig machen konnte."

„Und wo führt dieses Reise ...", setzte Luzil an.

„Reiseportal", half Marak aus.

„Reiseportal. Und wo führt dieses Reiseportal hin?"

„Den Aufzeichnungen zufolge unterhielten die Pvudir hiermit Verbindungen zu anderen Völkern." Marak kramte ein Buch hervor, wurde aber von Norderstedt unterbrochen.

„Da kommst du ins Spiel, Kriegskonsul." Norderstedt verschränkte die Hände hinter dem Rücken. „Durch das Verschwinden der ehrwürdigen Botschafterin, Atriba Feuersturm, fehlt uns jemand, der einen Kontakt zu anderen Völkern herstellt und diese Beziehungen unterhält."

Luzil merkte, wie sich ein eisiges Kribbeln in seinem Nacken ausbreitete. „Und du hast mich dazu auserkoren, diese Aufgabe zu übernehmen, Herr."

„Bravo, Kriegskonsul. Du hast es erfasst. Ich ernenne dich und deine Frau zu den Repräsentanten des dharanischen Reiches." Norderstedt streckte die Hand aus, um Luzils zu ergreifen, der sich nicht rührte.

„Du scheinst nicht erfreut über die Ehre zu sein, Kriegskonsul."

„Meine Freude hält sich in Grenzen, König. Kannst du mir sagen, welche Aufgabe wir im Unbekannten verfolgen?"

„Du bist kritisch wie immer. Aber ich verstehe deine Zweifel. Du sollst erkunden, ob es sich lohnt, mit den Völkern jenseits des Portals Handel zu treiben und welche Waren sie anbieten. Verschaff dir einen ersten Eindruck über die Welt jenseits des Portals."

„Ein ehrenvoller Auftrag für einen Befehlsverweigerer, Herr." Luzil betrachtete den Steinbogen ehrfürchtig.

„In der Tat. Eigentlich wäre dies die Aufgabe von der Botschafterin gewesen, aber da sie nicht da ist ..." Die letzten Worte des Königs hingen in der Luft.

„Herr, ist es klug jemanden in eine unbekannte Welt zu schicken, ohne zu wissen, ob Freund oder Feind dort auf ihn wartet?"

„Selbstverständlich wirst du eine Leibwache mitnehmen aus deiner Legion. In deiner Abwesenheit behält Olizu das Kommando über die Zauberjäger. Nach deiner Rückkehr erhältst du das Kommando zurück und es wird kein Wort mehr über deine Verfehlung fallen. Für deine Männer wirst du in einem Sonderauftrag unterwegs gewesen sein."

Isela schob sich vor und ergriff das Wort. „Es ist eine große Ehre und wir nehmen die Aufgabe dankbar an." Sie legte ihre Hand auf den Unterarm ihres Mannes. „Welche Befugnisse haben wir?"

„Ihr könnt Handelsverträge abschließen und einen intellektuellen Austausch beginnen. Vielleicht erfahren wir so etwas über dieses Portal und die Pvudir und ihre Fähigkeiten. Ich werde dir einen Brief mitgeben, welchen du dem dortigen Herrscher vorlegen kannst. Außerdem bekommst du genug Gold und Silber mit, um Güter zu kaufen." Norderstedt wandte sich dem Steinbogen zu. „Wir haben die Möglichkeit, für unser Reich neue Wege zu erschließen, und diese verantwortungsvolle Aufgabe lege ich in deine Hände." Er drehte sich wieder zu den frisch ernannten Botschaftern um. „Bereitet euch vor. Ich denke mehr als ein Dutzend Männer wirst du nicht benötigen. Wenn ihr vorbereitet seid, gib mir Nachricht und ihr könnt aufbrechen." Mit diesen Worten ging der König zurück und Marak blieb mit Luzil und Isela zurück.

Etwas ratlos schaute der Kriegskonsul seine Frau an. „Ist das eine Strafe oder eine Ehre?"

„Zumindest entgehst du dem Kerker und ich den Besuchen."

Marak guckte auf seine Fußspitzen, tat so, als ob er nichts hören würde.

„Bibliotheksmeister, hat uns der König alles gesagt?" Der Kriegskonsul wandte sich Marak zu. Er erinnerte sich an ihr erstes Treffen vor zehn Jahren, als er noch ein Centurio in der gemeinsamen Streitmacht aus Zwergen und Menschen war. Luzil liebte die Armee, er hatte als kleiner Optio Eindruck auf Kriegskonsul Gadah gemacht, woraufhin dieser ihn befördert hatte. Erst seit die Armee König Norderstedt unterstand, drangen Günstlinge in die Reihen der Offiziere der regulären Legionen und durchweichten den Geist des Korps. Die Zauberjäger waren bislang von solchen Zugängen verschont geblieben. Mit seiner Absetzung verlor er seinen Einfluss.

Marak antwortete nicht sofort. „Der König hat dir und deiner Frau alles gesagt, was ihr wissen müsst."

„Ich frage dich anders: Hat der König uns etwas verschwiegen?"

Der jüngere Mann atmete tief durch. „Es gab etwas, aber wenn der König erfährt, dass ich euch davon erzählt habe, wird er mich bestrafen."

„Sprich, wir werden dich nicht verraten. Ich will nur wissen, worauf ich mich einlasse, wenn ich meine Frau auf diese Mission mitnehme."

„Nun gut." Marak ging zu dem kleinen Tisch und kramte Aufzeichnungen hervor. „Vor etwa einem Jahr habe ich dieses Portal hier entdeckt. Damals wusste ich nicht, was es für ein Gebilde war. Erst mit dem Studium der alten Schriften der Pvudir habe ich herausgefunden, wie sich die Magie in Gang setzen lässt und was sich damit anstellen lässt. Der König war immer über den Fortschritt der Forschungen informiert und bestand ab einem gewissen Zeitpunkt darauf, Menschen durch das Portal zu schicken."

„Was ist mit den Menschen geschehen, was konnten sie berichten?", fragte Isela.

Marak schnippte eine unsichtbare Fluse von seinem Ärmel. „Niemand vermochte etwas zu berichten. Einer kam nicht zurück und der zweite Mann kam vollkommen irre zurück. Er faselte wirres Zeug und starb kurz nach seiner Rückkehr."

„Dieser Bastard", zischte Luzil.

„Fest steht auf jeden Fall", fuhr Marak fort, „dass ein Volk jenseits des Portals lebt. Ob sie uns freundlich gesonnen sind, konnte nicht festgestellt werden."

„Dafür soll ein unbequemer Befehlshaber durch das Portal gehen und es feststellen", sprach Luzil das aus, was sein Gegenüber verschwieg.

Irgendwo im Südosten Dharans...

Die Jagdbeute in einem Jutesack über die Schulter geworfen ging der Mann mit schweren Gedanken durch den dichten Wald. Seinen Bogen hatte er entspannt und trug ihn in der Hand. Falten zierten das Gesicht des Mannes, Lachfalten um die Augen und die Mundwinkel, Sorgenfalten an der Stirn. Trotz der glücklichen Jahre waren es heute die Sorgenfalten, die im Vordergrund traten. Das Gespräch mit seinem Freund in der Schenke ging ihm nicht aus dem Kopf. Er gehörte einer Generation an, die zwei Kriege geführt hatte. Nach dem großen Krieg musste er die schlimmen Erlebnisse erst einmal verarbeiten. Dass die Zeit alle Wunden heilte, war eine Illusion. Die Zeit lässt Wunden höchstens verschorfen, solange niemand daran kratzte und das rohe Fleisch darunter wieder freilegte. Sein Freund hatte das in der Schenke geschafft. Die von ihm längst verdrängten Ereignisse waren hochgekommen, seine Zeit bei den Zauberjägern, seine Rolle in den Kriegen und seine Taten. Viele hatten ihn als Helden gefeiert; aber das Blut, was an seinen Händen klebte, war nicht abzuwaschen. Er würde es ewig sehen. Das Blut, den gebrochenen Blick und den letzten Atem auf seiner Haut immer spüren. Der große Mann unterbrach seine Wanderung und wischte sich den Schweiß von der Stirn. Langsam begann er die sechs Jahrzehnte, die hinter ihm lagen, zu spüren. Er freute sich auf den warmen Kamin in seinem Haus und seine Frau. Nachdem ihr Mann im Krieg gestorben war, hatte er sich ihrer und ihrem Sohn angenommen. Der Junge war wie sein eigener Sohn für ihn geworden. Wie schon einmal ein Junge, dessen er sich angenommen hatte ...

Er wischte den Gedanken beiseite und setzte sich wieder in Bewegung, winkte einem der Holzfäller aus dem Dorf zu, die ein Stück Wald rodeten. Sein Haus war ein wenig abseits des Dorfes gebaut, aber in Sichtweite. Sein Verdienst hielt sich in Grenzen, aber mit der Heilung von Kranken war noch nie ein großer Reichtum zu erwerben gewesen. Seine Frau erntete Gemüse aus dem Garten und der Wald lieferte das Fleisch für ihre täglichen Mahlzeiten.

Einer der Holzfäller legte eine Hand an seinen Mund. „Wie war die Jagd?"

„Ein paar Wildhasen, aber man muss für alles dankbar sein", rief er zurück und ging weiter. Sein Bein schmerzte und er würde es sich später wieder mit der selbstgemachten Tinktur einreiben, die die Schmerzen lindern würde.

Als er um den Hühnerstall herum kam, stutzte er. Ein Pferd stand vor ihrem Haus. Seit er hier lebte, war sein einziger Besuch die Dorfbewohner gewesen. Ein Pferd deutete auf einen Besucher hin, der mehr als eine Wegstunde weg wohnte. Gewarnt legte er die Kaninchen und den Bogen ab und schlich vorsichtig näher.

„Geh näher, es ist dein Haus", hörte er eine Stimme hinter sich.

Er zuckte kurz zusammen und verfluchte seine Unvorsichtigkeit. Seine Instinkte hatten gelitten in den letzten Jahren.

„Unternimm keinen Fluchtversuch, deine Familie ist in unserer Gewalt. Mach, dass du ins Haus kommst." Die Stimme des Mannes war unerbittlich.

Kurz wog er die Möglichkeit ab, den Mann hinter sich zu überwältigen, aber der schien seine Gedanken zu erraten.

„Denke nicht mal daran. Sobald meine Kameraden drinnen merken, dass du nicht spurst, werden deine Frau und dein Sohn sterben. Wir waren zu lange auf der Suche nach dir und lassen uns jetzt nicht von dir in die Suppe spucken."

„Ihr habt mich also gefunden", sprach er über die Schulter.

„Ja, Kriegskonsul Gadah. Du hast es verstanden, deine Spuren zu verwischen, aber letztendlich war es nur eine Frage der Zeit. Und jetzt los." Mit den letzten Worten drückte der Sprecher Gadah etwas in die Rippen und schob ihn vorwärts.

Gadah ging stumm zur Türe und öffnete sie vorsichtig.

Drinnen waren Milana und Raenal geknebelt und auf die Stühle gebunden. Das rechte Auge des Jungen zierte ein Veilchen, ansonsten schien es ihm aber gut zu gehen.

„Setz dich und halte die Hände auf den Rücken!", befahl die Stimme hinter ihm. Zwei weitere Männer standen im Raum. Alle beide waren groß und breitschultrig. Die Bewegungen geschmeidig. Gadah schätzte, dass sie erfahrene Kämpfer waren. Selbst in seinen jungen Jahren wären sie ebenbürtige Gegner gewesen.

„Kriegskonsul", sprach ihn der Mann links von ihm an, während ein anderer Mann hinter ihm seine Handgelenke fesselte. „Du bis schwer zu finden gewesen."

„Was wollt ihr? Ich habe keine Reichtümer." Tief in seinem Inneren wusste er, dass es sich hier nicht um einen Überfall handelte, aber ein Versuch war es allemal wert.

Der Wortführer lachte leise in sich hinein. „Was wir wollen, werden wir dir zu gegebener Zeit mitteilen. Aber nicht hier. Wir warten, bis die Dämmerung einsetzt, dann nehmen wir euch mit. Wenn ihr euch bis dahin benehmt, wird euch nichts passieren."

Gadah fing Milanas ängstlichen Blick auf. „Wer seid ihr?", fragte er mit rauer Stimme.

„Wir sind deine Totengräber, wenn du dich als störrisch erweist. Und jetzt halt den Mund." Der Fremde verschränkte die Arme und schloss die Augen.

Ruhe kehrte in dem kleinen Haus ein, während alle auf die Dämmerung warteten. Nur ab und zu kontrollierte einer der Männer die Fesseln der Gefangenen.

Gadah schwieg und gab sich seinen Gedanken hin. Nur dann und wann fing er Milanas Blick auf und versuchte zuversichtlich dreinzublicken, obwohl er wusste, dass es dazu kaum einen Grund gab.

Krok

Er lehnte mit der Schulter am Türrahmen und hielt die Umgebung im Blick, als er hörte, wie sich Züleyha von hinten näherte. Das Leder ihrer Hose knarzte leise bei jedem Schritt.

„Ich habe gestern wohl etwas zu viel Schnaps erwischt. Wo ist Pilur?"

„Er ist in aller Frühe aus dem Haus. Er will die Pferde für uns besorgen." Er zog sie heran und drückte sie an sich. „Was ist mit Zara und der Botschafterin?"

„Sie schlafen beid. Für Zara ist das eine große Strapaze und die Botschafterin ist immer noch nicht bei Kräften."

„Kein Wunder. Sie kann von Glück sagen, dass sie überlebt hat. Ihre Magie hat sie gerettet."

Seine Frau stand eine Weile, ohne ein Wort zu sprechen, neben ihm. „Glaubst du, wir werden es entkommen?"

„Dein Plan mit den Stationen wird nicht durchführbar sein, da die Gilde nicht mehr existiert. Aber vielleicht kann

Pilur uns ein paar deiner alten Vertrauten nennen, die wir aufsuchen können."

„Früher wäre es kein Problem für mich gewesen mich zu verstecken, aber mit der Kleinen und Atriba wird es schwierig werden."

„Bereust du es?", fragte Krok leise.

„Was?"

„Mich und Zara."

Züleyha presste sich enger an Krok. „Hast du den Eindruck?"

Er presste die Lippen zusammen und verfluchte sich dafür, die Frage gestellt zu haben. „Nein, das nicht. Aber du hast so viel mehr erlebt. Genaugenommen bin ich ein Dorfjunge, der zum Tode verurteilt wurde und geflohen ist."

„Alle sind damals begnadigt worden, außerdem bist du mehr, als du glaubst. Du bist ein Held des Reiches."

Krok schnaubte. „Titel. Was sind sie schon wert. Bevor ich damals verurteilt worden bin, war mein größter Traum irgendwann alleine für die Sicherheit des Dorfes verantwortlich zu sein. Ich hätte das Erbe meines Vaters angetreten und wäre alt und grau in meinem Dorf beerdigt worden."

„Stattdessen ziehst du mit einer ehemaligen Meuchelmörderin durch die Gegend, nebst Kind und einer verletzten Würdenträgerin."

„Mach dich nicht über mich lustig, du weißt, wie ich das hasse."

„Ich mache mich nicht über dich lustig, aber du solltest endlich einmal aufhören mit deinem Schicksal zu hadern. Ich hätte mir damals auch einen anderen Weg für mich gewünscht, aber ich bin das, was man aus mir gemacht hat. Man kann die Vergangenheit nicht abstreifen wie eine alte

Haut, sie bleibt bei dir und du wirst sie überall mit hinnehmen."

„Weise Worte. Aber leider waren wir die letzten zehn Jahre an einen Mann gebunden, der es meisterlich verstand, die Menschen nach seinem Gutdünken zu manipulieren. Der reinste Marionettenspieler. Du weißt es."

„Ja, ich gebe zu, wir hätten eher von ihm weggemusst. Aber das werden wir jetzt ändern. Ein ruhiger Platz für uns, sobald wir die Botschafterin in Sicherheit gebracht haben."

„Und wieder sind wir in ein großes Spiel geraten, in dem wir nur kleine Figuren auf dem Spielbrett sind."

„Dafür sind wir zusammen." Sie stellte sich auf die Zehenspitzen und küsste ihn auf die Lippen. „Ich bereue nichts. Weder dich noch Zara. Ich will alt und grau mit dir werden."

Krok packte sie am Arm und schob sie unsanft ins Haus zurück.

„Was ...?"

„Reiter", sagte Krok. „Sie kommen auf das Haus zu."

„Wo kommen die bloß her?"

„Vom Dorf. Es scheint, dein sauberer Freund hat uns verraten."

„Nein, das kann ich nicht glauben. Niemals. Vielleicht hat man ihn festgenommen."

Vorsichtig schaute Krok aus dem Fenster. „Kein Irrtum. Sie kommen genau hierhin. Das ist kein Zufall. Außerdem tragen sie Uniformen."

„Welche Uniformen?"

Er kniff die Augen zusammen und schluckte schwer. „Zauberjäger!", flüsterte er.

Züleyha lief zum hinteren Fenster. „Hier hinten kommen auch zwei."

„Mama, was ist los?" Zara kam die Leiter vom Kellerraum hinauf und rieb sich die Augen.

„Bleib unten, Schatz. Weck die Botschafterin und sag ihr, dass wir Besuch bekommen. Verhalte dich dann ruhig."

Schlaftrunken taumelte Zara wieder in den Keller zurück.

Züleyha hechtete zurück zur Vorderseite des Hauses.

„Wie sieht dein Plan aus?"

„Rausgehen und fragen was sie wollen", antwortete Krok.

„Gut, ich gehe hinaus. Vielleicht kann ich etwas herausbekommen."

„Einverstanden."

Die Zauberjäger stiegen ab und Züleyha öffnete die Türe, um den beiden Männern entgegenzugehen.

„Guten Morgen, die Herren. Wie können wir euch helfen?"

„Sieh an, sieh an. Da ist eine der gesuchten Personen." Theatralisch holte einer der Männer einen Steckbrief und las vor: „Züleyha Epiru, schlank, dunkle Haare. Besondere Merkmale Lederkleidung. Gesucht wegen ..."

„Das reicht, Soldat", unterbrach der zweite Mann ihn.

„Jawohl, Optio."

„Ergibst du dich? Wo sind deine Begleiter und wo ist die Botschafterin?"

Züleyha stemmte die Hände in die Hüften. „Was soll das heißen?"

„Halts Maul und leg deine Waffen nieder, dann werden wir auch besonders nett zu dir ein." Der Optio lachte dreckig.

„Das reicht!" Krok kam aus dem Haus. Sein Metallarm hing am Körper herunter. Seine eigene Hand hatte er auf den Knauf seines Kurzschwertes gelegt.

„Da ist ja ihr Komplize. Jetzt müssen wir nur noch die Botschafterin finden. Ergebt ihr euch freiwillig oder müssen wir euch erschlagen?"

Krok grinste breit. „Junge, du und welche Armee?"

Ein leichter Zweifel huschte über das Gesicht des Optios. „Wir können euch tot oder lebendig mitnehmen. Quer über den Sattel oder hinter den Pferden her geschleift."

„Wo ist der alte Mann? Wo ist Pilur?", unterbrach Züleyha.

„Der ist im Dorf in guter Gesellschaft. Und jetzt weg mit den Waffen!"

Krok vernahm leise Schritte hinter sich. Das mussten die Zauberjäger sein, die sich der Rückseite des Hauses genähert hatten. Ein Schnaufer hinter ihm warnte ihn und er wirbelte herum. Sein Kurzschwert rauschte aus der Scheide und blockierte den halb ausgeführten Schlag des Gegners. Die Schneiden glitten kreischend übereinander. Kroks Klingen klappten aus der Eisenhand und schlugen nach dem Gesicht des Mannes. Geschickt wich der Zauberjäger zurück und der Schlag ging ins Leere.

Der zweite Zauberjäger zog ebenfalls seine Waffe und versuchte Krok in den Rücken zu fallen.

An dem Getöse hinter ihm hörte er, dass Züleyha sich ebenfalls im Kampf mit den anderen beiden Legionären befand.

Krok parierte den Schlag des zweiten Zauberjägers mit seinem Metallarm. Sein Schwert sauste nieder und durchschlug das Handgelenk des Mannes.

Jaulend schrie der Legionär auf und ging zu Boden, hielt sich dabei den blutenden Stumpf. Sein Schwert lag vor ihm auf dem Boden, die abgeschlagene Hand umfasste noch den Griff der Waffe.

Fast hätte der verbliebene Zauberjäger Krok erwischt. Die Spitze seines Schwertes zuckte nach Kroks Leib.

Nur mit Mühe drehte sich der ehemalige Gladiator zur Seite. Die Klinge fuhr über seine Kleidung und ritzte seine

Haut. Krok zischte kurz vor Schmerz. Diese Männer waren erfahrene Soldaten und brachten ihn gehörig in Schwierigkeiten. Er musste dem Kampf ein Ende machen. Sein Stiefelabsatz krachte gegen das Kniegelenk seines Gegners. Das Standbein des Mannes gab unter dem Tritt nach. Zwar brachte er zur Abwehr eines Angriffes das Schwert über den Kopf, aber Krok war kein Anfänger. Ein Aufwärtshaken mit den Klingen seiner Metallhand besiegelte das Schicksal des Soldaten. Die Klingen drangen durch den Unterkiefer ins Gehirn des Mannes ein. Er war tot, bevor er auf dem Boden aufschlug.

Jetzt konnte er sich um Züleyha kümmern und ihr helfen. Im Vorübergehen stach er dem immer noch knienden Zauberjäger, der seinen Armstumpf hielt, sein Schwert ins Herz. Mit einem Tritt vor die Schulter löste er den Toten von der Klinge.

Als er sich dem Geschehen hinter ihm zuwandte, sah er einen der Legionäre mit einem Wurfmesser im Auge auf dem Boden liegen. Der letzte verbliebene Legionär und seine Frau umkreisten sich. Züleyha hielt sich etwas schief und atmete kurz. „Soldat, wirf die Waffe weg und wir schonen dein Leben." Kroks Stimme war steinhart und schneidend.

Der Zauberjäger zuckte zusammen und warf einen kurzen Blick über die Schulter.

Krok hielt sein blutbesudeltes Schwert locker in der Hand. Von seinen Krallen tropfte der rote Lebenssaft. Auch wenn er lässig dastand, sein Körper war gespannt und bereit einen Angriff zu parieren.

Es zeigte sich, dass die Männer dieser Eliteeinheit nicht nur Buschräuber waren, sondern erfahrene Kämpfer, die etwas im Kopf hatten. Verächtlich spuckte der Soldat auf den Boden und warf seine Waffe zu Boden.

„Knie nieder und leg die Hände in den Nacken. Wenn du nur mit den Augen blinzelst, verlierst du deinen Kopf."

Der Mann tat, was von ihm verlangt wurde und richtete seinen Blick zu Boden.

Schnaufend steckte Krok das Schwert wieder in die Scheide. „Noch am Leben", murmelte er und ging zu seiner Frau. „Was ist mit deiner Seite?"

Sie winkte ab. „Einer hat mir einen Tritt in die Rippen verpasst, mir ist nur kurz die Luft weggeblieben." Sie sah das Blut an seiner Seite. „Du hast auch etwas abbekommen."

„Halb so schlimm. Kümmern wir uns erst einmal um unseren Freund."

Der Legionär schluckte schwer.

„Ich will nicht lange rumtändeln." Krok legte dem knienden Legionär das Schwert auf die Schulter. „Was ist im Dorf geschehen, wie viele seid ihr da?"

„Was geschieht, wenn ich nicht antworte?"

„Dann folgst du deinen Kameraden in eine bessere Welt."

„Also gut. Wir sind zwei Dutzend Kameraden. Ein Centurio, zwei Optios und der Rest einfache Soldaten."

„Was ist im Dorf los?"

„Wir haben den Auftrag, einige der Bewohner festzunehmen."

„Was für Bewohner?", hakte Züleyha nach.

Der Soldat leckte sich über die Lippen. „Unser Centurio hat eine Liste mit Leuten aus der Gegend, wie wir festnehmen sollten. Die Verbrechen der Menschen kenne ich nicht. Unsere Aufgabe war es die Leute festzunehmen und zu bewachen."

„Wo sollten die Leute hingebracht werden?"

Der Soldat zuckte mit den Schultern. „Keine Ahnung. Das Ziel kannte nur der Centurio."

„Woher wusstet ihr, dass wir hier bei Pilur waren?"

„Einer unserer Optios hat ihn erwischt, wie er beim Schmied Pferde kaufen wollte. Und ihn dann vernommen."

„Also hat er uns verraten." Züleyha zog die Stirn kraus. „Das kann ich nicht glauben."

„Er hat es nicht freiwillig getan. Der Optio ist ein wahrer Meister darin, verstockte Kerle zum Reden zu bringen." Der Mann konnte sich ein Lächeln nicht verkneifen, wurde aber wieder ernst.

Krok nickte zufrieden. „Fällt dir sonst etwas ein, was wir wissen sollten?"

Der Legionär schüttelte den Kopf und schloss die Augen, erwartete den Tod. Krok holte kurz aus und ließ sein Schwert mit der flachen Seite gegen die Schläfe des Mannes sausen. Ohnmächtig kippte er zur Seite.

„Der wird morgen Kopfweh haben", bemerkte Züleyha, „Wäre es nicht besser ihn zu töten?"

„Wäre es, aber für heute ist genug Blut geflossen. Außerdem handelte er nur auf Befehl." Krok steckte sein Schwert zurück und klappte die Klingen an seiner Hand wieder ein. „Wir sollten unsere Sachen packen und den Legionären folgen."

„Meinst du nicht, es ist zu gefährlich?"

„Alles, was wir tun, ist gefährlich."

Züleyha Lippen kräuselten sich spöttisch. „Also geraten wir wieder in ein großes Spiel."

„Das scheint unsere Bestimmung zu sein."

Als sie wenig später im Dorf ankamen, waren die Legionäre schon mit den festgenommenen Dorfbewohnern aufgebrochen.

Züleyha und Krok waren alleine ins Dorf geritten und Zara der Obhut Atribas überlassen, die sich schon wieder besser fühlte.

Am Dorfeingang lag ein Mann mit eingeschlagenem Schädel. Zwischen den blutigen Resten seines Schädels schimmerte die helle Gehirnmasse. Eine weinende Frau saß neben ihm und wiegte sich hin und her. Ein blaues Auge verunstaltete ihr ansonsten hübsches Gesicht.

Auf dem Dorfplatz hatte man einige Menschen, Männer und Frauen, aufgehängt. Geschwollene Zungen hingen aus den blauen Gesichtern. Niemand schien das Glück gehabt zu haben direkt durch einen Genickbruch gestorben zu sein. Sie waren allesamt jämmerlich erstickt.

Die ersten Bewohner trauten sich aus ihren Häusern und starrten ihnen neugierig entgegen.

„Was ist hier geschehen?", rief Krok dem am nächsten stehenden Mann zu.

Der Mann zuckte zusammen, vor Angst oder Überraschung, antwortete aber mit fester Stimme. „Die Schwarze Legion kam bei Morgengrauen und nahm einige Dorfbewohner fest. Sie sollten mit ihnen gehen. Als sich einige weigerten, haben sie angefangen zu töten. Ein paar haben sie dort drüben aufgehängt, zur Warnung. Die anderen haben sie mitgenommen."

„Wohin?", hakte Krok nach.

Der Mann hob die Hände. „Keine Ahnung."

„Pilur. Wo ist Pilur?", ergriff Züleyha das Wort.

„Drüben beim Schmied", der Mann deutete vage in eine Richtung.

Sie setzten sich wieder in Bewegung, in die Richtung, die der Mann ihnen gezeigt hatte.

Ein Mann in Lederschürze kam ihnen entgegen, hielt sich den linken Arm.

„Bist du der Schmied?" Krok blieb stehen und sah sich um.

„Ja, der bin ich. Was willst du von mir?"

„Wir suchen einen Mann namens Pildur. Er wollte bei dir Pferde kaufen."

Der Schmied nickte langsam. „Ja, der war bei mir. Die Zauberjäger haben ihn erwischt. Ich würde mir an deiner Stelle aber verkneifen ihn anzuschauen. Er bietet keinen besonderen appetitlichen Anblick mehr."

„Was hat man ihm angetan?" Züleyha machte einen Schritt in Richtung Schmiede, blieb dann aber stehen als sich der Schmied in den Weg stellte.

„Sie haben ihn erst mit glühenden Kohlen malträtiert und wollten wissen, für wen er die Pferde kaufen wollte. Er schien ihnen verdächtig. Zunächst sagte er ihnen nichts. Dann fingen sie an ihm die Haut abzuziehen und das rohe Fleisch über meinem Feuer zu rösten."

„Das reicht", sagte Krok. „Sorgt ihr hier für die Beerdigung der Toten?"

Der Schmied nickte. „Wir sorgen für unsere Toten. Wollt ihr noch etwas?"

„Ja, die Pferde, die Pildur kaufen wollte. Verkaufst du sie mir?"

„Sicher. Nimm deine Frau und mach das du so weit wie möglich von hier wegkommst. Ihr solltet ihnen nicht in die Hände fallen."

„Gut, dann sattel uns vier Pferde, wir werden uns Vorräte besorgen und dann brechen wir auf."

Der Schmied schaute Krok mit grauen Augen an. „Kann es sein, dass ihr nicht flüchten, sondern den Soldaten folgen wollt?"

Krok blickte auf die breite Spur von Pferd- und Wagenspuren, die sich durch das Dorf zogen. Es würde kein großes Problem darstellen, einer solch breiten Spur zu folgen. „Kümmere du dich um die Pferde. Was du nicht weißt, kannst du auch nicht ausplaudern."

Ohne ein weiteres Wort zu verlieren, entfernte sich der Schmied in Richtung der Ställe.

„Kaum zu glauben, dass die Zauberjäger dafür verantwortlich sein sollen", sagte Züleyha. „Oder eine der anderen Legionen, die unter ihrem Namen auftritt."

Krok wandte sich ab. „So viel Glück haben wir nicht."

Skiril

„Seit unser König tot ist, liegt das Geschick unseres Volkes beim Clanrat." Eisenarsch saß mit verschränkten Armen vor ihnen und schaute sie aus harten Augen an. Nachdem er Lidokar zugehört, warum sie hier unter den Bergen bei ihnen Zuflucht gesucht hatten, war er dazu übergegangen zu erzählen, was sich nach dem Tod des Königs ereignet hatte. „Und ich bin der Clanälteste, das heißt, an mir bleibt die Scheiße kleben."

„Was ist mit dem Botschafter, der bei unserem König war?" Lidokar griff nach einem Becher Bier und trank, um sich den Mund zu befeuchten. Keinem war danach sich zu betrinken. Außer ihnen war Clanführer Eisenhand anwesend, der zu den Vertrauten von Eisenarsch zählte.

„Der Botschafter schweigt seit dem Tod des Königs. Das, was er mir erzählt hat, spricht nicht für Norderstedt. Ein Spion am Hof ist der Tod des Vertrauens zwischen König und Untergebenen." Der Clanälteste presste die Lippen zusammen und fuhr dann fort. „Unser Zwergenbotschafter hat mir im Vertrauen eine Vermutung über den Spion geäußert, die, sollte ich sie hier wiederholen, diesen Raum nicht verlassen darf." Eisenarsch sah in die Runde und alle nickten einhellig. „Nun gut. Unser Botschafter äußerte die Vermutung, dass der Spion König Norderstedt selbst ist."

Stilles Entsetzen machte sich im Raum breit.

Lidokar rutschte ein wenig nach vorne und ergriff das Wort. „Das wäre ungeheuerlich. Der König ist sicherlich ein Intrigant, aber dass er für den Tod von zwei Herrschern verantwortlich ist, das geht doch ein wenig zu weit."

Skiril und Gundra verhielten sich ruhig und hörten zu. Auf dem Boden zu ihren Füßen lag der Hund und schnarchte leise. Aber jetzt brach Skiril sein Schweigen. „Damit hat er nicht mal unrecht", murmelte Skiril. „Das, was wir hier herausgefunden haben, nimmt den König nicht vor diesen Anschuldigungen in Schutz. Warum hat er Steckbriefe auf uns ausgestellt? Darüber habe ich mir die letzten Tage Gedanken gemacht. Der einzige Grund kann sein, dass wir seinem Geheimnis zu nahe kamen und er uns kaltstellen wollte."

Gundra schüttelte den Kopf. „Welchen Grund sollte der König haben, sein eigenes Reich, die Kaiserin und euren König zu verraten? Er ist König im eigenen Land. Was sollte er gewinnen?"

„Wenn er Kaiser werden wollte, hätte die Ermordung der Kaiserin ausgereicht. Der Zwergenkönig wäre nie zum Kaiser berufen worden. Wieso wurde er ebenfalls ermordet?"

„Wenn es nicht darum ging den zweiten Mord zu kaschieren, muss es einen anderen Grund geben. Wie sieht es mit der Nachfolge von König Goldfuß aus?"

„Goldfuß' Sohn wird den Vorsitz des Goldclans übernehmen, aber er besitzt nicht die Weitsicht seines Vaters. Im Gegenteil, er ist bekannt dafür unbeherrscht zu sein." Eisenhand kratzte sich am Kopf.

„Du untertreibst. Er ist ein rachsüchtiger Bastard, der Norderstedt vorwerfen wird, nicht für ausreichenden Schutz gesorgt zu haben."

„Was man ihm nicht einmal verdenken kann", gab Skiril zu. „Welche Beweise hat euer Botschafter vorzulegen, die Norderstedt belasten würden?"

Eisenarsch antwortete nicht sofort. „Die letzten Worte von Goldfuß auf dem Sterbebett gaben ihm zu denken. Wer besitzt die Macht einen solchen Plan umzusetzen? Zwei, die es gekonnt hätten, sind tot. Und er ist der letzte Überlebende."

Skiril stand auf und begann auf- und abzugehen. „Das heißt, wir müssen uns jemanden suchen, mit dem wir Norderstedt entmachten können. Da er unter der Kaiserin stand, bleibt nur der Adelsrat, der einen neuen Kaiser berufen kann."

„Willst du das alleine bewerkstelligen?" Eisenarsch lehnte sich zurück.

„Mit eurer Hilfe wird es einfacher werden, aber wenn es sein muss, ist es meine Pflicht, dies alleine zu tun."

„Meine Pflicht es genauso, wie die deine. Ich habe geschworen, jeden Schaden vom Thron der Kaiserin abzuwenden. Ich werde mit dir gehen", ergänzte Gundra.

Der Liktor nickte ihr zu. „Trotzdem bleibt unklar, warum Norderstedt ein Verräter sein soll und was ihn antreibt. Wenn wir hinter dieses Geheimnis kommen, sind wir ein gutes Stück weiter. Und wir dürfen nicht vergessen, dass der König die Macht auf seiner Seite hat. Wir müssen dem Adelsrat Beweise vorlegen, die einer Prüfung standhalten."

„Ihr Menschen seid komische Gesellen. Intrigen und Verrat bestimmen euer Leben und niemanden scheint es zu stören." Eisenarsch trank von seinem Bier und wischte sich durch den Bart. „Wir Zwerge sind da anders."

„Ja, ihr spaltet den Schädel derjenigen, die euch verraten", warf Gundra ein.

Skirils Augen blitzten auf. „Das ist es."

Verständnislos sahen ihn alle an.

„König Goldfuß musste zuerst sterben, weil er es niemals geduldet hätte, wenn Norderstedt durch den Tod der Kaiserin zum neuen Kaiser berufen worden wäre. Etwas hätte immer in ihm genagt und er hätte dem neuen Kaiser misstraut. Das wusste Norderstedt."

Eisenhand überlegte. „Ja, Goldfuß hatte nie einen Hehl daraus gemacht, dass er Norderstedt nicht für ehrlich hielt. Er hat es für einen Fehler gehalten, dass die Kaiserin ihn damals zum König erklärt hatte."

„Aber das Schutzamulett, was wir in dem Haus gefunden haben, es deutet auf die Zauberjäger hin. Es passt aber nicht damit zusammen, dass der Schuss nicht ohne Magie abgegeben werden konnte, gab Skiril zu bedenken.

„Außer jemand will den Verdacht auf die Zauberjäger lenken", wandte Gundra ein.

„Aber aus welchem Grund?", stellte Eisenarsch die Frage, die allen im Kopf umherging.

„Er ergibt alles keinen Sinn." Skiril schnippte mit den Fingern. „Es sei denn, wir zäumen das Pferd von hinten auf."

„Centurio, lass uns doch bitte an deinen Gedanken teilhaben." Lidokar sah ihn gespannt an.

„Wir sind uns einig, dass der Bolzenschuss nicht ohne Magie sein Ziel gefunden hätte. Das heißt entweder war das Amulett eine Finte oder ein Zauberjäger hat mit einem magisch Begabten zusammen den Anschlag verübt. Das bedeutet, dass Norderstedt nicht alleine für den Anschlag verantwortlich war, sondern noch eine andere Partei."

„Wer sollte das sein? Wir Zwerge verraten einander nicht", fuhr Eisenarsch auf.

„Jemand aus dem Adelsrat", sagte Skiril. „Nachdem ich den König auf den Adelsrat aufmerksam gemacht habe, setzte er uns auf die Fährte seiner Leibwächter. Wenn unsere

Theorie stimmt, war der einzige Grund dafür nur, uns aus der Stadt zu schaffen, damit wir ohne Zeugen beiseitegeschafft werden konnten."

„Was du da sagst, ist kaum zu glauben. Wenn es stimmt, können wir uns nicht an den Adelsrat wenden, da wir dort Gefahr laufen festgenommen oder umgebracht zu werden."

„Richtig. Das bedeutet, dass wir etwas tun werden, was niemand erwartet." Skiril grinste frech.

„Was hast du vor?", fragte Eisenarsch.

„Wir machen kehrt und stellen jemanden zur Rede."

„Den König?"

„Nein, jemanden, der permanent in seiner Nähe ist. Wir schnappen uns den Bibliotheksmeister und werden mit ihm reden."

„Junge, die Idee ist ein Fass Schnaps wert." Eisenarsch holte eine Flasche hervor und kleine Silberbecher. Nachdem er eingeschenkt hatte, hob er seinen Becher. „Und ich habe bereits eine Idee, wie wir in die Hauptstadt kommen." Er schlug sich mit der freien Hand auf das Herz „Für die Rotte, bis in den Tod."

Alle im Raum hoben ebenfalls ihren Becher und nahmen den Ausruf auf, bevor sie den Schnaps hinunterkippten. „Für die Rotte, bis in den Tod."

Gadah

Sie wurden an Stricken hinter den Pferden hergezogen. Auch Milana wurde nicht die Gnade zuteil reiten zu dürfen. Jeder der Männer hielt eine Leine fest, die um ihren Hals gebunden war und eine Flucht unmöglich machte. Immerhin ritten ihre Entführer in einem moderaten Schritttempo, welches sie mithalten konnten.

Gadahs Bein schmerzte höllisch und er sehnte eine Rast herbei, ließ sich seine Schwäche aber nicht anmerken.

„Wir müssen etwas tun, Vater", flüsterte Raenal, „Mutter wird das nicht lange durchhalten."

„Sei still, oder willst du die Aufmerksamkeit von denen wecken?", zischte Gadah zurück.

„Aber sieh doch", gab Raenal nicht nach.

Der Junge hatte recht. Nur er konnte nichts machen. Sie waren nach der Abenddämmerung aufgebrochen und die ganze Nacht durchgeritten. Gadah vermutete, dass sie im Morgengrauen Halt machen würden.

„Ruhe da hinten, sonst schleifen wir euch die nächsten Meilen, bis wir nur noch rohes Fleisch am Seil haben." Der Mann, der seine Leine hielt, ritt etwas langsamer, bis er neben Gadah war. „Man hat uns vor dir gewarnt, Kriegskonsul." Er sprach das letzte Wort mit Spott aus.

„Ich bin schon lange kein Kriegskonsul mehr."

„Dann erinnere dich daran, alter Mann." Plötzlich lachte der Reiter auf. „Es ist doch lustig, dass du ausgerechnet von der Schwarzen Legion festgenommen wirst, von deiner ehemaligen Legion." Der Mann lachte wie eine Ziege, behielt Gadah aber im Auge.

„Warum wurden wir überhaupt festgenommen?" Gadah sah den Mann nicht an. Sollte er doch glauben, dass er gebrochen war.

„Hochverrat."

„Sagt wer?"

Der Reiter sah einen Moment wütend aus. „Der König, alter Mann."

Gadah schwieg und ging weiter, obwohl er fast gestolpert wäre. „Das kann nicht euer Ernst sein. Ich habe seit zehn Jahren nichts vom König gesehen oder gehört."

„Das ist nicht meine Aufgabe. Wir haben dich aufgespürt und kassieren die Belohnung." Er ritt wieder voraus und hielt die Leine auf Spannung.

Gadahs Gedanken kreisten. Der König hat ihn festnehmen lassen. Was ging hier vor? Ein Irrtum?

Die Soldaten rasteten kurz bei Sonnenaufgang und gaben ihnen Gelegenheit, sich auszuruhen und etwas zu essen. Dabei waren sie immer achtsam und unterbanden jedes Gespräch zwischen Gadah, Raenal und Milana.

Gadah sah, dass seine Frau nicht mehr lange durchhalten würde. Sie sah müde aus. Er reichte ihr etwas Wasser aus dem Schlauch, den man ihnen gegeben hatte. Er stand auf und ging zum Anführer. „Ich möchte dich bitten, meine Frau reiten zu lassen. Sie ist den Strapazen nicht gewachsen."

„Ist mir egal. Entweder sie kommt mit oder sie bleibt zurück, tot. Sag ihr das. Und jetzt scher dich zurück. Nutzt die Rast, es geht bald weiter."

Wut stieg in Gadah auf. „Ihr seid keine Legionäre der Schwarzen Legion. Ihr seid Bastarde." Er spuckte auf den Boden.

Der Anführer sprang auf und reckte den Zeigefinger in seine Richtung. „Vorsicht, alter Mann. Noch mehr solcher Sprüche und wir schneiden den beiden da drüben die Kehle durch." Schnell und trocken rammte er Gadah die Faust in den Magen.

Gadah klappte keuchend nach vorne und musste auf die Knie.

„Alter Mann, deine Zeit ist vorbei und du lebst nur noch, weil dich jemand sprechen will. Wenn du weiter Ärger machst, wirst du nicht in einem Stück ankommen." Ohne auf den ehemaligen Kriegskonsul zu achten, ging er zu seinen Kameraden. „Wenn er wieder aufrecht stehen kann, geht es weiter. Wir müssen die anderen einholen."

Sie löschten das Feuer und legten den Gefangenen die Stricke wieder um. Raenal sah zu Gadah, der unmerklich den

Kopf schüttelte, um den jungen Mann von dummen Aktionen abzuhalten.

Gadah rappelte sich hoch und atmete tief durch. Vorerst konnte er nichts unternehmen und musste sich fügen.

Einen halben Tagesmarsch später trafen sie auf eine Kolonne aus weiteren Gefangenen und Soldaten. Die Gefangenen waren auf die drei Wagen verteilt, die von Ochsen gezogen wurden.

„Schafft sie auf die Wagen, aber zieht dem alten Mann einen Sack über den Kopf und achtet auf ihn, er ist gefährlich." Anscheinend war der schwarzhaarige Sprecher der Anführer der Legionäre.

Grobe Hände packten ihn und zogen ihm einen Sack über den Kopf, der nach Getreide roch. Sie schoben ihn und seine Familie auf einen der Wagen auf dem Platz war. Der Sack war grob und so konnte er schemenhaft die Umgebung erkennen. Zumindest am Sonnenstand konnte er sehen, in welche Himmelsrichtung sie zogen. Die Kolonne setzte sich wieder in Bewegung ... ins Ungewisse.

Luzil

„Der König ist im Unrecht. Ich habe nicht die Kontrolle über alle Truppenteile. Einige Offiziere handeln auf direkten Befehl von Norderstedt. Ich habe nur die Männer unter Kontrolle, die uns treu ergeben sind. Alle anderen Legionäre folgen Offizieren, die vom König Gold nehmen, um ihre Treue zu verkaufen. In der Bevölkerung gärt es und unsere Männer werden als Feinde betrachtet." Der Albino sah verzweifelt aus. Die Posten vor Luzils Tür hatte er weggeschickt. Widerwillig waren die Soldaten dem Befehl nachgekommen, aber gegen den kommandierenden Kriegskonsul wollten sie sich nicht auflehnen.

„Im Moment kann ich nichts ausrichten, der König hat mich kaltgestellt. Ich habe keine Befehlsgewalt mehr. Sobald ich versuchen würde das Kommando zu übernehmen, gibt es ein Blutbad. Du musst abwägen, ob du dich gegen den König auflehnen willst, allerdings stehen deine Chancen nicht gut, wenn die Schwarze Legion nicht gesammelt hinter dir steht."

Olizu sah auf Isela und dann zu seinem ehemaligen Kommandanten. „Glaubst du, die ausgewählten Leute genügen? Du weißt nicht, was euch jenseits des Portals erwartet."

„Wenn wir hinter dem Portal auf Feinde treffen, ist es gleich, ob ich einhundert oder sechs Männer bei mir habe. Die Legionäre, die du mir ausgesucht hast, sind gute Männer, denen ich vertrauen kann."

Isela prüfte die Sehne ihres Bogens und steckte ihn dann, zusammen mit den Pfeilen, in den Köcher. „Zum Glück sind wir wehrhaft."

„Mit dem Bogen wirst du nicht viel ausrichten können, wenn wir auf Feinde treffen." Olizu nahm seinen Helm unter den Arm. „Habt ihr noch einen Wunsch?"

Luzil schüttelte den Kopf. „Nein, wir haben alles. Pass darauf auf, dass Norderstedt es nicht übertreibt. Und wenn es zu schlimm wird, wende dich an den Adelsrat, er hat dort nicht nur Freunde."

„Glaubst du, der Rat wird uns helfen?"

„Zumindest ist es besser, als zuzusehen, wie die Schwarze Legion missbraucht wird."

Isela warf sich einen Wildlederumhang mit Kapuze über und schnallte den Köcher darüber. „Ich bin fertig. Viel länger können wir es nicht mehr aufschieben."

„Also gut." Luzil nahm seine Armbrust, warf sich den Trageriemen über die Schulter und klopfte dem Albino auf die Schulter. „Lebe wohl, mein Freund. Die Männer warten unten auf uns."

„Ich hoffe, dass ihr gesund und wohlbehalten zurückkommt."

„Wir werden uns Mühe geben." Luzil zwinkerte Olizu zu und öffnete dann die Türe zum Flur.

In der Portalhalle wartete Norderstedt mit dem Bibliotheksmeister und den ausgewählten Soldaten auf sie. Olizu hielt sich im Hintergrund.

„Ihr habt euch Zeit gelassen." Der König schaute ihnen mürrisch entgegen. „Botschafter Luzil, ich wünsche dir viel Glück und verlasse mich darauf, dass du jederzeit das Wohl des Reiches im Auge behältst."

Wenn ich das Wohl des Reiches im Auge hätte, würde ich dir den Hals umdrehen, dachte Luzil, verneigte sich aber nur leicht. „Ich werde es jederzeit berücksichtigen, Herr."

Marak stand am Portalbogen und berührte drei Stellen am Bogen. Ein weißes Licht flammte auf und die umstehenden Menschen wichen einen Schritt zurück. „Keine Angst, es ist nicht gefährlich." Er vollführte eine ausladende Bewegung mit dem Arm. „Geht einfach hindurch. Nehmt aber eure Schutzamulette ab. Das Portal wirkt eine Magie und die Amulette würden sie behindern."

Luzil gefiel die Situation nicht, aber jetzt war es für einen Rückzieher zu spät. „Männer, nehmt eure Amulette ab und steckt sie in die Tasche, dann folgt mir." Luzil nahm sein eigenes Amulett ab und verstaute es in seiner Umhangtasche, bevor er Iselas Hand ergriff und sich in Bewegung setzte.

Von einem zum nächsten Schritt war er umhüllt von dem Licht, welches leicht bläulich schimmerte. Einen kurzen Moment war er geblendet, bevor er durch war. Er musste sich einen Augenblick sammeln, bevor sein Blick sich wieder klärte. Isela stand neben ihm und rieb sich die Augen. Seine Männer waren alle unbeschadet durch das Portal gekommen. Vor ihnen breite sich die fremde Landschaft aus.

„Aufgepasst, Legionäre. Wir wissen nicht was uns hier erwartet. Seid bei jedem Schritt achtsam." Luzil hatte es kaum ausgesprochen, als ein Schrei gellte, der ihnen das Blut in den Adern gefrieren ließ.

Krok

Sie ritten bis zum Nachmittag und legten dann eine Rast ein. Die rothaarige Botschafterin sah nach der Nacht mit ausreichend Schlaf erheblich besser und erholter aus. Bevor sie aufgebrochen waren, hatten sie sich im Dorf beim Schmied mit Vorräten eingedeckt, wovon sie jetzt zehrten. Für Zara gab es frische Milch und für die Erwachsenen Rauchfleisch, dazu verdünnter Wein und Wasser.

„Die Soldaten hinterlassen eine breite Spur. Sie haben keine Angst, dass man ihnen folgen könnte", sagte Atriba zwischen zwei Bissen.

„Ihnen ist es egal, ob man ihnen folgt. Sie handeln auf Geheiß des Königs." Krok kaute an seinem Trockenfleisch und spülte es mit Wasser herunter.

Zara legte sich nach der Milch mit dem Kopf auf Züleyhas Schoß und schlief sofort ein. Sanft streichelte ihre Mutter ihr übers Haar.

„Wir können ihr das nicht zumuten. Sie ist dem nicht gewachsen."

„Aber wir können sie nirgendwo zurücklassen. Und ich will wissen, was hinter dieser Sache steckt." Kroks Blick wurde weicher. „Wir werden genug Pausen einlegen, damit sie sich erholen kann. Da der Tross sowieso langsamer ist als wir, müssen wir uns nicht hetzen."

Atriba betastete ihre Kopfverletzung, die sich geschlossen hatte.

„Das wird wieder, Botschafterin. Deine Haare werden wieder nachwachsen." Krok schmunzelte.

„Züleyha hat recht. Das Kind kann nicht mit uns durch die Wildnis ziehen. Wenn wir auf jemanden treffen, der uns nicht wohlgesonnen ist, bringt sie das in Gefahr." Sie deutete auf die Spur vor ihnen. „Eine solche Menge Soldaten verheißen nichts Gutes. Wir wissen nicht, ob sie Späher zurücklassen."

„Was schlägst du vor?", fragte Züleyha.

„Du und das Kind reitet zurück zum Dorf und wartet dort auf uns. Krok und ich werden den Soldaten folgen und herausfinden, wo die Spur hinführt." Krok wollte aufbegehren, aber Atriba ließ ihn nicht zu Wort kommen. „Wir kommen schneller vorwärts und müssen im Gefahrfall nicht auf sie achten. In dem Dorf wird Züleyha mit Zara unterkommen. Der Schmied schien mir ein vernünftiger, ehrlicher Mann zu sein. Außerdem ist es unwahrscheinlich, dass die Zauberjäger in nächster Zukunft nochmal das Dorf besuchen werden." Sie trank einen Schluck verdünnten Wein und zog den Verband vom Kopf.

„Mir gefällt das nicht." Krok.

„Wann hat dir das letzte Mal etwas gefallen, mein Lieber?" Züleyha knuffte ihn zärtlich in die Seite. „Mach dir keine Sorgen. Ich reite auf unserer Spur zurück und vor der Abenddämmerung bin ich im Dorf."

„Und wenn dich niemand aufnimmt?"

„Ich habe so viel Gold in meiner Tasche, dass ich sogar beim König der erste Gast wäre." Sie legte ihre Hand auf seinen Arm. „Mach dir keine Sorgen. Mir ging Atribas Vorschlag seit heute Morgen schon durch den Kopf. Es ist vernünftiger so, glaub mir."

„Uns", warf Atriba ein.

„Was soll ich da sagen, wenn sich alle Frauen gegen mich verschwören."

Nachdem Zara und Züleyha auf der eigenen Spur zurück ritten, zog Krok die Sattelriemen bei ihren Pferden an. „Ich sage nochmal. Es gefällt mir nicht, die beiden alleine zurückzulassen."

„Deine Frau ist tödlich wie eine Schlange. Sie wird es schaffen. Es wird ihr kaum jemand begegnen und selbst wenn, dann möchte ich nicht in der Haut desjenigen stecken, der ihr und eurer Tochter Böses will."

„Hoffentlich hast du recht." Krok schwang sich in den Sattel.

Atriba ignorierte sein Genörgel und schaute auf die Spuren, während sie sich in den Sattel zog. „Ich weiß nicht, was Norderstedt bezweckt mit diesen Verhaftungen. Ich bin gespannt, wo die Schwarze Legion die Menschen hinbringt."

Sie ritten schweigend den Spuren nach und jeder hing seinen Gedanken nach. Krok dachte an die vergangenen zehn Jahre im Dienst Norderstedts und fragte sich, ob es verschenkte Jahre gewesen waren. Er war jetzt etwas mehr als vier Jahrzehnte auf dieser Welt, aber erst seit er Züleyha kannte, hatte er begriffen, was es heißt, zu leben. Die Liebe, die er für sie empfand, stellte alles in den Schatten, was er vorher für Frauen empfunden hatte, auch wenn er sich ab und an in ihrer Gegenwart klein und unerfahren vorkam. Dabei wusste er, dass sie ihn liebte, wie er war. „Sag mal, Botschafterin, man hatte immer das Gefühl, dass du und Norderstedt euch von früher kanntet und er dir sehr zugetan schien."

„Lass die Botschafterin weg, Atriba reicht. Wenn uns jemand hört, dann fallen wir auf."

Krok dachte schon, sie würde ihm nicht antworten, aber dann begann sie zu sprechen.

„Wir waren jung. Die Kaiserin, Norderstedt und ich haben vor dem Bürgerkrieg eine gemeinsame Zeit am Hof verbracht. Ihm wäre es recht gewesen, wenn aus gemeinsamen Spaziergängen im Mondschein und jugendlichen Küssen mehr erwachsen wäre. Aber daraus wurde nichts. Er hatte einen Hang für Intrigen, gegen jeden, der ihm Schaden wollte oder den er als Konkurrent ansah. Und er war geschickt darin. Ein junger Soldat, der ein Auge auf mich geworfen hatte, brachte er so in Misskredit, dass er seine Karriere bei der Legion begraben konnte. Er wurde degradiert und schied aus der Armee aus."

„Was ist mit ihm geschehen?"

„Ich erfuhr einige Monate später, dass er in einer einsamen Gasse erstochen worden war." Atriba Gesicht wurde für einen Moment weich. „Er war ein netter Junge, aber seine Hoffnung war genauso vergebens gewesen wie die Norderstedts."

Krok hätte gerne nach den Männern im Leben der Botschafterin gefragt, verkniff sich aber die indiskrete Frage.

„Wie lange willst du der Spur heute folgen?", lenkte Atriba das Gespräch auf ein anderes Thema.

„Bis in die Dämmerung, dann legen wir eine Rast ein. Diesmal wird es aber kein Feuer geben, damit sie uns nicht entdecken. Morgen bei Morgengrauen brechen wir in aller Frühe auf."

Als Krok später auf seinem Lager in den Schlaf dämmerte, galten seine Gedanken seiner geliebten Züleyha und Zara.

Skiril

„Glaubst du wirklich, dass das eine gute Idee war?"
Gundra zog die Kapuze tiefer in ihr Gesicht und ritt neben
dem Karren her, der von Lidokar gelenkt wurde. Fest hielt er
die beiden Ochsen unter Kontrolle, die den Wagen langsam,
aber beständig zogen.

„Wir können gerne tauschen, meine Liebe." Skiril ging
neben dem Wagenrad und hatte einen Eimer mit Fett in der
Hand. Er musste die Achse fetten, damit das Rad rund lief.

„Wir sind Schnapshändler mit Konzession für
Zwergenbrand. Also verhaltet euch entsprechend."
Eisenarsch lenkte einen zweiten Wagen, der ebenfalls eine
Ladung Zwergenbrand enthielt.

Lidokar schnalzte mit der Zunge, um die Ochsen etwas
anzutreiben. „In dem Tempo wachsen uns graue Bärte bevor
wir ankommen."

In den Fässern auf der Ladefläche schwappte der
Zwergenschnaps hin und her.

„Und dabei dürfen wir das Zeug nicht mal saufen."

„Lidokar, du bist Händler, du lebst davon Schnaps zu
verkaufen. Wenn du mit halbvollen Fässern ankommst und
stockbesoffen bist, machst du keinen Gewinn."

Skiril lächelte hinter seinem Bart. „Vielleicht sollte der
Händler ab und an eine kleine Verkostung durchführen,
damit er seinen Kunden von der Güte berichten kann." Er
hatte sich in den letzten Tagen einen Bart wachsen lassen,
damit er etwas anders aussah. Zu viele kannten ihn in der
Hauptstadt. Bis auf diese kleine Schwäche war es aber eine
gute Idee von Eisenarsch gewesen, sich als Schnapshändler in
die Stadt zu schmuggeln. Gundra und er sollten als Bewacher
und Helfer auftreten.

„Noch einen halben Tagesmarsch bis zur Hauptstadt. Wir
warten bis zur Abenddämmerung und kommen kurz vor der

Schließung der Stadttore an. Die Wächter sind dann müde und freuen sich auf ihr Bier. Wenn wir drinnen sind, gehen wir zu Tudikar. Er ist ein Freund und handelt jetzt mit importierten Waren. Dort sind wir vorerst sicher."

„Hauptsache unser Liktor hält sein Gesicht bedeckt, ich will nicht wegen ihm auffliegen." Lidokar begann ein Liedchen zu brummen.

„Deine Beschreibung ist auch bekannt, also halte dich gefälligst bedeckt." Skiril warf die Kapuze nach hinten.

„Ein Zwerg sieht für euch doch aus wie der andere. Klein, haarig und versoffen. Kaum jemand von den Langen wird sich einen Zwerg zweimal anschauen, geschweige denn erkennen."

Im Stillen gab Skiril Lidokar recht. Er war gespannt, wie reibungslos der Plan des Zwerges aufgehen würde.

Nach einer kurzen Pause näherten sie sich bei Sonnenuntergang den Stadttoren. Es hielten nur zwei Männer der Stadtwache die Stellung, die bereits im Begriff waren, das Tor zu schließen.

Eisenarsch hatte die Führung mit seinem Wagen übernommen und knallte jetzt mit der Peitsche über den Köpfen der beiden Ochsen hinweg. „Joho, immer langsam, wir wollen auch noch mit rein."

Skiril hielt sich hinter den Wagen auf, und hielt den Eimer mit der Schmiere in der Hand. Gundra ritt hinter ihn her, hatte aber ihre Kapuze tief in die Stirn gezogen.

„Dann beeilt euch mal, wenn ihr nicht vor den Stadttoren übernachten wollt." Der pockennarbige Wächter gab seinem Kameraden zu verstehen, dass er noch mit dem Schließen der Tore warten solle und stellte sich vor die Ochsen. „Was habt ihr geladen?"

„Oh, das Beste. Reinster Zwergenbrand", erwiderte Eisenarsch.

„Als ob ihr uns euren geliebten Schnaps verkaufen würdet. Ihr panscht ihn doch mit Wasser." Das Gesicht des Wächters nahm einen listigen Ausdruck an. „Vielleicht sollte ich eine Verkostung durchführen, um die Qualität der Ware zu prüfen. Wir wollen ja nicht, dass ihr uns alte Kuhpisse andreht."

„Nichts lieber als das, mein verehrter Freund." Der weißhaarige Zwerg sprang vom Wagen und schnappte sich einen Krug, der auf der Ladefläche lag. „Welches Fass darf es denn sein?"

Die beiden Wärter gönnten sich ein Lächeln, in Vorfreude auf eine Portion Schnaps. „Was meinst du", fragte der Pockennarbige seinen Kameraden, „sollen wir direkt dieses hier nehmen?"

„Unbedingt. Ich glaube zwar nicht, dass die Kleinen und bescheißen wollen, aber wir müssen sichergehen."

„Wir nehmen das hier." Der Pockennarbige zeigte auf ein Fass.

„Gerne." Eisenarsch hebelte den Deckel hoch und tauchte dann den Krug in die bernsteinfarbene Flüssigkeit und reichte ihn dann gut gefüllt den Wächtern hin. „Zum Wohl, meine Herren."

Gierig setzte der Mann den Becher an die Lippen und trank in tiefen Zügen. „Ahhhh, das tat gut", er setzte den Becher ab und reichte ihn an seinen Kameraden weiter. „Händler, du hast nicht zu viel versprochen, das Gesöff ist gut." Er schaute auf den zweiten Wagen und auf die Begleiter. „Wer sind die Leute, die dich begleiten?"

„Der Mann kümmert sich um die Wagen und die Tiere. Ich würde nicht zu nah an ihn herangehen, er riecht nicht besser als die Ochsen."

„Und die Frau?"

„Zur Zerstreuung für die Nacht."

„Eine für euch drei?"

„Nein, nur für meinen Zwergenbruder und mich. Sie ist hässlich, deswegen haben wir ihr gesagt, sie soll tagsüber die Kapuze übers Gesicht ziehen. In der Nacht darf sie sie absetzen. Dann kommt es nicht aufs Aussehen an, wenn du verstehst, was ich meine." Er grinste die Wächter anzüglich an.

„Ich dachte immer, ihr Zwerge seid untenrum zu klein für unsere Frauen." Der Kamerad des Pockennarbigen hielt ihm den geleerten Krug hin, eine stumme Aufforderung nachzufüllen, der Eisenarsch nachkam.

„Wir haben keine Probleme mit Menschenfrauen. Wären wir nackt, würdest du denken, wir hätten drei Beine."

Die Wächter lachten dreckig.

„Wenn ihr wollt, kann ich sie euch für eine Stunde überlassen, sie hat sich zwar seit einer Woche nicht mehr gewaschen, aber es gibt schlimmeres."

Angewidert verzogen die Wächter die Gesichter. „Nein, lass mal, eure Reste sind in ihr. Wenn mein Prachtkerl damit in Kontakt kommt, schrumpft er auf eure Größe."

Eisenarsch zuckte beiläufig mit den Schultern und stieg vom Wagen. „Dann nicht. Können wir dann passieren?"

„Sicher, fahrt in die Stadt, aber benehmt euch und schändet nicht zu viele unserer Frauen." Wieder lachten die Wächter und gingen aus dem Weg.

„Dann los." Eisenarsch ließ die Peitsche knallen und setzte den Wagen in Bewegung. Alle anderen folgten ihm.

Mit gesenktem Kopf ging Skiril an den beiden Wärtern vorbei. Der Alkohol hatte ihre Wangen rosig gefärbt. Es hatte geklappt. Jetzt mussten sie nur zu diesem Tudikar, dann konnten sie ihren Plan weiterverfolgen. Ein schneller

Seitenblick zeigte ihm, dass auch Schwester Gundra zufrieden war. Sie nickte ihm zu und sah dann wieder nach vorne.

Gadah

„Runter vom Wagen!" Harte Hände packten ihn und rissen ihn vom Wagen herunter. Gadah fiel schmerzhaft auf die Knie und wurde hochgezogen. „Beweg dich!"

Er setzte einen Fuß vor den anderen, da er nicht nochmal hinfallen wollte. Er traute den Kerlen hier durchaus zu, dass sie ihn an den Haaren weiterschleifen würden. Unter dem Sack konnte er nichts sehen. Er musste dorthin, wohin sie ihn führten. Als sie anhielten, rissen sie ihm den Sack vom Kopf und Gadah blinzelte. Er brauchte ein paar Augenblicke, bis sich seine Augen an das Sonnenschein gewöhnt hatten. Aus dem Licht schälten sich drei Uniformierte. Zwei kannte Gadah nicht, aber der Mann in der Mitte, den kannte er, obwohl das letzte Treffen lange her war. „Centurio Olizu!", hauchte er überrascht.

„Jetzt Kriegskonsul Olizu." Der Albino verschränkte die Hände hinter dem Rücken.

„Was soll das hier?" Gadahs Stimme kündete von Wut und ging nicht auf den neuen Titel des Albinos ein.

Olizu nickte einem Mann hinter dem ehemaligen Kriegskonsul zu.

Fast augenblicklich explodierte unerträglicher Schmerz in Gadahs Nieren, als die Faust des Mannes ihn traf. Tränen stiegen in seine Augen und er musste nach Luft schnappen. Seine Beine gaben nach und er kniete auf dem Boden. Die am Rücken gefesselten Hände verhinderten, dass er sich abstützen konnte und so berührte seine Stirn den dreckigen Boden.

„Damit wir uns verstehen. Ich werde dir keine Fragen beantworten. Aber wenn du schweigst, war das nur der Vorgeschmack, was dich hier erwarten wird." Olizu kam einen Schritt auf Gadah zu, sodass dieser den Stiefel des Kriegskonsuls vor Augen hatte.

Gadah schwieg und kam auf die Knie. Mühsam stemmte er sich auf die zittrigen Beine, sodass er auf den Albino herabblicken konnten.

„Ich gebe dir genau eine Chance, mir die Wahrheit zu sagen. Meine Männer haben auch deine Frau und deinen Sohn festgenommen, wenn du nicht spurst, werden sie es zu spüren bekommen."

Der ehemalige Kriegskonsul atmete tief durch. Wut war jetzt fehl am Platz, deswegen musste er sie unterdrücken. Er war in der schwächeren Position. „Was willst du wissen?" Gadahs Stimme war wie Eis und er sah, wie der Albino unmerklich zuckte.

„Ich will wissen, ob es mehr dieses Metalls gibt, woraus die Schutzamulette damals gefertigt worden sind." Olizu hob den Zeigefinger. „Wähle deine Worte weise. Ich habe keine Lust unnötig Zeit mit dir zu vertrödeln."

Gadah verstand nicht, warum der Albino ihn danach fragte. Warum war er gefesselt hierher geschleift worden, nur um zu erfahren, ob es das Metall gab, war vor Magie schützte. Schließlich schüttelte er den Kopf. „Nein, es gibt nichts mehr davon. Die Schmiede haben für die Schwarze Legion und für einige Zwergeneinheiten daraus die Amulette hergestellt. Mehr gibt es davon nicht."

Olizu schürzte die Lippen. „Ich glaube, du sagst die Wahrheit." Er drehte sich um und gab den Männern zu verstehen, dass sie den Raum verlassen sollten. Jetzt alleine mit seinem Gefangenen wandte er sich Gadah zu. „Jetzt sind wir unter uns." Olizu gönnte sich ein kaltes Lächeln. „Weißt du, unter deinem Kommando damals habe ich begriffen, wie ich es zu etwas bringen kann."

„Durch Verrat?", warf Gadah ein.

Entgegen seiner vorigen Drohung lachte der Albino auf. „Du hast nichts begriffen. Ich handel auf höchsten Befehl. In der Zeit deiner Abwesenheit hat sich einiges geändert. Damals habe ich gelernt, dass ich die Initiative ergreifen muss, wenn ich es zu etwas bringen will."

Gadah runzelte die Stirn und schüttelte den Kopf. „Auf höchsten Befehl? Was soll das heißen? Du willst doch nicht behaupten, dass der König dieses Verhalten billigt."

Der Albino lächelte abermals. „Er billigt es nicht nur, er hat es befohlen." Dann wurde er wieder ernst. „Bis ich weiß, ob du die Wahrheit gesagt hast, bleibst du am Leben. Du wirst dir dein Essen verdienen müssen und schon bald um den Tod betteln. Deine Frau und dein Sohn ebenfalls. Genießt die Zeit, die ihr noch zusammen habt." Er ging an Gadah vorbei und sofort kamen die Männer wieder herein, die ihn hergeführt haben.

Verwirrt und wütend starrte er die Legionäre an, die allesamt das Zeichen der Schwarzen Legion trugen. Etwas traf ihn an der Schläfe und er sank bewusstlos zu Boden.

Es roch nach Kot, Schweiß und ungewaschenen Leibern.

„Er kommt zu sich", flüsterte jemand leise.

„Ja, ich dachte schon, ich hätte ihn verloren."

Langsam begannen die Schemen im Halbdunkel Formen anzunehmen und er erkannte Milana, die mit sorgenvoller Miene auf ihn herabsah. Er sammelte Speichel, brachte aber nur ein heiseres Krächzen zustande.

Milana hielt eine Schale mit faulig riechendem Wasser an die Lippen. Er trank ein paar Schlucke und versuchte erneut zu sprechen. „Wo sind wir?"

Ein Mann kam näher und kniete sich zu ihm. „Ihr seid in der Mine."

„Was für eine Mine?" Gadah stütze sich auf die Ellenbogen, bereute es aber, da ihm sofort schwindelig wurde.

„Eine Arbeitsmine."

„Schlaf etwas. Cisuli sagt, es dauert noch etwas, bis sie uns in die Stollen bringen."

Der Mann, der von undefinierbarem Alter zu sein schien, ergriff das Wort. Anscheinend war er der besagte Cisuli. „Du wirst deine Kräfte heute brauchen, es wird eh schwer werden. Wer bei der Arbeit umfällt, muss liegen bleiben. Niemand darf den Schwachen helfen."

Gadah setzte sich auf und hielt sich den Kopf. Alles drehte sich um ihn herum und es brauchte ein paar Atemzüge, bis sich alles beruhigt hatte. „Was wird hier abgebaut?"

Cisuli antwortete. „Das wissen wir nicht. Wir müssen Gesteinsbrocken von Sonnenaufgang bis Sonnenuntergang abbauen, dann bekommen wir zu essen. Wer kann, isst und schläft dann bis zum nächsten Sonnenaufgang."

„Wie lange seid ihr schon hier?" Gadah tastete vorsichtig seinen Kopf ab und nahm einen weiteren Schluck aus der Schale, die Milana für ihn hielt.

„Die ersten Leute kamen vor zwei Monaten hier hin, seitdem werden es täglich mehr." Cisuli kniete sich vor Gadah und senkte die Stimme etwas. „Stimmt es, was man sich über dich erzählt?"

„Was erzählt man denn?" Gadah ließ die Schultern kreisen und sah Cisuli fest in die Augen.

„Nun ja, die Wachen erzählen sich, dass du der ehemalige Kommandant der schwarzen Legion bist."

Gadah nickte kurz. „Das stimmt." Es sah keinen Grund, warum er es leugnen sollte. Er stand auf und stöhnte kurz auf, als es ihm wieder schwindelig wurde. „Weiß irgendjemand, warum wir hier gefangen gehalten werden?"

Cisuli schüttelte nur den Kopf. „Nein, niemand weiß, warum wir hier arbeiten müssen. Vielleicht wissen es die Toten, die jeden Tag hier herausgetragen werden."

Krok

Sie lagen auf dem Bauch im nassen Gras uns spähten von einem kleinen Hügel hinab auf das befestigte Lager.

„Dort hinten ist eine Art Mine, aus der sie das Gestein heraus transportieren. Dort hinüber." Krok deutete mit dem Arm auf das andere Ende des Lagers. „Was machen die hier bloß?"

„Für mich sieht es so aus, als ob sie etwas suchen. Dort hinten durchwühlen die Leute jede neue Fuhre an Gestein." Atriba kniff die Augen zusammen. „Was mir mehr Sorgen bereitet, ist die Tatsache, dass hier die Schwarze Legion gegen das eigene Volk vorgeht. Diese Gefangenen, nichts deutet darauf hin, dass sie Feinde des Reichs sind."

„Wir müssten uns einen dieser Burschen schnappen und ein paar Fragen beantworten lassen." Krok drehte sich auf den Rücken und glitt auf dem Hintern den kleinen Hügel hinab. Atriba raffte ihre Röcke und tat es ihm nach.

„Wir werden morgen sehen, ob einzelne Legionäre das Lager verlassen. Dann können wir vielleicht einen erwischen." Sorgenfalten verunstalteten ihre sonst so glatte Stirn. „Die Schwarze Legion handelt auf Befehl des Königs, das steht fest."

„Was willst du damit sagen?"

„Entweder wird der König von der Legion verraten oder er begeht ein ungeheuerliches Verbrechen an seinem Volk."

Sie untergehende Sonne schien Krok ins Gesicht. Sie waren den Spuren des Gefangenenkonvois bis hierher gefolgt. Insgeheim verwünschte er sich dafür, nicht mit Züleyha und Zara in irgendeinen Winkel geflohen zu sein, um dort ein friedliches Leben zu führen. Aber das Schicksal gönnte es ihnen nicht.

„Wir werden hier warten und morgen weitersehen. Wir sind zu nah am Lager und können kein Feuer riskieren", sagte Atriba.

Krok verdrehte die Augen. „Was täte ich bloß ohne Frauen, die mir sagen, was ich zu tun habe."

In der Nacht saßen sie nebeneinander und aßen von ihren kalten Vorräten.

„Was macht deine Verletzung?", wollte Krok wissen.

„Ich spüre fast nichts mehr davon. Habe ich mich schon bei dir für meine Rettung bedankt?" Atriba strich ihre langen roten Haare zurück.

Krok winkte ab. „Gern geschehen. Züleyha war ebenfalls nicht unbeteiligt daran. Deswegen lassen wir es darauf beruhen."

Atriba beugte sich schnell vor und bevor Krok reagieren konnte, küsste sie ihn auf die Lippen. „Trotzdem, Dankeschön."

Verdattert leckte sich Krok über die Lippen. „Gern geschehen", wiederholte er sich.

Bevor einer von ihnen etwas sagen konnte, knackte hinter ihnen ein Zweig. Krok sprang auf und klappte gleichzeitig seine Klingen an der Hand aus.

Atriba erzeuge mit einem Fingerzeig eine Kugel aus Licht und erhellte die Stelle, von der das Geräusch gekommen war. Im Lichtkegel erschienen zwei Gestalten, die erschrocken und geblendet die Hände vor die Augen hielten.

„Wer seid ihr?", schnappte Krok und näherte sich kampfbereit den beiden Gestalten.

„Wir wollen euch nichts tun." Eine Frauenstimme.

„Das stimmt, wir haben euch nur zufällig reden hören und sind zu euch gekommen."

„Krok, lass sie näher kommen, damit wir nicht so laut reden müssen." Atriba vollführte eine einladende Handbewegung.

Vorsichtig näherten sich die Gäste. „Herrin, wir wollten euch wirklich nicht erschrecken." Das Licht schwebte über ihnen und zeigte zwei junge Gesichter.

„Wer seid ihr und was habt ihr hier zu suchen?" Krok blieb wachsam.

„Wir sind den Soldaten gefolgt. Sie haben unseren Vater gefangen", sagte die Frau, fast noch ein Mädchen. „Ich bin Clada und dies ist mein Bruder Doran", schob sie nach. „Wir verfolgen die Soldaten seit drei Wochen, sind kaum zur Rast gekommen."

Jetzt fiel Krok auf, dass die Geschwister abgerissen und hungrig aussahen. „Kommt her und setzt euch, wir haben nicht viel zu essen, aber was wir haben, teilen wir."

Atriba löschte das Licht und Krok klappte die Klingen wieder ein „Habt keine Angst", sprach sie sanft.

Die Geschwister sahen sich an und gingen zur ehemaligen Botschafterin.

„Setzt euch. Und erzählt, was passiert ist."

Krok reichte ihnen eine ihrer Wasserflaschen und trockenen Zwieback. Gierig bissen sie hinein und kauten schnell, spülten mit Wasser nach und nahmen den nächsten Bissen. Es dauerte eine Weile, bis Doran seinen ärgsten Hunger gestillt hatte und zu erzählen begann: „Wir stammen aus einem Dorf unweit der Hauptstadt, nur zwei Tagesreisen von dort entfernt." Er nahm einen weiteren Schluck Wasser und spülte die letzten Krümel aus seinem Mund, bevor er weitersprach. „Vor drei Wochen kamen Soldaten zu uns. Sie hatten Listen und Steckbriefe dabei. Jeder auf der Liste wurde verhaftet und musste mitkommen. Wer sich gewehrt hatte, den erschlugen sie oder hängten ihn auf." Er senkte den Kopf und begann zu zittern. Er weinte stumm.

Zärtlich legte seine Schwester einen Arm um ihn und erzählte weiter. „Als sie in unser Haus kamen und meinen Vater mitnahmen, hat unsere Mutter dem Optio heiße Suppe ins Gesicht geschüttet. Sie ... schleiften sie vor unser Haus und schlugen ihr den Kopf ab. Kurz darauf zogen sie ab. Wir begruben unsere Mutter neben unseren Großeltern und beschlossen den Soldaten zu folgen."

Atriba schwieg einen Moment, bevor sie Fragen stellte. „Wisst ihr, warum sie euren Vater verhaftet haben?"

Diesmal antwortete Doran „Sie sagten etwas von Verrat, aber mein Vater hat niemanden verraten." Seine Stimme wurde schrill.

„Beruhige dich, die ganzen Vorwürfe sind nur ein Vorwand für die Verhaftungen. Wen haben sie noch mitgenommen?" Clada war die ruhigere der beiden.

„Den Dorfvorsteher, seine Frau und den Schmied."

Krok sah zu Atriba. „Kannst du dir darauf einen Reim machen?"

„Wie es scheint, nehmen sie nur ausgesuchte Leute mit. Das Alter ist egal und wer sie sind. Aber was es zu bedeuten hat ..." Sie zuckte mit den Schultern. „Ich schlage vor, wir schlafen jetzt etwas. Wenn ihr wollt, könnt ihr erst einmal bei uns bleiben und dann schauen wir weiter."

„Danke", murmelte Doran.

„Eine Frage.", Krok biss ein Stück Zwieback ab. „Welchen Plan habt ihr, jetzt nachdem ihr die Soldaten eingeholt habt?"

Clada senkte den Kopf. „Wir wollten unseren Vater befreien."

„Alleine und ohne Hilfe?" Krok schaute skeptisch.

Keiner der Geschwister sagte etwas, da ihnen nun vor Augen geführt wurde, wie dumm ihr Vorhaben war.

„Ihr hättet besser zu Hause bleiben sollen." Krok stand auf und entfernte sich ein paar Schritte von der Gruppe.

„Macht euch nichts draus. Er ist immer so mürrisch." Atriba schaute die Geschwister an. „Was ist mit den anderen Leuten in eurem Dorf? Warum seid ihr alleine gekommen?"

Doran ergriff das Wort. „Die Feiglinge wollten nicht mit uns kommen. Sie hatten Angst vor den Soldaten."

„Und ihr habt keine Angst?", Atribas Gesichtsausdruck wurde weich.

Clada reckte trotzig das Kinn vor. „Wir haben nur unseren Vater. Und im Dorf wären wir sowieso nicht geblieben. Da fiel uns die Wahl nicht sonderlich schwer."

Atriba hörte, wie Krok im Hintergrund schnaubte. Sie wusste, dass er den Mut der Geschwister insgeheim würdigte.

„Legt euch hin und schlaft. Ich werde Wache halten." Krok setzte sich an den Baum und lehnte sich an den Stamm.

„Wenn ich dich ablösen soll, dann wecke mich." Atriba legte sich auf die Seite und schlief innerhalb weniger Atemzüge ein.

Skiril

Der Zwerg Tudikar war nicht nur dick, sondern fett. Ein praller Bauch spannte sich unter dem Hemd. Einen Hals schien er nicht zu besitzen. Der runde Kopf saß direkt auf den fleischigen Schultern. Goldringe prangten an den kurzen, dicken Fingern. Er stand neben der Türe, als sie sein Haus betraten, und schaute hektisch nach, ob ihnen niemand gefolgt war. Schnell schloss er die Türe. „Ich habe gestern schon mit euch gerechnet", sagte er und schielte auf den großen grauen Hund, der ihn mit intelligenten Augen ansah.

„Wir mussten vorsichtig sein", sagte Eisenarsch, „es sind gefährliche Zeiten."

Tudikar blieb vor Skiril stehen. „Du bist der Liktor?"

„Ich war es. Zurzeit habe ich keinen Anspruch auf meinen Rang." Skiril streckte die Hand aus. „Ich freue mich, dass du uns hilfst."

Zögernd griff Tudikar nach der dargebotenen Hand. „Ich kann nicht behaupten, dass es freiwillig geschehen ist."

Bevor Skiril nachfragen konnte, unterbrach Eisenarsch sie. „Lassen wir das. Er hilft uns und dabei sollten wir es belassen. Wo können wir uns hinlegen und etwas ausruhen?"

Tudikar deutete nach oben. „Ihr könnt auf dem Speicher schlafen. Dort findet ihr frische Strohsäcke."

Dankbar nickte der ehemalige Liktor. „Ich kann eine Mütze Schlaf gebrauchen."

„Es wird nur eine kleine Mütze." Eisenarsch deutete nach draußen. „Wenn es dunkel draußen ist, werden wir uns unters Volk mischen und den Palast auskundschaften. Du kennst die Schleichwege der Stadt. Außerdem weißt du, wo die Stadtwache sich gerne herumtreibt."

„Und wenn man nicht erkennt? Ich kann mich in einigen Vierteln nicht unerkannt bewegen."

„Mit der Kapuze über dem Gesicht und dem Bart wird es schon gehen. Es ist dunkel, wenn wir raus gehen. Außerdem wird niemand mit dir hier rechnen. Zudem wirst du nicht alleine unterwegs sein." Eisenarsch schaute zu Gundra und grinste.

„Was hast du vor?" Schwester Gundra kniff die Augen zusammen.

„Warte es ab. Du kannst ein wenig in der Rolle der Hure verweilen." Der alte Zwerg zog ein Bündel hervor und warf es Gundra zu. „Mach dich ein wenig zurecht. Alles weitere besprechen wir nach dem Schlafen."

Kurz vor Mitternacht waren sie unterwegs auf der Straße. Skiril spielte den Freier einer drallen Hure. Gundra hatte sich für ihre Rolle die entsprechenden Stellen ausgepolstert.

Die beiden Zwerge gingen in Sichtweite dahinter, jeder eine Flasche in der Hand, aus der sie von Zeit zu Zeit einen Schluck nahmen. Ab und an stimmten sie ein Lied an.

Skirils Morgenstern war unter dem weiten Mantel verbogen, sein Gesicht unter der heruntergezogenen Kapuze. Seinen linken Arm hatte er um Gundra gelegt.

„Versuche ja nicht, mich zu küssen. Ich bin keine deine Huren, merk dir das", zischte sie.

„Was willst du damit sagen?", flüsterte Skiril zurück.

„Ich habe Erkundigungen über dich eingezogen. Dein Ruf als Held der Hurenhäuser eilt dir voraus."

„Die armen Frauen müssen doch auch etwas verdienen." Er schmunzelte unter dem Schatten der Kapuze.

„Männer sind alle gleich. Ich bin froh, dass wir im Orden Enthaltsamkeit gelobt haben und nicht zu euren Lustobjekten degradiert werden." Ihre Stimme klang ernst.

„Hast du nie etwas vermisst? Die starken Arme eines Mannes, die dich umarmen? Die Lust, die gestillt werden will?"

„Hör auf! Das führt zu nichts. Ich gebe zu, dass du nicht so schlimm bist, wie dein Ruf, aber das ändert nichts daran, dass ihr Männer von euren Schwänzen gesteuert werdet. Schon wenn ich sehe, wie die Bedienung im Wirtshaus begrapscht werden, nur in der Hoffnung, dass sie ihre Schenkel für euch öffnet. Das ist widerlich."

„Frauen sind natürlich besser. Sie empfinden keine Lust, nur aus Vergewaltigungen entstehen gute Ehen und Liebe", ätzte Skiril, „Frauen mögen Männer und Männer mögen Frauen, so ist der Lauf der Welt. Oder glaubst du, die ganze

Menschheit ist durch die Vergewaltigung unterdrückter Frauen entstanden? Diese Scheinheiligkeit ist schlimmer als das Begrapschen der Bedienungen im Wirtshaus."

„Hey, ihr beiden. Streiten könnt ihr, wenn wir hier fertig sind." Lidokar stand auf einmal hinter ihnen und überholte sie, wie zufällig. Ein Beobachter hätte nicht gemerkt, dass sie zusammen gehörten.

Gundra und Skiril schwiegen, aber er merkte, wie sich versteifte unter seiner Umarmung.

Trotz der vorgerückten Stunde waren viele Menschen auf den Füßen. Die Schenken hatten noch offen und die nächtlichen Zecher machten sich erst langsam auf den Heimweg. Es waren fast nur Männer unterwegs. Auch vereinzelte Soldaten befanden sich auf der Straße. An der schwarzen Uniform waren sie als Zauberjäger zu erkennen. Immer wenn sie näher an welchen vorbeikamen, senkte Skiril seinen Kopf ein wenig mehr.

Sie kamen unerkannt durch die Gassen und Straßen. Niemand fing Streit mit ihnen an und niemand erkannte ihn. Wenig später standen sie in einer Einfahrt zu einem Wagenhof und drückten sich in dessen Schatten um. Von hier aus hatten sie den Nebeneingang des Palastes im Blick.

„Er verlässt den Palast gerne in der Nacht, wenn er nicht bis spät in der Nacht in der Palastbibliothek verbringt", sagte Eisenarsch.

„Woher weißt du das?" Skiril hielt die kleine, schmale Pforte im Auge."

„Wir sind zwar Verbündete, aber trotzdem halten unsere Botschafter und Abgesandte die Augen offen."

Skiril ließ es dabei bewenden.

„Ich hoffe wir müssen nicht die ganze Nacht hier verbringen." Gundra lehnte sich an die Mauer des Eingangs.

Züleyha

Der Weg zum Dorf lag hinter ihnen und der Schmied hatte sie in seinem Haus aufgenommen. Zara und sie konnten sogar ein eigenes Zimmer bewohnen. Der Mann hieß Pradan und war alleinstehend.

„Irgendwie habe ich niemals eine Frau gefunden, die mit mir grobem Klotz ihr Leben teilen wollte." Er nahm einen Löffel der Gemüsesuppe.

Sie saßen beim Abendessen und er hatte gekocht. Für Zara gab es eine Milchsuppe mit Haferflocken und Honig.

Züleyha musste zugeben, dass der Schmied kein Schönling war, aber durchaus ein stattliches Mannsbild abgab. „Vielleicht hast du nur versucht bei den falschen Frauen zu landen."

Er winkte ab. „Ich weiß, dass ich keine Schönheit bin und meine Arbeit hart ist. Wahrscheinlich werde ich irgendwann mit krummen Knochen dankbar vor einem Feuer sitzen und froh sein, wenn mich jemand füttert."

Sie verstand, was er sagen wollte. Er würde seine Arbeit nicht ewig ausüben können und wäre dann auf Almosen angewiesen sein. Sie fühlte einen Anflug von Mitleid für diesen Mann. Wie alt mochte er sein? Sie schätzte ihn auf fast vierzig. Tief in ihrem Innern spürte sie, dass er Krok nicht unähnlich war. Nicht nur vom Äußerlichen. Beide waren groß und besaßen starke Muskeln. Vor allem waren beide eines: einsam. Zumindest war Krok es gewesen, bevor sie sich getroffen hatten.

„Es sind schwere Zeiten. In der Hauptstadt geht es den Menschen gut, aber hier draußen auf dem Land ist es nicht so rosig. Wenn es eine Missernte gibt, hungern die Kinder. Ist der Winter zu kalt, grassieren Krankheiten. Die wenigen Heiler, die hier auf dem Land sind, können dann nicht alle heilen. Die Männer sind vor zehn Jahren reihenweise im Krieg gestorben."

Züleyha dämmerte langsam, dass das gute Leben im Palast nicht für den Rest der Bevölkerung verfügbar war. Sie schob den Teller leer von sich. „Das war sehr gut."

„Das freut mich. Der Kleinen hat es auch geschmeckt."

Zara rieb sich die Augen. „Ich will schlafen."

„Ja, meine Kleine. Ich bringe dich jetzt zu Bett. Vielen Dank für das Abendessen."

„Gerne. Ich habe Freude am Kochen." Er stopfte seine Pfeife und ging vor das Haus. „Schlaft gut", sagte er im Hinausgehen.

Züleyha nahm Zara auf den Arm und ging mit ihr zu Bett.

Sie wurde wach und spürte, dass sie jemand am Arm berührte. Blitzschnell zog sie eines ihrer Messer hervor.

„Leise! Ich bin es."

Sie brauchte einen Moment, um zu begreifen, wo sie war und wer sie weckte. Pradan. Was wollte er?

„Was ist los?" Sie hielt ihr Messer hoch, bereit sich und das Kind zu verteidigen.

„Feinde im Dorf. Du musst mit dem Kind sofort verschwinden."

„Wer ist es?" Sie hatte den Schlaf abgeschüttelt und war jetzt hellwach.

„Kopfgeldjäger. Sie haben Steckbriefe von dir und deinem Mann."

Züleyha sprang aus dem Bett und weckte Zara. „Wo sind die Pferde?"

Pradan legte ihr die Hand auf den Arm. „Du kannst jetzt nicht losreiten. Sie hätten dich und das Kind flugs gestellt."

Sie hielt inne. Der Schmied hatte recht. Fieberhaft überlegte sie, was sie tun konnte.

„Sie haben begonnen die Häuser der Leute zu durchsuchen. Sie werden bald hierhin kommen. Du musst in den Wald flüchten, es ist deine einzige Chance. Wenn du dich hinten raus schleichst bist du im Dunkeln. Versteck dich, bis die Kerle weg sind. Ich bringe dir die Pferde, wenn sie wieder weg sind."

„In Ordnung. Wie kommen wir aus dem Haus?"

„Direkt durchs Fenster." Pradan öffnete das Fenster neben ihrem Bett. Kalte Luft drang herein und die Rufe der Kopfgeldjäger, die die Dorfbewohner befragten, waren zu hören.

„Beeil dich, ich glaube nicht, dass die Leute dich lange decken werden. Sie wollen nicht noch ein Gemetzel erleben."

Eine Faust hämmerte gegen die Türe. „Aufmachen, Schmied. Wir haben mit dir zu reden."

Züleyha schlüpfte durchs Fenster und Pradan reichte ihr die schlaftrunkene Zara durchs Fenster und schloss es wieder.

„Ja, ich komme. Augenblick."

Züleyha schlich so schnell wie möglich in den nahen Wald. Zum Glück war es eine dunkle Nacht und der Mond von dichten Wolken bedeckt.

Als Pradan die Türe öffnete, drangen drei Männer in sein Haus ein. „Schmied, du hast zwei Pferde in deinem Stall stehen. Deine Nachbarn sagen, du hast heute Abend eine Frau und ein Kind aufgenommen. Wo sind sie?" Der Sprecher war ein in Leder gerüsteter weißhaariger Mann, der seine Haare bis auf Stoppeln abrasiert hatte.

„Sie haben bei mir die Pferde gegen neue Tiere eingetauscht. Da ihre Pferde besser sind und nur etwas Ruhe und Pflege benötigten, bin ich auf den Handel eingegangen." Pradan spürte, wie er zu schwitzen begann.

„Setz dich!", befahl der Weißhaarige Pradan. „Und ihr durchsucht das Haus. Vielleicht sind die beiden doch hier."

Pradan hob die Hände und setzte sich. „Sie sind nicht mehr hier. Wie ich eben gesagt habe, sie sind bereits weg. Wir haben die Pferde getauscht, ich habe ihnen etwas zu essen gegeben und sie sind direkt weiter geritten."

Die Begleiter des Weißhaarigen begannen sein Haus zu durchsuchen und der Geräuschkulisse nach zu urteilen, gingen sie dabei nicht grade zimperlich vor.

Pradan gab sich Mühe zuversichtlich zu wirken.

„Hier ist ein benutztes Bett!", rief einer der Kopfgeldjäger.

In den Augen des Weißhaarigen blitzte es auf. „Scheint, du hast uns angelogen."

Pradan schwieg.

Der Weißhaarige zog ein schmales Messer hervor. „Du hast zwei Möglichkeiten. Entweder du kooperierst mit uns und sagst, was du weißt. Oder ..." Er spielte wie beiläufig mit dem Messer.

Pradan lief der Schweiß den Rücken hinab, denn er verstand die Drohung. Er fühlte, wie die beiden Begleiter des Mannes hinter ihn traten und ihn an den Schultern fassten.

„Ich habe dir nichts zu sagen", hörte sich Pradan selbst sagen und wunderte sich gleichzeitig über seinen Mut.

Nun zeigte sich, wie erfahren die Kopfgeldjäger waren. Ehe sich Pradan versehen konnte, wurde sein Kopf seitlich auf die Tischplatte gedrückt und seine Arme nach hinten gebogen.

„Du weißt nichts? Hast nichts gesehen oder gehört." Der Weißhaarige sprach ruhig. „Dann brauchst du das ja nicht mehr." Der Kopfgeldjäger zog das Messer mit einer blitzschnellen Bewegung das rechte Ohr lang. Bevor Pradan realisierte, was passiert war, spürte er einen brennenden Schmerz. Er hörte sich selbst schreien und Tränen verschleierten seinen Blick. Ein blutiger Klumpen Fleisch landete vor seinem Gesicht auf dem Tisch. Sein Ohr! Ihm wurde schlecht und nur mit Mühe konnte er seinen sauren Mageninhalt zurückhalten.

„Jetzt war es nur dein Ohr. Gleich ist es dein anderes Ohr, die Augen, dein Gehänge ... wir können fast unendlich weitermachen. Ich bin gespannt, wie lange es dauert, bis du verblutet oder vor Schmerz gestorben bist."

Die Türe sprang auf. „Das glaube ich nicht." Züleyha stand im Türrahmen und hielt zwei Wurfmesser in jeder Hand. Sie trat einen Schritt auf die bizarre Szene zu und das schwarze Leder ihrer Kleidung knarzte leise.

„Du bist das Weib, das wir suchen?" Der Weißhaarige stand auf.

„Nein, ich bin das Weib, was euch töten wird." Ohne ein weiteres Wort zu verlieren, warf sie zwei ihrer Messer auf einen der Männer, die Pradan festhielten. Eines der Messer fuhr in seine Wange, das andere Messer blieb im Oberarm des Mannes stecken. Erschrocken schrie der Mann auf und ließ den Schmied los. Pradan nutzte die Gelegenheit und befreite sich aus dem Griff des zweiten Mannes. Mit Wucht rammte er ihm den Ellenbogen ins Gekröse.

Züleyha warf zwei weitere Messer auf den weißhaarigen Anführer und traf ihn in die Schulter. Stöhnend wankte er zwei Schritte zurück, zog sich aber das Messer aus dem Fleisch und zog sein Kurzschwert, um damit auf Züleyha loszugehen.

Pradan hatte von irgendwoher einen kurzstieligen Hammer in die Hand bekommen und schlug damit dem Mann, der sich noch den Schritt hielt den Schädel ein. Blut, Knochen und Hirnmasse spritzte quer durch den Raum und nach zwei Volltreffern hatte er sein Leben ausgehaucht.

Der Weißhaarige stach nach Züleyha, in der Hoffnung, ihr den Bauch aufzuschlitzen. Aber sie war jetzt in ihrem Element. Von irgendwoher hatte sie zwei weitere Wurfmesser gezaubert. Elegant glitt sie zur Seite und schlug die feindliche Klinge mit einem ihrer Messer weg. Das Andere rammte sie in die Rückhand des Mannes. Das Kurzschwert fiel herunter. Bevor der Weißhaarige reagieren konnte, schnitt Züleyha ihm die Kehle durch. Röchelnd sank der Mann mit großen Augen auf den Boden.

Der letzte Kopfgeldjäger zitterte und wich zurück. Seine Wunden hatte er vergessen. „Gnade", sagte er schwach.

Züleyhas Blick war wie Eisen. „Keine Gnade", murmelte sie und holte ein weiteres Messer hervor ...

Skiril

Seine Blase begann zu drücken und er wollte sich zum Wasser abschlagen zurückziehen, als sich die kleine Pforte öffnete und eine schmale Gestalt herauskam. Sie trug ein Bündel unter dem Arm und sah sich in der Umgebung um. „Da ist er", sagte der ehemalige Liktor und es kam Bewegung in die Gruppe. „Verhaltet euch ruhig", mahnte Skiril. „Wir lassen ihm einen Vorsprung. Wenn alles gut läuft, wissen wir ja, wo er hingeht."

Marak ging schnellen Schrittes die Straße entlang und entfernte sich.

„Los jetzt", gab Skiril das Zeichen zum Aufbruch. Einer nach dem anderen löste sich aus dem Schatten und folgte dem Bibliotheksmeister.

Mittlerweile waren kaum Menschen auf den Beinen und so konnten sich die Verfolger nicht hinter anderen Menschen verstecken. Lidokar schloss zu Skiril auf. „Wenn er sich nur umdreht oder wir einer Patrouille in die Arme laufen, sind wir am Arsch. Dann können wir ihn uns nie wieder schnappen."

„Du hast recht. Dann schlagen wir jetzt zu." Skiril wartete, bis der Bibliotheksmeister um eine Ecke bog und lief los. Die Zwerge und Gundra folgten ihm. Sein Hund wäre schneller bei dem Bibliotheksmeister gewesen, aber den hatten sie bei Tudikar zurückgelassen. Mit dem großen grauen Hund durch die Straßen zu laufen, wäre zu auffällig gewesen.

Kaum um die Ecke gebogen, rannte er fast in Marak hinein. Schlitternd kam er auf dem nassen Pflaster zu stehen und wäre fast hingefallen.

Verdutzt wandte sich der Verfolgte um. „Was ...?", brachte er hervor, bevor Lidokar ihm die Faust an die Schläfe schmetterte. Der Getroffene verdrehte die Augen und sank bewusstlos zu Boden.

„Du sollst ihn nicht umbringen", mahnte Eisenarsch.

„Ach, ich habe ihn nicht mal vollgetroffen. Das wird das Bübchen schon überstehen."

„Das hoffe ich. Schließlich soll er uns behilflich sein", mischte sich Gundra ein, die einen Strick hervorholte und den ohnmächtigen Bibliotheksmeister fesselte.

„Hört auf zu lamentieren und lasst uns zusehen, dass wir in sichere Gefilde kommen." Skiril sammelte die Bücher auf, die dem Gefangenen heruntergefallen waren und schob sie sich unter den Arm. „Die Zwerge tragen den Jungen und lasst uns hoffen, dass uns niemand sieht."

Sie hatten Glück. Von Schatten zu Schatten, durch die dunkelsten Gassen, die Lidokar kannte und in denen ein unbemerkter Beobachter nur die Schulter gezuckt hätte, wenn er sie gesehen hätte. Im schlimmsten Fall hätten ein paar Münzen den Besitzer gewechselt, um das Erinnerungsvermögen des Beobachters zu beeinflussen.

Sie kamen ungesehen zu Tudikars Haus zurück und huschten ins Innere.

Lidokar blieb noch etwas vor der Haustüre im Schatten, um sicherzugehen, dass sie niemand verfolgt hatte. Dann ging er ins Haus.

Skiril warf seinen Umhang über einen Stuhl und zog Marak den Sack vom Kopf. „Einen Eimer Wasser, bitte."

Kurz drauf kam der junge Bibliotheksmeister prustend zu sich und hielt sich stöhnend den Kopf.

„Keine Sorge, das geht vorbei." Skiril zog sich einen Stuhl heran und ließ sich rittlings darauf nieder. Den Kopf stützte er auf die Lehne.

Eisenarsch und Lidokar standen hinter Marak und keilten ihn somit ein. Gundra hielt sich im Hintergrund.

„Ein Fluchtversuch ist sinnlos. Wenn du uns hilfst, werden wir dir kein Haar krümmen." Skiril nahm Blickkontakt mit dem jungen Mann auf, der ihn furchtlos ansah. Anscheinend war er nicht nur zwischen Büchern und weichen Laken groß geworden.

„Liktor Skiril. Was tust du hier?" Erstaunt erkannte der Bibliotheksmeister jetzt das bekannte Gesicht.

„Eine kleine Überraschung, was?" Skiril zeigte ein freudloses Lächeln. „Nachdem ich keine Lust mehr hatte, von den Schergen Norderstedts gehetzt zu werden, habe ich mir gedacht, ich komme auf ein Glas vorbei und wir plaudern ein wenig." Er entkorkte eine Flasche Zwergenbrand mit den Zähnen und goss einen Wasserbecher bis zum Rand voll, ehe er ihn seinem Gefangenen vor die Nase hielt. „Trink", befahl er sanft.

Marak ergriff zwar das Glas, trank aber nicht. „Was wollt ihr von mir?"

„Wir wollen wissen, welches Scheißspiel Norderstedt spielt", polterte Lidokar. „Und wenn du nicht freiwillig trinkst, zwingen wir den guten Tropfen in dich hinein."

Marak zeigte immer noch keine Furcht, aber er führte den Becher mit Zwergenbrand an seine Lippen und trank in großen Schlucken den starken Schnaps.

Der Hund leckte sich durstig die Lippen, während er den jungen Mann beobachtete.

„Ihr habt mich in eurer Gewalt", lenkte Marak ein. „Aber vorher brauche ich noch ein Glas von dem Zeug hier."

Lidokar schenkte ihm nochmals ein und setzte sich dann wieder. Alle Augenpaare waren jetzt auf Marak gerichtet.

„Die Botschafterin Feuersturm hatte herausgefunden, dass im großen Krieg, vor der Errichtung der magischen Barriere, die Kriegsherren Experimente an Menschen durchgeführt hatten. Einige misslangen, andere waren erfolgreich. Letztendlich waren die Nekromanten damals ein Ergebnis dieser Forschungen. Die Botschafterin hat alle Unterlagen seit damals unter Verschluss gehalten und niemandem zugänglich gemacht."

„Eine weise Entscheidung", bemerkte Schwester Gundra.

Ungerührt fuhr Marak fort. „König Norderstedt ist es gelungen, Abschriften dieser Aufzeichnungen zu besorgen. Diese habe ich durchgearbeitet und die Ergebnisse Norderstedt gegeben. Es waren erschütternde Schriften." Marak nahm einen Schluck Schnaps und sammelte sich einen Moment.

„Was geschah dann?", drängte Skiril ihn.

„Dann begann der König zu entscheiden, welche Experimente weiter verfolgt werden sollen."

Stilles Entsetzen breitete sich aus, aber niemand wagte, Marak zu unterbrechen.

„Einige Magier erklärten sich bereit, Norderstedt dabei zu helfen. Und diese Experimente wurden wieder aufgenommen. Am Anfang wählte man Gefangene aus, die man in den Palast brachte. Die ersten Männer starben qualvoll. Dann aber gelangen ein paar Versuche und man forschte weiter. Es stellte sich heraus, dass die Magier im großen Krieg auf ein älteres Wissen zurückgegriffen hatten, denn sie wussten mehr als unsere heutigen Magier. So durchstöberte ich die Bibliothek der Pvudir und wurde fündig. Die Versuche, die man an den Menschen durchgeführt hatte, ging auf ihr Wissen zurück."

„Niemand weiß, was mit diesem Volk geschehen ist, wenn ich mich recht erinnere." Skiril stützte den Kopf auf und fixierte Marak mit seinem Blick.

„Nun ja. Ganz so kann man es nicht sagen. Nachdem das Wissen der Pvudir verwendet werden konnte, hatten die Magier Erfolg mit den Experimenten und es gelang ihnen, einige davon zur Zufriedenheit des Königs zu beenden. Jetzt mussten sie nicht mehr das Leben von Gefangenen riskieren, sondern konnten Legionäre, mit den entsprechenden Voraussetzungen behandeln."

„Behandeln? Was soll das heißen?", merkte Lidokar auf.

„Sie schafften es, aus den Legionären eine Art neue Menschenform zu schaffen. Schneller, stärker und magieresistent. Als er der Kaiserin davon berichtete, tobte sie und verbot alle weiteren Unternehmungen in diese Richtung."

„Was Norderstedt nicht gestört haben wird." Skiril konnte seine Abneigung gegen den König nicht verhehlen.

„Richtig. Er wies die Magier an die Forschungen fortzusetzen und schuf sich eine Garde aus veränderten Menschen, denen man die Veränderungen nicht anmerkte. Die weiteren Forschungen wurden vor mir geheim gehalten.

Ich weiß nur, dass die Zauberjäger Verhaftungen durchgeführt haben, um Menschen mit gewissen Voraussetzungen zu finden, damit sie den Behandlungen unterzogen werden können."

„Im Klartext bedeutet das, dass der König versucht, sich eine unbesiegbare Armee schafft", fasste Gundra zusammen.

„Ja, zumindest eine schwer zu besiegende Armee. Ich glaube die werden wir aber nötig haben." Marak nahm noch einen Schluck.

„Wie meinst du das?" Skiril stand auf und runzelte die Stirn.

„Im Palast der Pvudir habe ich etwas entdeckt, was besser verborgen geblieben wäre", berichtete Marak.

„Ich glaube, dass dies eine lange Nacht werden wird." Skiril setzte sich wieder und verschränkte die Arme, um weiter den Worten des Bibliotheksmeisters zu lauschen.

Gadah

Cisuli lag tot vor ihm. Eine herunterfallende Steinplatte hatte ihn erschlagen. Müde starrte Gadah auf den toten Mann. Eigentlich hätte er dort liegen müssen. Als sich die Platte löste, stand er drunter. Cisuli hatte ihn fortgestoßen und war an seiner Stelle erschlagen worden. Warum der Mann das getan hatte, wusste Gadah nicht.

„Schafft ihn hier raus."

Gadah wurde grob zur Seite gestoßen und zwei Legionäre packten den Toten an den Beinen, um ihn aus dem Stollen zu schleifen. Er hatte kaum Gelegenheit gehabt, den älteren Mann kennenzulernen.

„Geh wieder an die Arbeit." Ein blonder Legionär stieß ihn mit einem Knüppel in die Rippen.

Gadah sah ihn wütend an und der Legionär senkte den Kopf für einen Augenblick. Jeder hier wusste, wer er war.

Und in den Augen einiger konnte er Anerkennung und Respekt erkennen. Jedes Kind kannte die Geschichte der Zauberjäger, ihres Kommandanten, dem Blutlord, und seiner Kameraden. Er war bei einigen Besuchen im Dorf mit den Geschichten konfrontiert worden. Trotz der maßlosen Übertreibungen fühlte er sich jedes Mal geschmeichelt und wurde sich im Laufe der Jahre bewusst, was sie damals für eine große Tat vollbracht hatten. Und jetzt sah er den Respekt vor diesen Taten in den Augen des blonden Legionärs. „Du weißt, wer ich bin", sagte Gadah leise.

Erschrocken sah sich der Mann um. Da niemand der anderen Wächter in der Nähe stand, beruhigte er sich wieder etwas. „Ja, Herr."

Gadah horchte auf. Der Legionär wählte die Anrede für einen Vorgesetzten innerhalb der Legion. „Warum werden wir hier gefangen gehalten?"

„Wir dürfen nicht mit dir reden, Herr. Bitte geh jetzt wieder an deine Arbeit, sonst bekommen wir beide Ärger."

„Es ist niemand hier. Sag mir, warum sind wir hier? Warum werden die Gefangenen hier in diesem Lager gefangen gehalten?"

Nervös zuckte es im Gesicht des Mannes. „Wir einfachen Legionäre wissen nicht viel darüber. Wir wissen lediglich, dass die Gefangenen irgendwann in das Nebengebäude gebracht werden und ... behandelt werden."

„Behandelt? Was soll das heißen?"

„Ich weiß es nicht, Herr. Bitte geh jetzt zurück an deine Arbeit." Der Legionär klang verzweifelt.

„Danke, Legionär." Gadah drehte sich um und griff nach der Spitzhacke auf dem Boden. Sein Bein schmerzte höllisch und er musste die Zähne zusammenbeißen, damit er nicht stöhnte. Der Wächter ging wieder auf seinen Posten und blieb am Eingang des Stollens stehen.

Die Arbeit war nicht nur hart, die Arbeit war tödlich. Mit den Spitzhacken klopften sie Schicht um Schicht von den Wänden der Mine. Die Steine wurden mit einer Lore nach draußen befördert, wo jede Fuhre genau untersucht wurde.

Nach dem Tageswerk fiel Gadah in einen Schlaf, der einer Ohnmacht nicht unähnlich war.

Milana weckte ihn sanft. „Wach auf, ich habe etwas zu essen für dich."

Gadah blinzelte müde zu ihr hoch und setzte sich auf. „Wie lange habe ich geschlafen?"

„Es müsste Mitternacht sein. Raenal schläft schon lange."

Gadah sah sich in der Runde um und sah eine Vielzahl von schlafenden und schnarchenden Leibern. Der Gestank war fast nicht zu ertragen. Müde nahm er ein hartes Stück Brot und alten Käse von Milana entgegen. „Woher hast du das?"

„Einer der Wachen steckte es mir zu. Der Legionär sagte, ich solle es dir geben."

Er hielt inne. „Hast du schon etwas gegessen?"

„Ja, ich habe mir etwas genommen. Iss. Du brauchst morgen wieder deine Kraft."

Gadah rang sich ein verächtliches Lächeln ab. „Was glaubst du, wie lange ich diese Strapazen aushalte? Ich bin ein alter Mann. Wenn ich zwei Wochen durchhalten kann, ist es ein Erfolg. Und wenn mich die Erschöpfung nicht umbringt, wird es vielleicht ein einstürzender Stollen sein."

„Ich habe gehört, was heute geschehen ist. Cisuli hat dir das Leben gerettet."

„Vor allem hat er sein Leben geopfert. Das hätte er nicht tun müssen."

„Aber er wollte es. Nimm sein Opfer an."

„Vielleicht hatte er genug von der Schufterei." Gadah nahm zwei Bissen Käse und Brot zu sich und gab den Rest Milana. „Iss du etwas. Ich bin satt. Wirklich."

Milana schaute kritisch, aber nahm die Kost trotzdem an.

„Konntest du etwas herausfinden? Wusste jemand, was hier vorgeht?"

Seine Frau schüttelte den Kopf. „Nein. Nur, dass ab und an einige der Gefangenen verschwinden und niemand weiß, was mit ihnen geschieht."

„So etwas in der Art hat mir einer der Wachen heute auch erzählt. Wahrscheinlich war es die gleiche Wache, die dir den Käse und das Brot gegeben hat."

„Was hat dir die Wache erzählt?", fragte Milana neugierig.

„Einige der Gefangenen werden ab und zu behandelt. Mehr nicht."

Nachdenklich schaute sie auf den Boden zwischen ihnen. „Was hat das nur zu bedeuten?"

„Ich weiß es nicht." Gadah legte sich wieder hin und streckte den Arm nach ihr aus. „Komm her. Wir wollen schlafen. Morgen beginnt ein neuer Tag. Vielleicht werden wir dann schlauer sein."

Der folgende Tag verlief wie die Vorherigen, zumindest bis zum späten Mittag. Dann kam Aufregung ins Lager und Olizu stürmte mit einigen der Offiziere in einen der Stollen, an dessen Ende ein grünlich schimmerndes Metall zwischen den Steinen durchschimmerte.

„Das ist es", triumphierte der Kriegskonsul. „Danach haben wir gesucht. Unsere Magier hatten recht."

Ein junger Centurio, der erst seit wenigen Monaten bei der Schwarzen Legion seinen Dienst versah, streckte die Hand aus, um sanft über das Metall zu streicheln. „Dabei hieß es doch, dass es nicht mehr von diesem Metall gibt."

„Ein Irrtum, wie sich nun herausstellt. Der Stern, der damals auf die Erde gestürzt ist, ist zerbrochen und es gab zwei Teile davon. Dieser Teil hat sich tief in den Boden gegraben. Fast so, als ob er darauf gewartet hat, von uns gefunden zu werden." Olizu trat zurück. „Sämtliche Gefangenen sollen von nun an nur noch in diesem Gang arbeiten." Er drehte sich um und konnte sich ein zufriedenes Lächeln nicht verkneifen. Er würde einen Boten zu Norderstedt schicken müssen, um von diesem Triumph zu berichten. Der König würde zufrieden sein. Sie hatten sich alle in ihm getäuscht. Allen voran Luzil, sein Freund.

Luzil

Sie hielten alle ihre Waffen bereit und beobachteten in die nähere Umgebung, doch nichts war zu sehen.

„Steckt die Waffen weg, aber bleibt wachsam", befahl Luzil. „Wir wollen nicht mit gezückten Waffen hier aufkreuzen. Wenn uns jemand sieht, glaubt er am Ende, wir wären Feinde."

Sie waren durch einen Steinbogen in diese Welt getreten, der in einem Waldstück stand. Daneben befand sich ein kleiner Teich, der von einem schmalen Rinnsaal gespeist wurde. Da sie am Rand des Waldstückes waren, konnte er die Landschaft, jenseits der Baumgrenze sehen. Eine sanfte Hügellandschaft bildete den Übergang zu Hügeln, die in eine felsige Landschaft überging.

„Wir müssen später in der Lage sein, hierher zurückzufinden. Jeder prägt sich jetzt von euch die Landschaft ein, damit er selbstständig hierher zurückfinden kann."

Isela hielt die Sehne nicht gespannt, hatte aber keinen Pfeil auf ihr liegen. „Wo müssen wir jetzt hin?"

„Ich denke, wir sollten uns durch den Wald schlagen und sehen, ob wir auf einen Weg treffen. Dort hinten sieht die Gegend unbewohnt und trostlos aus." Luzil nahm sein Amulett aus der Tasche und hängte es sich wieder um.

„Herr, woher kam der Schrei vorhin?", fragte einer der Männer. Ein Optio um die dreißig Jahre, untersetzt, aber mit kräftigen Armen.

„Optio. Ich weiß nicht, woher der Schrei gekommen ist. Diese Welt ist mir genauso fremd wie dir."

Der Optio blinzelte kurz und rang sich dann ein kurzes Lächeln ab. „Herr, immerhin lügst du uns nicht an."

„Warum sollte ich. Wir hocken hier alle im gleichen Schlamassel." Luzil deutete auf die Männer, die sich versammelt hatten. „Sag Optio. Centurio Olizu hat mir handverlesene Männer versprochen. Ich kenne weder dich noch einen der anderen Männer."

Der Optio verzog das Gesicht. „Das liegt daran, dass wir zuletzt nicht bei dir waren."

„Sondern?"

„Wir kommen allesamt aus dem Gefängnis. Centurio Olizu hat uns rausgeholt, damit wir dich begleiten. Er hat gesagt, es sei eine Chance, um zu zeigen, dass wir keine Halunken sind."

„Er versprach mir aber eine Handvoll seiner besten Legionäre."

„Herr, damit wir uns nicht falsch verstehen. Es sind allesamt gute Kämpfer und tapfere Männer. Nur sind sie keine Musterlegionäre. Sie haben geraubt, gemordet, gestohlen und vergewaltigt. Aber im Kampf sind sie tapfer."

Isela schaute zu Luzil und sah, wie es in seinem Gesicht arbeitete. Seine Narbe über der Augenbraue war weiß. Ihr Mann war wütend. Was hatte Olizu sich dabei nur gedacht?

„Solange sie sich gut führen, ist es ja gut." Er wandte sich den Männern zu. „Legionäre. Euer Optio hat mich darüber informiert, dass ihr nicht die Männer seid, die ich auf diese Reise mitnehmen wollte. Aber wenn ihr euch gut führt, werdet ihr von mir komplett rehabilitiert, egal welche Verbrechen ihr begangen habt."

Die Männer grinsten und einige nickten eifrig.

„Solltet ihr euch nicht so führen, wie es geboten ist", fuhr Luzil fort, „werde ich diejenigen von euch persönlich wieder ins Gefängnis werfen und die Türe zumauern. Haben wir uns da verstanden?"

„Ja, Herr", bestätigten die Männer.

„Gut, dann werden wir jetzt aufbrechen. Wir werden schauen, wohin uns der Wald führt."

Sie stießen nach zwei Steinwurfweiten auf einen schmalen Weg. Sie marschierten hintereinander, der Optio voraus, bis die Sonne unterging.

„Vorne ist eine Lichtung, dort sollten wir unser Nachtlager aufschlagen." Der Optio deutete auf die Stelle, die er ins Auge gefasst hatte.

„Ja, es ist besser, wir schlagen ein Lager auf, bevor es dunkel wird. Wir wissen nicht, was uns hier erwartet."

„So, wie du es sagst, könnte man meinen, wir werden beobachtet." Nervös sah sich Isela um.

„Als alter Soldat weiß ich, wenn ich nicht willkommen bin. Und dieser Wald schreit es uns seine Ablehnung förmlich entgegen." Luzil deutete auf die Baumkronen, die sich noch leicht vom Abendhimmel abhoben.

Langsam wurde es stiller und das Zwitschern der Vögel verstummte langsam.

Sie suchten für das Feuer trockenes Holz zusammen und stapelten es in der Mitte des Lagers. Nachdem es schließlich brannte, machten sich zwei Legionäre daran, das Essen zu kochen.

Luzil nahm den Optio beiseite, dessen Namen er mittlerweile kannte. „Optio Buldir, du wirst mit zwei Männern die nähere Umgebung erkunden, wenn ihr etwas gegessen habt. Ich möchte nicht im Schlaf überrascht werden."

„Zu Befehl. Ich werde vorher die Wachen einteilen."

„In Ordnung. Ich werde auch eine Wache übernehmen, so bekommen alle etwas mehr Schlaf."

„Danke, Herr."

Nachdem sie sich über den gekochten Brei hergemacht hatten, brach der Optio mit den beiden ausgewählten Legionären auf, wie es ihm befohlen wurde.

„Glaubst du, wir sind in Gefahr?", wollte Isela von Luzil wissen.

„Erinnere dich daran, was der Bibliotheksmeister gesagt hat. Über diejenigen, die vor uns hierher gelangt sind."

Kaum, dass er es gesagt hatte, durchstieß ein schauerlicher Schrei die Nacht; ähnlich dem, den sie bei ihrer Ankunft gehört hatten.

Sie zuckten alle zusammen, die Legionäre zogen ihre Schwerter und sprangen auf.

„Ruhig Männer", versuchte Luzil seine Legionäre zu beruhigen, wurde sich aber bewusst, dass er selbst auch sein Schwert in der Hand hielt.

„Was ist das?", fragte einer der Legionäre ängstlich und drehte sich schnell um, ahnte eine Gefahr in seinem Rücken.

Es raschelte im Unterholz und einer der Legionäre, mit denen der Optio aufgebrochen war, schälte sich aus der Dunkelheit. „Ich bin es Kameraden." Gehetzt brach der Mann durch die Büsche und sank schwer atmend zu Boden.

„Was war los? Sprich!", befahl Luzil und behielt dabei die nähere Umgebung im Auge.

„Ich sah nur Schatten, die auf uns herabstießen." Der Legionär zitterte vor Angst.

„Komm näher an das Feuer und erzähl uns in Ruhe, was geschehen ist", versuchte Luzil den Mann zu beruhigen.

Als der Legionär am Feuer saß, sah Luzil, dass er mit Blut besudelt war.

„Wir hörten diesen Schrei und schon war etwas zwischen uns. Ich sah, wie dem Optio der Kopf abgerissen wurde, und fühlte sein Blut in meinem Gesicht. Dann verschwand der Mann zu meiner linken Seite. Ich lief einfach davon, spürte aber, dass mich etwas verfolgte. Ob es das Interesse verloren hat oder ich einfach nur schneller war, weiß ich nicht. Aber ich entkam."

„Gut gemacht, Legionär", sagte Luzil halbherzig, als schon der nächste Schrei erklang. Diesmal in unmittelbarer Nähe des Lagers! „Wachsam sein!", befahl Luzil.

Ein zweiter Schrei durchdrang die Nacht, auf der anderen Seite des Lagers. Fast klang es wie der Schrei eines Vogels.

Isela zog einen Pfeil auf und zielte in die Nacht. „Er ist nicht entkommen, sondern sie haben ihn dazu benutzt, um uns zu finden", stellte sie fest.

Luzil spürte ein Kribbeln, dass sich von seinem Steiß aufwärts ausbreitete. Seine Frau hatte erkannt, was sich ihm nicht direkt erschlossen hatte. „Feuer löschen", schrie er, während ein dritter Schrei aus dem Unterholz erklang. Sie waren umzingelt.

Krok

Die Sonne kroch langsam über den herbstlichen Horizont und vertrieb die zähen Nebelschwaden.

187

Krok lag bereits auf der Lauer und beobachte auf dem Bauch liegend das Lager.

„Ich habe doch gesagt, du sollst mich wecken, wenn ich die Wache übernehmen soll." Der rote Schopf der Botschafterin tauchte neben ihm im Gras auf.

„Ich war nicht müde und hätte nicht schlafen können. Warum hätten sich zwei Leute die Nacht um die Ohren schlagen sollen."

„Machst du dir Sorgen um sie?"

„Ja", antwortete er knapp und unterdrückte ein Gähnen.

„Sie kann auf sich aufpassen, das weißt du." Atriba wollte etwas sagen, schwieg aber dann doch. „Hat sich schon etwas da unten getan?", fragte sie dann.

„Die Wachen haben gewechselt und wie es scheint, haben die Gefangenen ihre Arbeit aufgenommen."

„Woher willst du das wissen?"

Krok deutete auf den Ausgang eines Stollens. „Seit Sonnenaufgang bringen die Loren wieder Geröll nach draußen." Er deutete nach unten. „Allerdings nur noch aus einem Stollen."

„Da hinten tut sich etwas." Atriba schaute auf eine Gruppe von Legionären, die sich für den Aufbruch bereit machten. „Sie reiten weg. Wenn wir hierbleiben, werden sie uns sehen."

„Dann nichts wie zu den Bäumen, dort haben wir Deckung." Krok rutschte auf dem Bauch nach hinten und stand auf. „Schnell, wir müssen die Kinder warnen." Er bot der Botschafterin seine Hand dar. „Vielleicht solltest du demnächst auf Hosen umsteigen, das ist für dieses Gelände praktischer", bemerkte Krok schmunzelndj während Atriba umständlich aufstand.

Sie schnaubte nur und raffte ihren Rock, damit sie schneller laufen konnte.

Krok riskierte einen Blick ins Lager. „Sie reiten los", trieb er die Frau zur Eile. Er lief vor, um die Geschwister zu mahnen, sich ruhig zu verhalten.

Clada saß auf ihrer Decke und rieb sich müde die Augen.

„Wo ist dein Bruder?", schnappte Krok.

„Ich weiß nicht. Er hat mich vorhin geweckt und ist dann verschwunden. Er wollte etwas jagen gehen."

„Verflucht. Warum konnte er nicht warten und erst fragen, bevor er sich hier herumtreibt." Krok schaute sich um. „In welche Richtung ist er gegangen?"

Clada deutete vage in eine Richtung.

„Damit läuft er den Legionären in die Arme." Krok lief los und bedeutete Atriba und Clada sich zu verstecken.

Hufschlag näherte sich und eine Gruppe von vier Legionären näherte ihm. Schnell duckte er sich hinter einen großen Strauch und hoffte, dass die Reiter ihn nicht bemerken würden.

Dann passierte etwas, was er nicht erwartet hatte. Einer der Legionäre schrie auf, fiel im vollen Galopp vom Pferd und blieb regungslos liegen.

Seine drei Kameraden zügelten ihre Pferde und sahen sich um. Einer von ihnen stieg ab und kniete bei dem am Boden liegenden Mann nieder. „Er ist tot", verkündete er trocken. „Ein Stein ist durch sein Auge, direkt ins Gehirn eingedrungen."

Krok hörte etwas und zog den Kopf ein. Es gab das typische Geräusch, wenn Metall auf Stein trifft. Diesmal richtete das Geschoss aber keinen Schaden an, da sich die Legionäre geduckt hatten.

„Ein Schleuderschütze!", brüllte einer der Reiter und sprang vom Pferd. Der andere Mann preschte los und drehte sich nicht um.

„Wenn wir ihn erledigt haben, holen wir dich wieder ein", rief einer der beiden Kameraden hinterher.

Krok kochte vor Wut. Was dachte sich dieser Doran dabei, hier einen Kleinkrieg mit den Soldaten zu beginnen, der dazu total sinnlos war. Er würde dem Jungen die Ohren langziehen, wenn sie das überleben würden. „Los, den Kerl schnappen wir uns. Er muss auf einem der Bäume dort drüben sitzen", hörte Krok einen der Männer sagen.

„Schütteln wir die Frucht vom Baum und häuten sie", stimmte der Andere ein.

„Das würde ich sein lassen!" Atriba kam aus den Büschen und stellte sich in einiger Entfernung vor die Legionäre. „Legt die Waffen nieder und ergebt euch, wir wollen nur mit euch reden."

Verdutzt schauten sich die Soldaten an und lachten. „Warum sollten wir?", gab derjenige zurück, der vorhin noch jemanden häuten wollte.

„Weil ich auch da bin", rief Krok und glitt hinter die Männer.

Erschrocken drehten sich die Legionäre um.

Wie beiläufig klappte Krok die Klingen an seinem Metallarm aus.

„Du bist der ehemalige Leibwächter des Königs!"

„Stimmt genau. Und dort drüben steht die ehrwürdige Botschafterin Atriba Feuersturm", entgegnete er.

„Du sollst sie doch gemeinsam mit deiner Frau entführt haben."

Atriba mischte sich ein. „Sehe ich etwa so aus, als ob ich unfreiwillig hier wäre?"

„Lasst die Waffen fallen und euch wird nichts geschehen. Ich gebe euch mein Wort."

„Und wenn nicht?", gab einer der Soldaten zurück.

„Dann werdet ihr hier den Tod finden."

„Die Zauberin kann uns nichts anhaben, wir sind Angehörige der Schwarzen Legion." Die Stimme des Mannes klang nicht sehr überzeugt von seiner eigenen Meinung.

„Das stimmt. Aber Stahl kann euch etwas anhaben. Und glaubt mir, davon haben wir genug."

Mit einem schnellen Blick verständigten sich die Männer. „Gut, wir ergeben uns. Unser Kamerad ist euch sowieso entkommen."

„Dann legt die Waffen ab und kniet nieder, damit wir euch die Hände fesseln können."

Die Männer taten, wie ihnen geheißen und Doran sprang aus einem der Bäume.

„Fessle sie!", befahl Krok.

Doran machte sich zugleich dran, die Zauberjäger mit dünnen Lederstricken zu fesseln und dem leisen Aufstöhnen nach zu urteilen, ging er nicht allzu zimperlich mit ihnen um.

Noch am Leben, ging es Krok durch den Kopf. Diesmal hatten sie Glück gehabt, aber die Dummheit des Jungen hätte sie fast das Leben gekostet.

Skiril

Es war spät geworden. Vielmehr früh. Der Morgen graute bereits und die große Stadt wachte langsam auf.

„Fassen wir zusammen. Du hast im Palast einen Raum mit einem Reiseportal gefunden, welches in eine andere Welt oder ein anderes Land führt?" Skiril ging im Raum auf und ab und hatte die Hände auf den Rücken gelegt. „Ferner schafft sich Norderstedt eine Armee aus Menschen, die verändert wurden. Vermutlich um eine Legion auf die andere Seite des Portals zu schicken. Habe ich das richtig verstanden?"

Marak nickte leicht. „Ja, das stimmt."

Gundra stand auf und stellte sich vor den Bibliotheksmeister. „Und wer hat die Kaiserin und den Zwergenkönig umgebracht?" Ihre Augen funkelten vor Wut.

„Darüber weiß ich nichts." Marak senkte den Blick.

Skiril schnappte ihn sich am Kragen und zog ihn hoch.

„Du kleine Ratte, wenn jemand weiß, was im Palast vor sich geht, dann du. Und nur jemand aus dem Palast kann hinter den beiden Morden stecken."

Marak zog den Kopf ein.

„Lass ihn", mahnte Eisenarsch den Liktor. „Junge, du solltest uns sagen, wer hinter der ganzen Geschichte steckt. Der König mag zwar ein Intrigant sein, aber ich kann nicht glauben, dass er für den Tod von zwei Herrschern verantwortlich ist."

Marak zitterte leicht. „Innerhalb der Schwarzen Legion gibt es Männer, die eigene Ziele verfolgen."

„Wer?", schnappte Skiril.

„Centurio Olizu. Er wollte unbedingt Kriegskonsul werden. Jetzt, nachdem Luzil durch das Portal geschickt wurde, konnte er befördert werden."

„Und dieser Albino steckt hinter den Morden?", hakte Skiril nach.

„Ich weiß es nicht", begehrte Marak auf. „Ich kann es mir vorstellen. Er ist von Ehrgeiz zerfressen."

Skiril schüttelte den Kopf. „Du verarschst uns. Lidokar und ich haben in dem Haus, aus dem auf König Goldfuß geschossen wurde, ein Zauberjägeramulett gefunden. Allerdings hätte niemand ohne magische Fähigkeiten, den Schuss abgeben können. Ebenso war es bei der Kaiserin. Niemand hätte den Bolzen ins Ziel bringen können."

„Habt ihr schon einmal daran gedacht, dass das gefundene Amulett eine Art Zeichen sein soll?", gab Marak zu bedenken.

„Wie meinst du das?" Eisenarsch zog die Stirn kraus.

„Nun ja, du sagst, niemand ohne magische Fähigkeiten hätte den Bolzen ins Ziel gebracht. Vielleicht war das gefundene Amulett eine Herausforderung an die Schwarze Legion: Ihr könnt niemanden schützen, nicht einmal eure Herrscher."

„Gewagte Theorie." Skiril blies die Backen auf. „Aber nicht undenkbar."

Alle schauten ihn an. Selbst der große graue Hund hatte seinen Halbschlaf aufgegeben.

„Wenn ein Magier die Kaiserin und den König umgebracht hat und als Verhöhnung das Zauberjägeramulett für uns ausgelegt hat, dann ist es noch nicht vorbei. So ein Symbol hinterlegt jemand, der mehr plant."

„Du glaubst an so eine Art Kriegserklärung?" Lidokar schaute ungläubig drein.

„Ja. Man beseitigt unsere Herrscher und wir stehen führungslos dar. Das würde bedeuten ..."

„...dass Norderstedt derjenige ist, der als nächster einem Anschlag zum Opfer fallen wird", vervollständigte Gundra den Satz des Liktors.

„Aber warum hat er uns zur Jagd freigegeben?" Lidokar zupfte an seinem Ohrring.

„Vielleicht, weil er euch tatsächlich für schuldig hielt?", warf Eisenarsch ein.

„Oder weil der König nicht mehr er selbst ist." Marak stand von seinem Stuhl auf. „Es gibt vielleicht etwas, was ihr wissen solltet."

„Junge, du solltest alles erzählen, was du weißt und uns nicht nur mit ein paar Scheiben der Wurst abspeisen, sonst werde ich unangenehm." Lidokars stand die Wut ins Gesicht geschrieben, aber er hielt sich auf ein Zeichen Skirils zurück.

Ein Jahr zuvor ...

„Herr, wir sollten abwarten, bis wir mehr über dieses Portal wissen. Niemand kann sagen, wie gefährlich es ist, hindurchzugehen."

Norderstedt winkte ab. „Papperlapapp. Ich will wissen, wohin die Männer verschwunden sind. Außerdem bin ich neugierig, was auf der anderen Seite dieses Bogens auf uns lauert. Noch niemals haben Zögerer Entdeckungen gemacht. Und wenn es eine Hoffnung gibt, mit neuen Völkern in Verbindung zu treten, dann sollten wir sie nutzen."

„Aber denkt an diejenigen, die nicht wiedergekommen sind. Sie sind einfach verschwunden. Geht wenigstens nicht selbst hindurch, Herr."

„Bibliotheksmeister, ich will nur einen kurzen Blick auf die andere Seite werfen und dann werde ich direkt zurückkehren. Niemand wird mich angreifen." Der König sah entschlossen aus, seinen Plan in die Tat umzusetzen.

Marak seufzte und drückte auf die Symbole des Portals, welche eine Art Lichttunnel erzeugten.

„Mach dir keine Sorgen, Bibliotheksmeister. Ehe die Flamme einen Fingerbreit heruntergebrannt ist, bin ich wieder bei dir." Norderstedt ging, ohne zu zögern, auf das weiße Licht zu und verschwand.

Marak war jetzt alleine in der großen Halle und holte ein Buch hervor, um sich die Zeit zu vertreiben. Dabei hielt er die Kerze im Auge, die auf dem Tisch stand. Zunächst konzentrierte er sich auf den Text. Aber dann, nach einer halben Kerzenlänge wurde er langsam nervös. Als lediglich ein Drittel der Kerze vorhanden war, begann er auf- und abzulaufen und sich Sorgen zu machen. Die klopfenden Diener ignorierte er genauso wie seinen knurrenden Magen.

Die Kerze war fast heruntergebrannt, als der Portalbogen aufleuchtete und Norderstedt herausgetorkelt kam.

Marak schoss auf ihn zu und konnte dem Strahl Erbrochenen ausweichen, den der König von sich gab. Blut, Schleim und Nahrungsreste bildeten eine Pfütze zu seinen Füßen. „Herr, geht es dir gut?"

Mit großem Unverständnis starrte der König seinen Bibliotheksmeister an und sprach mit tiefer, veränderter Stimme Worte, die Marak nicht verstand.

Erschrocken wich er vor seinem Herrn zurück. „Herr? Was ist los mit dir?"

Ein Zittern ging durch den König und der Blick klarte sich auf. „Bibliotheksmeister. Du hast dir hoffentlich keine Sorgen um mich gemacht."

„Nein, Herr", log Marak. „Was hast du gesehen? Wie war es jenseits des Portals?"

Norderstedt schwieg zunächst. „Ich weiß es nicht", sagte er schließlich. Ich kann mich an nichts erinnern, außer an das Licht, durch das ich hierher gelangt bin."

Luzil

Angestrengt beobachteten sie die Dunkelheit. Jedes Rascheln und jedes Knacken ließ sie zusammenzucken. Nichts passierte. Aber sie spürten die Anwesenheit von etwas Fremden. Das Lauern aus dem Dunklen war körperlich spürbar.

Iselas Bogen war gespannt und ein Pfeil aufgelegt. Ihr Arm zitterte leicht von der Anstrengung.

„Männer, egal was gleich auf und zukommt, bleibt zusammen und deckt eure Rücken." Luzil kniff die Augen zusammen, konnte aber nichts erkennen. Nur ein starker Gestank wehte zu ihm herüber. Er rümpfte die Nase und nahm einen Atemzug durch den Mund.

Einer der Legionäre schrie auf und wich zurück. Vor ihm schälte sich ein Körper aus der Dunkelheit.

Zwei Fuß größer als jeder Mann, den Luzil bisher gekannt hatte und mit ausgebreiteten Schwingen stand er in der Nacht. Sein Kopf war dem eines Menschen nicht unähnlich aber mit einem Schnabel versehen. Klauen zierten die Füße und Hände. Die Arme waren mit lederartigen Häuten mit den Körpern verbunden und verlieh diesen Wesen wohl die Flugeigenschaft.

Luzil schluckte den dicken Kloß in seinem Hals herunter und senkte das Schwert etwas. Er rief sich seine Aufgabe ins Gedächtnis, auch wenn sie in Anbetracht dieser Wesen nicht durchführbar schien. „Wir kommen in friedlicher Absicht", rief er den Wesen entgegen, deren Haut einen dunkelgrauen Ton aufwies. „Wir kommen aus einem fernen Land und wollen mit eurem Herrscher sprechen." Er kam sich angesichts der Worte etwas albern vor, aber immerhin wollte er sich hinterher nicht den Vorwurf gefallen lassen, dass er es nicht versucht hatte.

„Herr, glaubst du wirklich, dass diese Worte bei den Viechern ankommen?", fragte einer der Legionäre mit brüchiger Stimme.

Die Antwort gab eines der Wesen. Es legte den Kopf in den Nacken, öffnete den Schnabel und stieß einen spitzen Schrei aus, der selbst bei Luzil ein Zähneklappern auslöste.

Der ausgestoßene Schrei wurde mehrfach um sie herum erwidert. Luzil schätzte die Gruppe auf rund ein Dutzend. „Tut mir leid, meine Liebe. Du hättest nicht mitkommen sollen. Wie es scheint, habe ich dich ins Verderben geführt."

Isela, die dicht neben ihm stand schüttelte den Kopf. „Nein, ich wollte nicht von dir getrennt sein, dich trifft keine Schuld. Immerhin sterben wir Seite an Seite." Sie hob den Bogen und zielte kurz.

Ein Blitz fuhr über sie hinweg und fuhr krachend und zischend in die Bäume. Iselas Pfeil ging fehl, weil sie durch die gewaltige Energieentladung von den Beinen gerissen wurde.

Die Stelle, an der drei der Wesen gestanden hatten, war ein Krater und ein Haufen verkohltes Holz.

Luzil stemmte sich wieder auf die Füße und half dann Isela hoch. Er sah nach seinen Männern, musste aber feststellen, dass einer von einem unterarmlangen Holzstück durchbohrt worden war. Der andere Legionär hatte zu nah am Blitz gestanden und lag verkohlt neben den rauchenden Bäumen und toten Wesen.

„Was war das?" Isela stand wackelig auf den Beinen und war bleich im Gesicht.

Luzil schüttelte die eigene Benommenheit ab und sah sich um. Hinter ihnen aus der Dunkelheit kamen drei große Gestalten zwischen den Bäumen hervor.

Da ihr Lagerfeuer längst erloschen war, konnten sie nicht genau erkennen, wie ihre Helfer genau aussahen. Auf jeden Fall waren sie größer als die Menschen. Luzil erkannte aber, dass sie schräg stehende Augen besaßen und schmal an Gestalt waren. Er zeigte die Handflächen, zum Zeichen des Friedens.

„Ich bin Botschafter Luzil aus dem Reich Dharan. Dies ist meine Frau. Ich bitte um eine Audienz bei eurem Herrscher."

Die drei Gestalten standen stumm vor ihnen. Kein Wort wurde gesprochen. Dann hob eine der Gestalten einen Finger und ein neuer Blitz raste auf Luzil zu.

Gadah

Seine Muskeln brannten und ihm war schwindelig. Trotzdem legte er Stein um Stein in den Tragesack und schleppte ihn aus dem Stollen. Wie oft er das heute schon getan hatte, wusste er nicht. Draußen, als er die Steine auf einen Haufen warf, sah er, dass es erst später Vormittag war.

Ihm standen noch unzählige dieser Fuhren bevor. Einige der anderen Arbeiter schleppten nicht, sondern konnten die Lore benutzten. Das war ihm nicht vergönnt.

„Nimm dir etwas Wasser, Herr."

Gadah erkannte die Wache vom Tag zuvor.

„Beeile dich mit dem Trinken, bevor es auffällt, dass ich mit dir rede." Der Mann schaute ernst drein.

Rasch ergriff Gadah den Wassersack und trank gierig in großen Schlucken. Es war klares, wohlschmeckendes Wasser. Nicht dieses abgestandene Zeug, was sie unten in ihrem Lock zu trinken bekamen. Dankbar gab er dem Legionär den Wassersack zurück und nickte ihm zu.

Ohne ihn weiter zu beachten, ging der Mann weiter und trieb einen anderen Gefangenen lautstark zur Arbeit an.

Gadah nahm seinen Tragesack wieder auf und machte sich auf eine neue Fuhre Gestein aus dem Stollen zu holen. Sie sollten jetzt nur in einem bestimmten Stollen arbeiten und so hinkte er in diesen besagten Stollen.

In der nächsten Fuhre sah er etwas, was ihn staunen ließ. Grünes Metall! Gadah rieb mit dem Daumen über die Stelle in dem Brocken und brachte das vertraute Metall hervor.

Das war es also, was Olizu hier wollte. Mehr von diesem Metall, was die Zauberjäger für ihren Schutz benutzten. Es gewährleistete, dass sie nicht von der Magie eines Zauberers verletzt werden konnten. Gadah hatte diese Eigenschaft schon mehrfach das Leben gerettet. Wozu benötigte dieser Albino diesen neuen Fund?

Bevor er darüber nachdenken konnte, fühlte er einen harten Schlag in den Rücken, der ihn nach vorne taumeln ließ.

„Du sollst dir die Steine nicht anschauen, sondern sie schleppen, Sklave", blaffte ihn ein Wächter mit grauen Augen an. „Wir wissen alle, wer du bist und es interessiert uns einen

Scheißdreck. Olizu ist jetzt unser Kriegskonsul. Du bist nur ein alter Mann, der hier verrecken wird. Niemand wird dir helfen können." Der Mann stieß Gadah seinen Knüppel in die Rippen.

Er konnte nicht ausweichen und so traf ihn die Spitze des Knüppels schmerzhaft auf die Rippen. Scharf sog Gadah die Luft ein und wich zurück.

„Du hältst dich für etwas Besseres. Ich habe gesehen, wie dir mein idiotischer Kamerad geholfen hat und Wasser gegeben hat. Das einzige, was du zukünftig bekommst, ist Pisse." Die Stimme des Legionärs überschlug sich fast und seine Augen nahmen einen gefährlichen Ausdruck an.

Gadah sah aus dem Augenwinkel, dass Olizu vor seiner Hütte stand und die Szene entspannt beobachtete. Auch die anderen Wächter und Gefangenen beobachteten die Auseinandersetzung zwischen dem Legionär und dem ehemaligen Kriegskonsul. Das Olizu nicht eingriff, konnte nur bedeuten, dass er dem streitsüchtigen Legionär freie Hand ließ.

„Ja, ich bin der ehemalige Kriegskonsul", erhob Gadah in ruhigem Tonfall seine Stimme. „Ich habe Krieg geführt und war der Kommandeur der Schwarzen Legion. Dann entschied ich mich dazu, von alldem zurückzuziehen. Und wenn man mich und meine Familie nicht entführt und hier, mit den anderen armen Schweinen, eingepfercht hätte, dann hätte ich immer noch ein ruhiges Leben und müsste mir nicht dein idiotisches Gerede anhören, nur weil du einen Streit mit mir vom Zaun brechen willst." Gadah reckte das Kinn vor und sah dem Legionär fest in die Augen. Vereinzelt war ein Lachen zu hören.

„Du blödes Arschloch." Der Legionär stieß seinen Knüppel wieder nach vorne, um ihn in Gadahs Bauch zu stoßen aber er schlug ihn einfach zur Seite.

Durch den unerwarteten Schwung strauchelte der Legionär und fiel über Gadahs ausgestrecktes Bein.

Unter dem Gelächter seiner Kameraden fiel er auf den Geröllhaufen und schlug sich die Stirn auf. Ein schmaler Faden Blut lief zwischen seinen Augen herab.

„Dafür wirst du sterben", drohte der Wächter und stand wieder auf.

Gadah hatte vom ersten Moment an gewusst, dass dieser Mann auf ihn angesetzt worden war, deswegen machte ihm die Drohung keine Angst.

Mit dem Handrücken wischte sich der Legionär das Blut aus dem Gesicht und begutachtete die rote Flüssigkeit angewidert.

„Was ist? Kannst du kein Blut sehen? Eine schlechte Eigenschaft für einen Soldaten. Zu meiner Zeit hätten wir jemanden wie dich höchstens dazu eingesetzt die Stiefel der richtigen Kämpfer zu polieren."

Wieder lachten seine Kameraden ihn aus. Und die Wut stand dem Legionär ins Gesicht geschrieben. Achtlos warf er den Knüppel weg und zog sein Schwert. Mit dem Fuß stieß er das Holzstück in Gadahs Richtung, sodass es vor ihm liegen blieb. „Nimm es, ich will mir nicht nachsagen lassen, dass ich einen wehrlosen Mann töte."

„Und deswegen willst du Ruhm ernten, indem du jemanden tötest, der mit einem Stück Holz bewaffnet ist?" Gadah grinste ihn frech an. Er hatte abgeschlossen mit seinem Leben. Aus diesen Minen würde er nicht mehr lebend herauskommen. Und er wollte nicht, wie Cisuli, von einem Felsbrocken erschlagen werden. Lieber in einem Kampf, auch wenn er nicht sonderlich fair war.

„Vielleicht schaffst du es ja und kannst mir den Schädel einschlagen", gab sein Gegner mit einem spöttischen Gesichtsausdruck zu bedenken.

Gadah bückte sich nach dem Knüppel und griff danach. Für einen Wimpernschlag war er abgelenkt und den wollte der Legionär nutzen.

Mit einer kraftvollen Bewegung wollte er Gadah den Schädel spalten und die Klinge sauste in Richtung von Gadahs Kopf.

Der alte Kriegskonsul konnte nur knapp ausweichen und haarscharf sauste die Klinge an seinem Ohr vorbei und fuhr dumpf in den Boden. Gadah nahm in der Bewegung mit der anderen Hand eine Hand Erde auf und warf sie dem Legionär ins Gesicht.

Fluchend stolperte der Wächter zurück und schlug blind mit dem Schwert um sich, damit sein Gegner auf Abstand blieb.

Es war ein leichtes für Gadah den blinden Hieben auszuweichen und so traf er den Mann mit dem Knüppel einmal aufs Ohr und einmal aufs Handgelenk, sodass dieser fast seine Klinge verloren hätte.

„Du Bastard", schrie der Legionär, als er wieder sehen konnte und stieß die Klinge nach vorne.

Mühsam konnte Gadah die Klinge mit seiner Waffe zur Seite schlagen und stieß dem Mann seine Stirn auf die Nase.

Blut schoss aus der Nase des Getroffenen und Tränen aus den Augen.

Einige der Legionäre murrten und griffen nach ihren Schwertern, um ihrem Kameraden beizustehen.

„Jeder bleibt, wo er ist!", befahl Olizu. „Wenn er den alten Mann nicht besiegen kann, hat er es nicht besser verdient."

Der Kämpfer, der jetzt erkannte, dass er keine Hilfe von seinen Kameraden zu erwarten hatte, versuchte zurückzuweichen und sich zu sammeln.

Aber Gadah war ein zu erfahrener Kämpfer, als dass er seinem Kontrahenten eine Ruhepause gegönnt hätte. Schwer atmend griff er mit seiner stumpfen Waffe an und blockte einen kraftlosen Konter. Auch er atmete jetzt schwer und sein Bein schmerzte furchtbar. Hinkend trieb er den Legionär über den Platz und hielt ihn in der Defensive. Auch er blutete aus mehreren leichten Wunden. Er wusste, dass der geringe, aber stetige Blutverlust zu einer weiteren Schwächung führen würde. Wollte er diesen letzten Kampf gewinnen, musste er jetzt zu einem schnellen Ende kommen. Schwer atmend täuschte er einen Angriff aufs Gesicht vor.

Der Legionär hob sein Schwert zur Verteidigung und das war sein Fehler.

Mit einer Drehung aus dem Handgelenk heraus traf die Spitze von Gadahs Knüppel den Mann zwischen die Beine.

Seine Augen wurden groß und die Knie weich, die Klinge fiel aus seiner Hand. Gedemütigt presste er beide Hände zwischen seine Beine und jammerte.

Gadah schwang den Knüppel erneut und schlug ihn dem Mann ins Genick, welches mit einem leisen Knacken brach. Tot kippte der Legionär in den Staub.

Schweigen war die Antwort auf diesen unerwarteten Sieg. Die Legionäre waren ungläubig und die restlichen Gefangenen trauten sich nicht zu jubeln.

Schwer atmend stützte sich Gadah auf den blutbefleckten Knüppel und versuchte, zu Luft zu kommen. In seinen Glanzjahren hätte er das Großmaul innerhalb von zwei Wimpernschlägen erledigt, aber unter den jetzigen Umständen war er durchaus mit sich zufrieden und gespannt, was geschehen würden.

Olizu klatschte spöttisch in die Hände. „Gut gemacht, alter Mann." Er ging auf Gadah zu, der auf zittrigen Beinen aufrecht dem Albino entgegensah und ausspuckte.

„Erspare mir deine idiotischen Reden", murmelte Gadah.

„Was soll ich jetzt mit dir machen? Dich wieder in die Mine schicken?" Olizu ignorierte die Männer in seinem Rücken und konzentrierte sich nur auf Gadah. „Ich könnte keine Nacht mehr ruhig schlafen." Er zog sein Schwert und zeigte damit auf Gadah. „Jede Armee kann nur einen Anführer gebrauchen." Er ging auf Gadah zu und sprach, dass nur er ihn hören konnte. „Hier ist ein Kriegskonsul zu viel."

Bevor Gadah reagieren konnte, fühlte er, wie der kalte Stahl von Olizus Klinge in seinen Körper drang und Arterien und Fleisch durchtrennte.

Krok

Atriba stieß einen unterdrückten Schrei aus und legte sich selbst die Hand vor den Mund.

„Wer war der Mann?" Clada lag neben ihr und Krok im Gras und beobachtete das Geschehen im Lager. Ihr Bruder war zur Bewachung der Legionäre abgestellt worden. Nicht ohne von Krok gemahnt worden zu sein, sich nur auf seine Aufgabe zu konzentrieren.

„Das war der ehemalige Kriegskonsul, der die Zauberjäger gegen die Untoten geführt hat.", antwortete Krok anstelle von der Botschafterin.

„Kriegskonsul Gadah? Der, über den sich alle Geschichten erzählen?" Clada sah ungläubig drein.

„Genau der." Krok senkte den Kopf.

„Seht doch." Atriba hatte Tränen in den Augen und deutete auf die Szene vor ihnen.

Eine weißhaarige Frau lief zu dem toten Kriegskonsul und kniete bei ihm nieder. Ihr Körper bebte. Ihr folgte ein jüngerer Mann und legte der Frau die Hand auf die Schulter.

„Seine Frau", hörte Krok sich selbst sagen. „Wie hieß sie noch ...?"

„Milana", flüsterte Atriba.

„Ihr kanntet ihn persönlich? Einen der Helden des Reichs?" Clada kam aus dem Staunen nicht raus. „Ich wusste ja nicht, mit wem ich es zu tun hatte."

Krok winkte gelangweilt ab. „Alles halb so wild. Du und dein Bruder waren damals sehr jung."

„Ich glaube, er lebt noch!" Atriba deutete mit ausgestrecktem Arm ins Lager.

Der Mann am Boden lag jetzt auf dem Rücken und hielt sich die Wunde, aus der er stark blutete.

„Wir müssen etwas tun." Atriba stand auf und warf ihren Umhang weg.

„Atriba, ich bin derjenige, der für waghalsige Aktionen seinen Hals riskiert, nicht du, also setz dich wieder hin und lass uns überlegen was wir tun können." Krok zog am Rock der Botschafterin, um sie wieder dazu zu bringen, sich hinzuhocken.

„Nein, Krok. Wir sind dem Mann etwas schuldig. Ohne ihn wären wir damals alle untergegangen. Und wenn wir jetzt nur dafür sorgen, dass er einen würdevollen Tod hat, dann ist es unsere Pflicht dafür zu sorgen."

„Sie hat recht."

Krok fuhr herum und sah Züleyha, seine Frau. „Was machst du denn hier?"

„Dein Plan hat nicht funktioniert. Das erzähle ich später. Jetzt müssen wir uns überlegen, wie wir den Kriegskonsul da unten rausholen können." Sie verlagerte ihr Gewicht und das Leder ihrer Hose knarzte.

„Schön, dass du da bist." Er freute sich, sie wieder bei sich zu haben.

Ihr Gesicht wurde für einen Augenblick weich, dann deutete sie auf die Stelle, an der sich Doran mit den beiden

Legionären aufhielt. „Dieser Idiot, der da hinten auf dem Baum hockt, gehört wohl jetzt zu uns?"

„Leider ja", knurrte Krok.

„Er ist mein Bruder", fügte Clada hinzu.

„Wir haben nicht allzu viel Zeit", mahnte Atriba und drängte zur Eile.

„Ich hätte eine Idee." Krok stand auf. „Aber es ist gefährlich und ich brauche den Jungen, er muss mich begleiten." Er wandte sich seiner Frau zu. „Wo ist Zara?"

„Sie ist mit dem Schmied dort hinten." Vage deutete sie auf eine Stelle.

„Du hast den Schmied mitgebracht?"

„Ja, ich erzähle es aber später. Jetzt sag, was du dir ausgedacht hast."

Milana

Immerhin hatten sie ihr gestattet, bei Gadah zu bleiben. Mit roten Augen beugte sie sich über ihren Mann und versuchte nicht wieder zu weinen.

„Jetzt mach nicht so ein Gesicht, Liebste." Gadah lächelte schwach und strich ihr mit schlaffer Hand über die Wange. „In der Mine hätte ich es eh nicht mehr lange gemacht."

Sie küsste die Innenseite seiner Hand und drückte ihre Wange dagegen.

Zwei Schatten fielen auf sie.

„Herr, wir sind hier, um dich wegzubringen."

Ein junger Mann und ein Kamerad in den mittleren Jahren standen vor ihnen.

„Lasst ihn doch wenigstens in Ruhe sterben!", schrie Milana die Männer an.

Der ältere der Männer ging auf ein Knie herunter. „Milana, lenk nicht die Aufmerksamkeit auf uns. Wir wollen ihn in Sicherheit zu bringen."

Erstaunt guckte Milana den Mann an und ihr Blick fiel dann auf die rechte Hand, die aus Metall war. Dann runzelte sie die Stirn. „Woher ... Krok!", flüsterte sie dann.

„Ganz richtig. Und jetzt hilf uns dabei, deinen Mann auf den Karren zu legen, den wir draußen stehen haben. Wir wollen wie ein Beerdigungskommando aussehen."

„Ein alter Kamerad. Dass du dein Leben für einen toten Mann riskierst, ist aber unnötig." Gadah sprach müde und kraftlos.

Krok sah mit Sorge die blutdurchtränkte Kleidung. Viel Zeit hatten sie nicht mehr. Es grenzte bereits an ein Wunder, dass sie mit den Uniformen der gefangenen Legionäre ins Lager der Mine gelangt waren. Doran hatte die ganze Zeit geschwitzt und Krok war in ständiger Sorge, dass sich der junge Mann durch eine Dummheit verrät. So wie es aber aussah, war Gadahs Wunde tödlich.

„Wir nehmen ihn an Armen und Beinen, dann laden wir ihn auf den Wagen." Krok ignorierte den Einwand des Mannes.

„Was kann ich tun?", fragte Milana.

„Du musst gleich weinend hier herausgehen und verbreiten, dass er tot ist. Dann wundert es niemanden, wenn wir ihn wegbringen." Krok stupste Doran an. „Schlaf nicht, greif zu. Ich nehme die Arme, du die Beine."

„Nein, lasst mich liegen, mir ist nicht mehr zu helfen. Ich merke, wie ich innerlich verblute. Es ist zu viel verletzt, als dass ich zu retten wäre." Gadahs Gesicht war bleich und Milana streichelte ihm liebevoll über das Haar.

„Du hast gut gekämpft vorhin, Herr. Wenn du sterben sollst, dann nicht in einem solchen Loch." Krok nickte Milana zu, die verstanden hatte, dass sie sich verabschieden musste. Liebevoll beugte sie sich über ihren Mann und drückte ihm einen leichten Kuss auf die trockenen Lippen.

Ein Schatten fiel in den kleinen Verschlag. „Ihr seid keine Zauberjäger!"

Krok klappte die Klingen an seiner Hand aus und war bereit, den Ankömmling gebührend zu empfangen.

„Herr, wer sind diese Männer?"

Krok hielt inne. Wieso sprach er Gadah mit *Herr* an?

„Lass gut sein. Es sind alte Kameraden, die in guter Absicht hierhin gekommen sind und mir helfen wollen", sagte Gadah müde.

„Ihr wollt ihn hier herausholen?", fragte der Mann.

Krok stand auf und musterte den Legionär. Er war schmal, aber muskulös und mit starken Händen. Kein Mitglied der Schwarzen Legion war ohne Grund in dieser Einheit. „Ja, er soll nicht in diesem Loch sterben."

„Und was ist mit den Kameraden, denen die Uniformen gehören?"

„Sie leben und liegen gefesselt an seinem sicheren Ort." Der ehemalige Gladiator riskierte es und klappte die Klingen an seiner Hand ein.

„Und euer Plan?"

„Wir holen ihn mit dem Wagen heraus und schaffen ihn weg von hier."

„Scheißplan."

Der Mann gefiel Krok. Er sprach aus, was er dachte. „Hast du einen besseren Einfall?"

„Kann man sagen. Ich kann euch vielleicht zu jemandem bringen, der ihm helfen kann. Wenn ihr ihn den halben Tag mit dem Karren durch die Gegend kutschiert, ist er tot, bevor die Sonne untergeht."

Krok kaute an seiner Lippe. Wenn sie dem Mann vertrauten, begaben sie sich in Gefahr verraten zu werden und in eine Falle zu gehen. Auf der anderen Seite war bis hierher alles gut gegangen. Warum sollten sie nicht ein Risiko eingehen. „In Ordnung", sagte er schließlich. „Du führst uns. Ich glaube, du hast auch ein Interesse daran, dass der Mann überlebt."

„Gut. Dann soll die Frau gleich weinend rauslaufen und ihren verstorbenen Mann beweinen. Wir können nur ihn hier herausholen. Alles andere würde verdächtig wirken."

„Willst du dem Kerl vertrauen?", begehrte Doran auf.

„Halt die Klappe und mach, was ich dir sage", schnauzte Krok ihn an. „Milana, du gehst jetzt raus und weißt, was du zu tun hast. Wenn wir irgendeine Möglichkeit haben, zurückzukommen, werden wir es tun und dich hier herauszuholen."

Die weißhaarige Frau stand auf und sah zum ersten Mal wie eine alte Frau aus. „Danke", flüsterte sie den Männern zu und ging heraus.

Die Männer hörten, wie sie ihr Wehklagen anstimmte; gepaart mit Verwünschungen gegen Olizu.

„Auf gehts", sagte der Zauberjäger und warf einen kurzen Blick nach draußen.

„Freund, wie heißt du?", wollte Krok wissen.

„Tuvindir", antwortete der Soldat. „Ich werde vorausgehen, mich kennen die Männer. Und vielleicht bin ich auch Mitschuld daran, dass er jetzt da liegt. Ich habe ihm geholfen und Wasser gegeben."

Gadah lag reglos auf dem Wagen und war bis über die Augen mit einem Lumpen bedeckt.

Tuvindir ging voran und Krok hielt die Zügel der Pferde in der Hand, Doran saß mit dem vermeintlichen Toten auf der Ladefläche.

„Hey, wo wollt ihr mit dem alten Mann hin?" Ein Legionär stellte sich ihnen in den Weg.

„Geh uns aus dem Weg, wir wollen ihn begraben, wie er es verdient hat", fuhr Tuvindir seinen Kameraden an.

„Er gehört in die Kadavergrube, wie die anderen Toten."

„Das gehört dein Arsch auch. Geh uns jetzt aus dem Weg, sonst nehmen wir dich mit und du kannst uns beim Buddeln helfen." Tuvindir schob den Legionär zur Seite und Krok schnalzte mit der Zunge, um die Tiere wieder anzutreiben.

„Lasst mich bloß mit dem Scheiß in Ruhe, mir reicht es schon, dass ich hier Wache stehen muss." Er schaute Krok und Doran an. „Ihr seid neu?"

„So ist es. Frisch von der Hauptstadt. Unser Centurio meinte, dass wir unseren Arsch mal an die frische Luft bewegen sollen und nicht im Palast versauern."

Der Mann spie aus. „Palastratten. Was habt ihr gemacht?"

„Bei offiziellen Anlässen in polierter Rüstung neben dem König stehen." Krok grinste den Mann frech an. „Stört die Huren nicht, wenn man seinen Sold zwischen ihre Beine steckt."

„Dann buddelt mal schön euer Grab. Für mehr taugt ihr eh nicht." Das Interesse des Legionärs wandte sich einem anderen Kameraden zu, der aus einer Flasche trank. „Hey, ist da ein guter Rachenputzer drin?"

Tuvindir gab ihnen ein Zeichen und sie beeilten sich möglichst schnell aus dem Lager zu entfernen.

Als sie außer Sichtweite waren, sprang Tuvindir zu ihnen auf den Wagen. „Jetzt halte dich links, dann kommen wir bald zu einem anderen Lager. Da ist jemand, der ihm helfen kann."

Skiril

„Was machen wir?" Lidokar kratzte sich durch den struppigen Bart.

„Wie es scheint, liegt des Rätsels Lösung im Königspalast, dort laufen alle Fäden zusammen." Skiril kraulte seinen großen grauen Hund hinter den Ohren, was dieser sich gerne gefallen ließ.

„Und was willst du im Palast?", warf Gundra ein.

„Zunächst sollten wir die Bibliothek durchsuchen und schauen, ob wir dort etwas finden. Dann nehmen wir uns den König vor." Skirils Augen glänzten.

„Den König?", fuhr Lidokar auf. „Willst du ihm auch Schnaps eintrichtern, bis er redet?"

„Keine schlechte Idee, wir sollten genug davon mitnehmen. Aber für ihn reicht ein billiges Gebräu." Der Liktor lachte.

„Und wie willst du in den Palast gelangen? Du vergisst, dass es Steckbriefe von uns gibt." Gundra sah nicht erfreut aus, aber immerhin verwarf sie die Idee nicht direkt.

„Ich bin immer noch Centurio im Sonderauftrag und nur dem König unterstellt. Wenn wir mit dem Bibliotheksmeister durch den Eingang marschieren, wird kaum jemand Verdacht schöpfen. Die beste Tarnung ist immer eine Mischung aus Dreistigkeit und Mut."

„Aus welchem Hurenhaus hast du denn diese Weisheit?" Gundra verschränkte die Arme.

„Du solltest sie endlich flachlegen, dann habt ihr es hinter euch", murmelte Lidokar leise.

Onkel Eisenarsch breitete die Arme aus, bevor es Streit gab. „Ich finde die Idee gut, dass wir im Palast die Lösung finden, ich stimme Skiril zu, dass alle Spuren in den Palast führen. Wenn wir eine Spur des Mörders finden, dann dort. Außerdem hätten wir direkt die Gelegenheit, ein Auge auf Norderstedt zu werfen, falls er wirklich das nächste Opfer des Attentäters sein sollte."

„Dann stellt sich jetzt die alles entscheidende Frage an unseren Bibliotheksmeister: Machst du mit?" Skiril sah Marak fest in die Augen, der hart schluckte.

„Was geschieht, wenn ich mich weigere?"

Der graue Hund hob den Kopf und knurrte unheildrohend.

„Damit wäre die Frage beantwortet. Hilfst du uns?" Skiril kraulte den Hund wieder hinter den Ohren.

„Mir bleibt wohl keine andere Wahl", stimmte Marak zu.

„Wir wollen niemandem etwas Böses, außer unseren Namen reinwaschen und den wahren Attentäter ausfindig machen", beruhigte der Liktor, „Wir stehen auf der gleichen Seite."

„Hoffentlich. Nun denn, dann werde ich euch helfen. Ich bringe euch in den Palast und ihr könnt euch dort umsehen. Vielleicht findet ihr etwas, was uns entgangen ist."

„Dann die Frage, wer kommt alles mit?" Gundra stand mit verschränkten Armen neben Eisenarsch.

„Wir könnten die Rolle als Schnapshändler weiter spielen", schlug Lidokar vor.

„Das würde nur bis zur Küche funktionieren. Innerhalb des Palastes könnt ihr Zwerge euch nicht frei bewegen", wandte Marak ein. „Ich schlage vor, dass ihr als neue Diener in den Palast geht. Niemand achtet auf die Diener. Es ist zwar etwas weniger dreist, dafür sicherer für euch."

„Das klingt nach einem guten Vorschlag. Das heißt, der Liktor und ich sind diejenigen, denen die Ehre zufällt, sich in den Palast zu begeben." Gundras Gesicht verzog sich.

„Erst Hure, jetzt Dienerin, ein gesellschaftlicher Aufstieg", frotzelte Eisenarsch.

Gundras Gesicht wurde rot vor Wut, aber sie schwieg.

„Die Kleidung für die Diener lassen wir bei einem Schneider, nicht weit von hier, herstellen. Dort könnten wir für euch etwas besorgen. Man kennt mich dort und niemand wird dumme Fragen stellen." Marak hob die Hände, damit man ihm die Fesseln durchschnitt.

Mit einem schnellen Seitenblick verständigte sich Eisenarsch und Skiril, der schließlich mit einem Messer die Fesseln des jungen Mannes durchtrennte. „Wenn du uns betrügst, wirst du es bereuen",warnte er.

„Keine Angst, ich will selbst wissen, was hinter dieser ganzen Sache steckt. Außerdem bin ich nur ein harmloser Bücherwurm."

„Diener sind höflich und zuvorkommend", raunte Skiril, als sie durch das Tor gingen.

„Das bin ich immer." Gundra zupfte an dem roten Rock, der einen Teil ihrer Waden zeigte, die in weißen Strümpfen steckten.

„Dann sag das deinem Gesicht auch. Du siehst aus wie ein Dorfmädchen, dem man die Unschuld geraubt hat."

„Wenn sich jemand damit auskennt, dann du."

„Ihr solltet eure Probleme klären, wenn ihr herausgefunden habt, was wir wissen wollen", sagte Marak.

Die Zwerge und den Hund hatten sie beim Schnapshändler zurückgelassen. Dort würden sie warten, bis Skiril und Gundra zurückkehrten.

„Guten Morgen, Herr", begrüßte ein Wachsoldat den Bibliotheksmeister freundlich. Skiril würdigte er keines Blickes. Nur ein kurzer Blick auf Gundras Beine verriet sein Interesse an den unbekannten Dienern.

„Guten Morgen", antwortete Marak höflich. „Es ist bei mir etwas später geworden, da habe ich direkt die neuen Hausdiener aufgelesen, dann muss der Hofmeister später nicht noch einmal einen Weg machen."

Sie gingen weiter und achteten nicht weiter auf die Soldaten, die in regelmäßigen Abständen Posten bezogen hatten.

„Ich bringe euch bis zu den inneren Gemächern. Von dort aus müsst ihr alleine euren Weg finden", raunte Marak über die Schulter.

„Danke für deine Hilfe."

„Bedanke dich, wenn du alles herausgefunden hast, was wir wissen wollen, Liktor."

Luzil

Sein Zauberjägeramulett reagierte umgehend auf die magische Entladung und ein grüner Schutzschild flammte um ihn herum auf.

Auf den Gesichtern der drei Wesen huschte der Schatten eines Staunens.

Luzil hatte den Eindruck, dass die drei Wesen sich beratschlagten, denn keiner rührte sich. „Nimm eines der Amulette und hänge es dir um den Hals", zischte er zu Isela, die sofort verstand und sich nach dem Amulett eines toten Legionärs bückte und schnell umhängte.

Eines der Wesen mit den schrägen Augen kam langsam näher. Es trug einen leichten Schuppenpanzer. Eine Waffe konnte Luzil nicht erkennen.

„Ich komme in Frieden!", versuchte Luzil es erneut. Diesmal erfolgte keine feindliche Reaktion.

„Das gefällt mir nicht", sagte Isela leise.

Das Wesen, welches sich ihnen genähert hatte, winkte ihnen zu und bedeutete ihnen so, ihm zu folgen. Nach ein paar Schritten drehte es sich wieder um und winkte abermals.

„Was machen wir?" Isela legte ihre Hand auf den Arm ihres Mannes.

„Wir folgen ihnen, schließlich sind wir hier, um zu sehen, was hier los ist."

„Und wenn sie feindlich sind?" Isela wirkte besorgt.

„Dann können wir daran nichts ändern. Folgen wir ihnen erst einmal und sehen, was passiert."

Luzil wurde während der Wanderung das Gefühl nicht los, dass sie beobachtet wurden. Von Zeit zu Zeit hörten sie einen Schrei von diesen vogelartigen Wesen. Sie schienen Angst vor den Wesen mit den schrägen Augen zu haben.

Wenn sie sich fürchten, sollten wir es nicht auch? Luzils Gedanken waren trüb, weil er die Männer verloren hatte, die unter seinem Kommando gestanden hatten. Nicht einmal für ein ordentliches Begräbnis hatten sie sorgen können. Kameraden so zurückzulassen erfüllte ihn mit Trauer. Isela spürte seine schlechte Stimmung.

„Wenn sie uns zu ihrem Herrscher bringen, bin ich nicht angemessen gekleidet", scherzte Isela.

Aus den Gedanken gerissen kicherte Luzil. „Ohne Kleidung bist du mir sowie am liebsten." Im Dämmerlicht konnte er sehen, wie seine Frau leicht errötete. Zwar waren ihnen keine Kinder vergönnt gewesen, aber sie führten ein gutes Leben. Vielmehr hatten sie geführt, bis der König ihn abgesetzt hatte.

Sie marschierten ihren Führern hinterher, hielten aber einen Abstand ein. Ab und an vergewisserte sich eines der Wesen, ob sie ihnen folgten. Bald lag die Waldgrenze hinter ihnen und sie marschierten über eine offene Landschaft, aber immer auf einem befestigten Weg.

„Isela, darf ich dich etwas fragen, was vielleicht unangenehm ist?" Luzil rieb sich die kleine Narbe an der Augenbraue.

„Nach zehn Jahren Ehe muss es dir doch nicht unangenehm sein, mich etwas zu fragen", gab Isela zur Antwort. „Also?"

„Ich dachte nicht, dass die Frage mir unangenehm sein könnte, sondern dir." Luzil holte tief Luft. „Hättest du mich damals zum Mann genommen, wenn Thom damals nicht ums Leben gekommen wäre?"

Eines der Wesen drehte sich wieder um und bedeutete ihnen, ihnen weiter zu folgen.

„Luzil, ich liebe dich, das weißt du hoffentlich." Isela strich sich durch die blonden Haare. „Die Wahrheit ist, dass ich es nicht weiß. Ich war damals verliebt in Thom, aber dann kamst du. Du warst real, du warst und bist ein starker Mann, der seinen Willen durchsetzen kann und der es geschafft hat sich hochzudienen. Thom war immer unerreichbar für alle. Er hat mir damals zwar das Leben gerettet, aber ich hatte niemals das Gefühl, dass er sich für mich interessierte. Zumindest nicht wie sich ein Mann für eine Frau interessieren kann. Wenn er es damals getan hätte, weiß ich nicht, ob ich mich für dich entschieden hätte."

Luzil schwieg einen Augenblick, bevor er antwortete. „Zumindest war es eine ehrliche Antwort."

„Mehr kann ich dir nicht bieten. Und meine Liebe. Ich will mit dir alt und grau werden und anders kann ich dir meine Liebe nicht beweisen."

„Schon gut, es war eine dumme Frage", entschuldigte sich Luzil. Dann merkte er auf. „Sag mal, riechst du das auch?"

Isela schnupperte. „Ja, das riecht wie gebratenes Fleisch. Anscheinend kommen wir zu einer Art Lager."

Tatsächlich schimmerte in einer Mulde ein Feuer. Darum herum saßen ein halbes Dutzend der fremden Wesen.

Einige der Wesen standen auf und kamen ihnen entgegen. Aber Luzil hatte nur Augen für das, was über dem Feuer hing. Zwar war die Haut verbrannt und das Fleisch saftig gebraten, aber es war unverkennbar ein Mensch!

Krok

Züleyha hatte sich mit Clada, Atriba und Pradan dem Schmied dem Wagen angeschlossen, auf dem die Männer saßen. Die gefangenen Zauberjäger hatten sie im Wald zurückgelassen. Züleyha war der Meinung, dass sie sich selbst befreien würden.

„Wie geht es ihm?", rief Krok über die Schulter, über den Lärm der ratternden Räder hinweg.

Tuvindir saß mit Doran auf der Ladefläche und benetzte die Lippen des ohnmächtigen Gadahs mit Wasser. „Er atmet nur flach. Beeil dich, treib die Pferde an."

Krok ließ eine kurze Peitsche über die Köpfe der Tiere hinweg knallen und schnalzte mit der Zunge.

„Wann sind wir denn da? Und was erwartet uns dort?" Züleyha ritt auf ihrem Pferd neben dem Wagen her.

„Wo wir jetzt hinkommen, sind Legionäre und einige Gelehrte. Sie werden ihm hoffentlich helfen können, aber dafür müssen wir rechtzeitig dort ankommen. Es ist eine Art Lazarett." Tuvindir strich dem ehemaligen Kriegskonsul die schweißnassen Haare aus der Stirn.

„Was für eine Art Lazarett?", hakte Züleyha nach und hielt Zara vor sich fest.

„Wartet ab. Ihr werdet verstehen, wenn wir dort sind."

Gadah murmelte etwas Unverständliches vor sich hin. Er lag im Delir und war dem Tode näher als dem Leben.

„Wir sind gleich da. Wenn wir dort sind, lasst mich reden. Ich habe Freunde und ich weiß, dass der Offizier kein Anhänger von Olizu ist".

Kurze Zeit später, sie bogen um einen Felsen, sahen sie das Lager.

Ein Posten kam ihnen entgegen. „Halt", rief er langgezogen. „Was wollt ihr hier?"

Tuvindir sprang vom Wagen, bevor Krok die Pferde vollends zum Stehen brachte. „Vitaris, stell jetzt keine unnötigen Fragen, bring mich zum Centurio, es eilt."

„Tuvindir! Was machst du denn hier? Ich denke, du hast Dienst beim Steinbruch."

„Schwing deinen Arsch. Zum Centurio, aber schnell." Tuvindir zog den Wachposten mit sich und sie verschwanden in einer Unterkunft.

Krok sah sich kurz um und erkannte, dass sie hier in einem Armeelager waren, was für eine große Anzahl an Legionären gebaut worden war. Derzeit waren aber wenige Soldaten zu sehen. Außer dem Wachposten war hinter der Holzpalisade nur rund zwei Dutzend Soldaten.

„Fällt dir etwas auf?" Atriba sah nachdenklich aus.

Krok nickte und kratzte sich an der Wange. „Sehr wenige Soldaten für ein solch großes Lager."

„Genau das. Und diejenigen, die hier sind, sehen nicht kampffähig aus."

Der ehemalige Gladiator musste Atriba zustimmen. Die Soldaten trugen zwar saubere Uniformen, aber sie bewegten sich wie kranke Männer. Langsam und ungelenk. Einige sahen ausgemergelt aus.

Tuvindir kam wieder aus der Hütte, mit einem kleinen Centurio im Schlepptau, der fast so hoch wie breit erschien.

Grußlos ging der Offizier an den Anwesenden vorbei und kletterte auf den Wagen.

„Erkennst du ihn?" Tuvindir stand neben dem Centurio und zog die Decke von Gadah, der nur noch unregelmäßig atmete.

„Ja." Der namenlose Offizier zog mit Zähnen an seiner Unterlippe. Er zögerte, eine Entscheidung zu treffen.

„In Ordnung. Bringt ihn hinein zum Magier, er soll zusehen, was er ausrichten kann."

Der kleine Centurio sprang vom Wagen und bellte einige Befehle an die Legionäre, die dem Wagen entgegenkamen, um Gadah vom Wagen zu helfen.

Gadah

In seinen Eingeweiden brannte ein scharfer Schmerz, der ihn von innen heraus verzehrte. Er spürte förmlich, wie er ausblutete. Er fror und gleichzeitig schwitzte er aus allen Poren.

Er fühlte, wie viele Hände nach ihm griffen und ihn hochhoben. Die Sonne blendete ihn kurz, bevor er wieder im Dunklen war.

Die Hände legten ihn ab und er hörte sich selbst aufstöhnen vor Schwäche und Schmerz.

„Schnell, schnell, er hat nicht mehr lange. Zieht ihn aus." Die Stimme drang wie durch einen dichten Nebel zu ihm. „Schneidet die Kleider herunter, beeilt euch."

„Sagt Milana, dass ich sie liebe", murmelte Gadah in sich hinein.

„Was hat er gesagt?", fragte eine Stimme.

„Egal", sagte jemand.

„Zieht ihn aus", befahl die erste Stimme und Gadah spürte, wie ihm die Kleidung vom Körper gerissen wurde.

„Es besteht nicht mehr viel Hoffnung, aber wir versuchen es. Geht jetzt alle hinaus, ich mache weiter."

Schritte, Türen wurden geschlossen. Er hätte gerne die Augen geöffnet, aber seine Müdigkeit war bleischwer.

Ein kurzer Schmerz an seinen Arm, dann fühlte er, wie etwas in ihn hinein sickerte. Heiß und kalt gleichzeitig. Ätzend und sanft.

Schlagartig wurde Gadah kotzübel und er spürte, wie sich sein Magen hob.

Ein Gefäß wurde an seine Lippen gehalten und aus einem Reflex heraus schluckte er. Bittere Flüssigkeit rann seine Kehle hinab und breitete sich in seinem Magen aus. Die Übelkeit ließ nach aber die Schwäche blieb.

„Jetzt kommt der schwierige Teil", sagte die Stimme und Gadah spürte an seinem anderen Arm einen stechenden Schmerz. Diesmal sickerte es heiß in ihn hinein.

Tief in seinem Unterbewusstsein regte sich das Wissen, was er als Heiler erworben hatte. Jemand spülte Flüssigkeiten in ihn hinein.

Als sich die Flüssigkeiten in seinem Blut trafen, explodierte die Welt in einem roten Strudel.

Sein Körper besaß kein Gewicht mehr, aber er war immer noch an ihn gebunden. Er sah sich mit dem Schwert in der Hand üben, dann fuhr er in seinen Körper und er stand einem gerüsteten Krieger gegenüber. Angriff um Angriff wehrte der Gerüstete ab. Egal wie sich Gadah anstrengte, er konnte die Deckung nicht niederreißen. Plötzlich zog sein Kontrahent seinen Helm ab und das Gesicht von Osan erschien. Ein alter Kamerad. „Gadah, du bist überfällig. Du bist der Letzte, der noch am Leben ist."

Wieder ein Licht und Szenen aus vergangenen Kämpfen zogen an ihm vorbei. Alle Menschen, die er getötet hatte, sah er wieder. Alte Kameraden redeten mit ihm. Niemals konnte er antworten, zu schnell wechselten die Szenen.

Dann sah er Thom, gekleidet in seinem schwarzen Kettenhemd und Mindokar in der Hand. Alle Einzelheiten des Kampfes durchlebte er neu. Er spürte jeden Schnitt und jeden Schlag, den die beiden Kämpfer ausführten.

Letztendlich hauchte Thom in seinen Armen sein Leben aus. Die alte Trauer stieg in ihm hoch.

Dann stand er vor dem Scheiterhaufen, auf dem Thoms Leiche verbrannt wurde, lichterloh schlugen die Flammen hoch und Gadah spürte die Hitze auf seinem Gesicht.

„Was schaust du so traurig drein?"

Erschrocken drehte sich Gadah zur Seite. Thom stand neben ihm und sah auf seinen eigenen Scheiterhaufen. „Was machst du hier?"

„Die Frage ist vielmehr, wo du bist, mein Meister." Thom neigte leicht den Kopf.

„Es tut mir leid", stammelte Gadah.

„Was genau, Gadah? Dass du mich zu einem der besten Krieger gemacht hast, der auf der Welt gewandelt ist, oder weil du mich in die nächste Welt geschickt hast?"

Tränen stiegen in Gadahs Augen. „Ich habe dich geliebt, wie einen Sohn und du bist durch meine Hand gestorben. Die letzten zehn Jahre habe ich jeden Tag an unseren Kampf gedacht. Jeden Tag sah ich in deine gebrochenen Augen. Zehn Jahre!" Die letzten Worte stieß Gadah heulend hervor.

„Meister, du hast mich damals, nach dem Tod meiner Familie gelehrt, dass die Überlebenden die Pflicht haben weiterzuleben. Durch dich habe ich damals meinen Lebensmut wiedergefunden. Ich habe Lydia zur Frau genommen."

Gadah blinzelte und der Scheiterhaufen verschwand. Vor ihm tauchte ein Haus auf.

„Unser Hof", erklärte Thom kurz.

„Bin ich tot?"

„Nein, du stehst auf der Schwelle zwischen Leben und Tod. Ich war einmal in der gleichen Situation."

„Das war, bevor du zu den Nekromanten geritten bist", erinnerte sich Gadah.

Thom nickte. „Damals sah ich alles ganz klar vor mir. Khulat, der Totengott zeigte mir, was ich tun musste. Meine Belohnung siehst du hier." Er breitete seine Arme aus.

Lydia erschien auf der Veranda des Hauses und winkte Gadah zu.

„Lydia", flüsterte Gadah. „Ihr habt wieder zueinandergefunden."

„Ja, und nicht nur sie, meine Eltern sind hier. Meradon besucht uns ab und zu. Alle guten Menschen in meinem Leben sind hier versammelt. Nur du fehlst."

„Vielleicht werde ich bald hier sein."

Sie gingen auf das Haus zu und ihm fiel zum ersten Mal auf, dass er keine Schmerzen mehr hatte. Lydia begrüßte sie stürmisch mit einem Kuss. „Es ist schön, dich zu sehen", sagte sie.

„Heißt das, du bist mir nicht böse?", wandte sich Gadah an seinen ehemaligen Schüler.

„Natürlich nicht. Alles war Bestimmung und wir waren die Werkzeuge, um die Nekromanten zu vernichten." Thom legte ihm die Hand auf die Schulter. „Deine Aura wird schwächer, du wirst in die Welt der Lebenden zurückkehren." Er sah Gadah fest in die Augen. „Mach dir keine Vorwürfe mehr, es ist nichts geschehen, wofür du dich grämen müsstest. Leb weiter, denke daran, was du mir damals gesagt hast und beherzige deinen eigenen Rat." Thom umarmte ihn kurzerhand. „Lebe für deine Lieben weiter", flüsterte er ihm ins Ohr.

Das Bild von Thom und Lydia schwand vor seinen Augen, gleichzeitig hatte er das Gefühl, keine Luft mehr zu bekommen. Panik stieg in ihm auf und er hörte sich selbst schreien ...

Dann schlug er die Augen auf. Verschwommen sah er Schemen um sich herum stehen. „Er hat es überstanden. Jetzt muss er sich erholen", hörte er eine angenehme Männerstimme.

„Schlaf, Herr. Dein Körper ist geschwächt und braucht Ruhe." Jemand drückte ihn sanft auf das Lager zurück und er glitt in einen tiefen Schlaf.

Skiril

Er war zum ersten Mal ohne Begleitung eines Ortskundigen im Palast unterwegs und er verfluchte sich dafür, keinen Plan der Gänge mit sich zu führen. Gänge kreuzten sich, zweigten ab und führten in Räumlichkeiten und Säle.

Die anderen Diener, die ihm begegneten, kannten ihn nicht, sprachen ihn aber auch nicht an. Wahrscheinlich war es nicht üblich unter dem Personal, während der Arbeit miteinander zu reden.

Marak hatte ihm den Weg zur Bibliothek und zum Arbeitszimmer des Königs beschrieben. Hier wollte er sich umschauen und nach Beweisen suchen. Er nahm den beschriebenen Weg zum Arbeitszimmer und passte auf, dass niemand ihn beim Hineinschlüpfen sah. Drinnen brannte nur eine heruntergedrehte Öllampe und warf ein schwaches Licht auf die Unterlagen und die kleine Sammlung an Büchern in dem Raum. Er setzte sich an den breiten Schreibtisch, der einen Großteil des Raumes einnahm und begann die Papiere zu überfliegen. Nichts von Belang war hier zu finden. Er drehte die Flamme der Lampe wieder herunter und stand auf. Sein Blick schweifte über die Bücher im Regal, aber auch dort fand er nichts Interessantes. Enttäuscht schnaufte er und wandte sich zum Gehen.

Er spähte durch die Türe, versicherte sich, dass niemand im Flur war und schlüpfte dann durch die Türe. Er sah nicht, woher der Schlag kam, aber er traf ihn satt im Nacken. Schwer ging Skiril zu Boden und rührte sich nicht mehr.

„Du, wach auf."

Ein spitzer Finger, pikte ihn in den Rippen.

Skiril machte eine wegscheuchende Handbewegung. Sein Schädel brummte wie nach dem besten Gelage.

„Mach endlich die Augen auf. Ich will wieder auf meine Pritsche."

„Verpiss dich!", nuschelte Skiril und versuchte ein Auge zu öffnen. Schwindel erfasste ihn.

Was war passiert, ging es ihm durch den Kopf. Dann erinnerte er sich wieder. Er war im Arbeitszimmer gewesen und hatte eins über den Schädel bekommen. Skiril setzte sich auf und hielt sich den Kopf. Ein Stöhnen konnte er nur mühsam unterdrücken.

„Los, was ist? Rutsch zur Seite."

Genervt konzentrierte sich Skiril auf den Störenfried. Vor ihm stand ein Mann, leicht abgemagert und mit zerzaustem Haar.

„Wo bin ich hier?" Der Blick des Centurios klärte sich. Vor ihm stand Uliniud der Rote. Vor ein paar Tagen hatte er ihn verhaftet und in den Kerker gebracht.

„Willkommen im Kerker des Königs, Liktor." Uliniud zeigte zwei makellose Zahnreihen. „Ich habe gehofft, dass wir uns einmal sehen. Ich bin dir etwas schuldig."

Skiril schwante Übles.

„Was willst du mir schuldig sein?"

„Das hier."

Der Rothaarige holte aus und rammte seine Faust in Skirils Gesicht. Sein Kopf flog nach hinten und schlug an die Wand.

Sterne tanzten vor Skirils Augen und er sackte wieder in die schmerzlose Welt der Dunkelheit.

Das nächste Erwachen war schmerzhafter. Er wusste nicht, wie lange er ohne Besinnung gewesen war, aber in seinem Kopf brummte es, wie in einem Bienenstock.

Skiril lag nicht mehr auf der Pritsche, sondern auf dem harten Boden, der nur mit stinkendem Stroh bedeckt war. Er wollte lieber nicht wissen, wann es das letzte Mal gewechselt worden war. Er setzte sich auf und ignorierte den Schwindel in seinem Kopf.

„Da wir beide im gleichen Loch sitzen, sind wir jetzt quitt." Uliniud schlürfte etwas aus einer Schale und deutete auf ein zweites Gefäß vor der Zellentüre. „Nimm was von der Brühe. Du wirst hier deine Kraft brauchen."

„Was ist das? Wasser?"

Der rothaarige Mann zuckte mit den Schultern. „Suppe, Wasser, Pisse, mit viel Glück etwas Brühe. Man kann hier nicht allzu wählerisch sein."

Skiril verzog das Gesicht. „Wie lange war ich weggetreten?"

„Einen halben Tag. Du scheinst Schlaf nötig zu haben." Uliniud grinste.

Der Liktor rieb dich das Kinn. „Du warst nicht unbeteiligt daran."

Der Magier breitete die Arme aus. „Du an meinem Aufenthaltsort ebenfalls nicht. Ich schlafe auch lieber in weichen Betten, mit einer schönen Frau an meiner Seite."

„He, ihr Schwätzer, hier versuchen Leute etwas Schlaf zu bekomme. Haltet die Schnauzen", schrie einer der Gefangenen aus der Nebenzelle.

„In was für einem Irrenhaus bin ich denn hier gelandet?" Skiril stand auf und ging zur Zellentüre. Eine vergitterte

Öffnung, rechteckig, grade eben so groß, dass man das Gesicht davorhalten konnte, war in die Türe eingelassen. Skiril legte seinen Brummschädel an die Eisenstäbe und starrte ins Dunkle.

„Ich grüße dich, Liktor." In der Zellenöffnung gegenüber erschien ein Gesicht und Skiril zuckte erschrocken zurück. Die Stimme, das Gesicht, er kannte den anderen Gefangenen.

„Das kann nicht sein", flüsterte der Liktor.

„Doch, es ist wahr, traue deinen Augen", antwortete der Sprecher mit ruhiger Stimme.

Skiril glaubte nicht, was er sah und hörte. Der Gefangene in der Zelle gegenüber war jemand, der nicht hiersein dürfte ...

Gundra

Die Flure zogen sich, aber ihr unauffälliges Äußeres half ihr, unsichtbar für die wenigen Menschen zu sein, die ihr begegneten. Sie schlich voran, zu dem Raum, in dem das Portal stehen sollte, Skiril wollte später nachkommen. Aber irgendetwas stimmte nicht. Sie fühlte es. Er steckte in Problemen. Sie blieb stehen und horchte in sich hinein. Schon als Kind hatte sie die Gabe besessen, Schwierigkeiten zu spüren. Beim Tod ihres Vaters hatte sie eine Vision gehabt von einer abstürzenden Taube, beim Tod ihrer Mutter bekam sie Fieber. Jetzt bekam sie ziehende Kopfschmerzen, sah doppelt und musste sich an der Wand abstützen.

„Schwester Gundra, dich hier zu sehen bereitet mir eine unsagbare Freude."

Gundra straffte sich. „König Norderstedt?" Sie drehte sich um und sah den untersetzten Mann am Ende des Ganges stehen.

„Ja, in meinem bescheidenen Haus." Er kicherte leise. „Und du? Was führt dich in diesem Aufzug hierher?"

Sie fasste sich an die Schläfe. „Ich bin hier, um etwas zu überprüfen", gab sie unumwunden zu.

„Meinst du die Geschichte, die dir mein Bibliotheksmeister erzählt hat?" Er kam näher und Gundras Kopfschmerzen nahmen zu. „Ich will dir selbst das Portal zeigen. Komm mit." Er streckte die Hand aus und winkte ihr zu, damit sie ihm folgte.

Gundra verstand nicht warum, aber sie folgte ihm. In ihrem Kopf drehte es sich, aber sie konnte sich auf den Beinen halten. Sie musste sich nur darauf konzentrieren.

Norderstedt führte sie durch die verzweigten Gänge und ging schnellen Schrittes voraus. Er führte sie eine lange Treppe hinunter und dann stand sie in einem großen Raum. Kühle Luft ummantelte sie und bescherte ihr eine Gänsehaut.

„Sieh dich nur um, Schwester Gundra, du wirst nichts mehr davon haben." Norderstedt wandte sich ihr wieder zu und auf seinem Gesicht machte sich ein bösartiger Ausdruck breit.

Gundras Kopfschmerzen nahmen unter dem Blick des Königs zu und in ihrem Schädel pochte es, dass sie meinte, sie würde gleich umkippen. „Wie ... wie meinst du das, Herr?", brachte sie mühsam hervor.

„Du wirst hier das Geheimnis lüften, welches dich quält."

Gundra nahm sich zusammen und versuchte, einen klaren Gedanken zu fassen. „Du weißt, wer die Morde begangen hat?"

Norderstedt wieherte los vor Lachen. Es klang bösartig und falsch. „Nicht nur das." Er ging zu dem Portal und berührte die Symbole, die es benötigte, um aktiviert zu werden. „Weißt du, ihr habt mir einen großen Gefallen getan, als ihr wieder zurückgekommen seid. Ich wusste, dass ihr versuchen würdet, über meinen Bibliotheksmeister wieder in den Palast zu gelangen. Er war der einzige Schwachpunkt."

„Das heißt, du hast uns eine Falle gestellt mit dem Bibliotheksmeister?"

„Ja, und nicht einmal mein treuer Bibliotheksmeister hat davon gewusst. Wenn man immer die Nase in den Büchern stecken hat, verliert man sich darin und den Blick für das Wesentliche gleich mit." Die Stimme des Königs wurde dunkler und sein Blick trüb. „Er wird von dem Tag erzählt haben, an dem ich durch das Portal auf die andere Seite gegangen bin."

Sie brachte nur ein Nicken zustande, was ihr schon Übelkeit bereitete.

„Nun, mit einem hatte er recht." Der König streckte sich und an seiner Stirn bildete sich ein Riss in seiner Haut. „Es kam nicht derjenige zurück, der hinein gegangen ist." Der Riss wurde breiter und entblößte eine gräuliche Haut. Norderstedt, oder was immer er war, griff nach den beiden Hauthälften, die von seinem Schädel hingen, und riss sich das Gesicht herunter.

Gundra wollte zurückschrecken und davonlaufen, aber ihre Beine waren wie gelähmt und sie konnte sich nicht rühren.

Unter der Haut Norderstedts erschien eine graue Haut und schrägstehende rote Augen. Die Gestalt streckte sich und wurde größer, überragte sie um zwei Kopflängen. Kein Mund zierte das geschlechtslose Gesicht.

Komm näher und betrachte das Portal aus der Nähe, formte sich ein Gedanke in Gundras Schädel. Sie konnte nicht anders als gehorchen und so setzte sie sich in Bewegung.

Du kannst hindurchschreiten, auf der anderen Seite erwarten dich meine Brüder und Schwestern, schwebte ein weiterer Gedanke durch ihren Geist. Sie ging an dem Wesen vorbei und sah, wie das Portal weiß aufflammte. Ihre Schritte waren schwer und müde und ihr Kopf drohte vor Schmerzen zu platzen. Sobald das Licht sie gänzlich umhüllte, verlor sie vollends die Besinnung.

Luzil

„Wir müssen sofort hier weg. Egal wer diese Wesen sind, sie haben nichts Gutes mit uns im Sinn." Luzil hielt Isela am Arm fest und blieb stehen.

Einige der großen Gestalten lösten sich aus der Gruppe, die um den Braten standen und gingen ihnen entgegen.

Luzil spürte, wie ein leichter grüner Schimmer über seine Haut flimmerte. „Sie wollen ihre Magie anzuwenden." Er wandte sich ab und zog Isela hinter sich her, als er loslief.

„Wo sollen wir denn hin?", keuchte Isela.

„Egal wohin. Hauptsache wir bringen möglichst viel Abstand zwischen uns und diese Schlitzaugen." Er lief querfeldein, hinein in die Dunkelheit. Seine leichte Rüstung behinderte ihn kaum beim Laufen. Isela folgte ihm zwangsläufig, da er ihre Hand immer noch festhielt.

Sie liefen blind in der Dunkelheit, bis sie zu einer Gruppe Bäume kamen und sich hinter einem großen Laubbaum verstecken konnten. Dort verschnauften sie.

„Folgen sie uns?", keuchte Isela.

Luzil spähte um den Baumstamm herum. „Nein, es ist nichts zu sehen." Er spuckte aus. „Ich kann nur schwach den Feuerschein erkennen."

„Warum bist du überhaupt losgelaufen, wie von der Schlange gebissen?"

„Sie hatten Menschen über dem Feuer hängen. Ich hatte keine Lust, als Abendessen dieser ... was auch immer sie, sind zu enden."

Isela Magen stieg hoch, aber sie beherrschte sich.

„Komm, wir müssen weiter", forderte Luzil seine Frau zum Aufbruch auf.

„Wo willst du denn hin?"

„Ich will sehen, wie dieses Land tagsüber aussieht, ob es eine Stadt gibt. Aber wenn wir bis zum Mittag nichts finden, kehren wir zum Portal zurück und kehren heim."

Sie gingen weiter und versicherten sich ab und an, dass sich niemand auf ihre Fährte gesetzt hatte. Schnellen Schrittes hielten sie auf eine Erhebung zu, die sich östlich von ihnen am dunklen Horizont abzeichnete.

„Warum haben sie uns nicht verfolgt?", überlegte Isela laut.

„Entweder weil wir für sie keine Bedrohung darstellen oder ... ich weiß es auch nicht."

Krok

Er schlenderte durch das Lager und schaute sich alles genau an. Neben der Baracke mit den Behandlungsräumen gab es eine Art Lazarett, in dem Menschen lagen. Einige Wachen hatten Posten bezogen und hielten die Umgebung im Auge. Die Holzpalisade rings um das Lager war mehr symbolischer Natur und hätte einem ernsthaften Angriff nicht standgehalten.

Tuvindir näherte sich ihm. „Er muss jetzt schlafen und dann wird er wieder genesen."

„Dann hoffen wir, dass er sich schnell wieder erholt." Krok blickte sich demonstrativ um. „Was ist das für ein Lager?", fragte er schließlich.

„Der Centurio wird es euch gleich erklären. Ich soll dich holen, damit wir über einige Dinge sprechen." Tuvindir ging voraus und Krok folgte ihm in einen der Baracken, die für die Mannschaften zur Verfügung standen. Drinnen wurden sie schon erwartet. Atriba und Züleyha hatten sich an einen

Tisch gesetzt. Der Centurio stand in der Mitte des Raumes und die Zwillinge hockten mangels Platz auf dem Boden.

„Mein Name ist Centurio Villiuc", begann der gedrungene Mann seine Ansprache. „Ich bin der Kommandant dieses Lazarettlagers, welches auf Geheiß des Königs eingerichtet worden ist." Der Offizier unterbrach seine Ansprache kurz, als ein schmaler, grauhaariger Mann mit verkniffenem Blick den Raum betrat.

„Jetzt sind wir vollständig", fuhr Villiuc mit sanfterer Stimme fort und wandte sich den Frauen zu. „Ich möchte euch hier willkommen heißen, auch wenn die Umstände nicht glücklich sind." Er wandte sich an Tuvindir und Krok. „Im Gegenteil. Ihr habt uns regelrecht in die Scheiße geritten." Er räusperte sich kurz. „Und da wir alle bis zum Hals in dem gleichen Haufen sitzen, denke ich, habt ihr das Recht zu erfahren, was wir hier machen." Er gab dem Gelehrten ein Zeichen, woraufhin dieser sich nervös durch die Haare fuhr und in die Mitte des Raumes, neben den Centurio trat.

„Wir haben auf Befehl des Königs angefangen, eine Armee aufzubauen. Eine Armee aus Legionären, die ..." Er stockte.

„Die ein verändertes Blut haben", vollendete Atriba den Satz anstelle des Gelehrten.

„Woher weißt du das, Botschafterin?", schnappte der Centurio.

„Weil ich mich umgeschaut habe. Ich kenne die alten Aufzeichnungen und weiß, welche Experimente in den Kriegen durchgeführt wurden, damit man bessere Soldaten erhalten kann."

„Ja, du hast recht", stimmte der Gelehrte ihr zu. „König Norderstedt gab uns den Befehl, die Menschen, die er überall gefangen nehmen ließ zu behandeln."

„Du meinst verstümmeln", fauchte Atriba.

„Langsam, langsam", mischte Krok sich ein. „Wovon redet ihr?"

„Das würde ich auch gerne erfahren", stimmte Züleyha ihm zu.

„Das kann ich dir sagen", fuhr Atriba fort. „In den alten Kriegen wurden Experimente durchgeführt, bei denen Soldaten gewisse Dinge ins Blut gespritzt wurden, um ihnen Eigenschaften zu verleihen, über die kein Mensch von Natur aus verfügt. Einige wurden unempfindlich gegenüber Schmerzen, andere wurden nie müde." Sie wandte sich an den Gelehrten. „Welche Eigenschaften besitzen diese Menschen, die hier behandelt wurden?"

Der Gelehrte tauschte einen schnellen Seitenblick mit dem Centurio aus, der ihm knapp zunickte. „Unser Serum im Blut der Männer bewirkt, dass sie magieresistent sind und gesteigerte Kräfte haben." Er blickte zu Boden, als ob er sich schämte.

„Und wofür das?", fragte Krok.

„Der König gab uns den Befehl dazu", antwortete der Gelehrte, fast klang es wie eine Entschuldigung.

„Und wo sind die Menschen, die behandelt wurden?", hakte Atriba nach.

„Sie sind auf dem Weg in die Hauptstadt. Sie sollen die Zauberjäger dort verstärken. Diejenigen, die du hier siehst, sind diejenigen, die die Behandlung nicht gut überstanden haben."

Angewidert beugte sich Züleyha nach vorne. „Das bedeutet, dass ihr Menschen gefangen habt, sie für euch arbeiten lasst oder gegen ihren Willen an ihrem Körper Veränderungen vornehmt?"

„Nicht gegen ihren Willen", antwortete der Centurio. „Diejenigen, die der Behandlung unterzogen wurden, haben keinen eigenen Willen mehr."

„Was?", entfuhr es Krok. „Wie soll das gehen?"

„Indem sie den Willen erst mit Gewalt oder einem Serum brechen", warf Atriba ein.

„Das stimmt. Und dann bekommen sie das zweite Serum, hergestellt aus dem Metall, aus dem die Zauberjäger ihre Amulette gefertigt haben. Deswegen ist das Arbeitslager nicht weit von hier."

„Und die Menschen, die sich dort befinden? Sollen die auch dieses Serum bekommen?" Atriba schnaubte wütend.

„Nein, diese waren nur für die reine Arbeit vorgesehen", gab Villiuc zu. „Sie entsprechen nicht den Voraussetzungen, die wir gebrauchen konnten."

„Du redest von Menschen, nicht von einem Stück Holz, was geschnitzt wird", sagte Atriba mit zusammengekniffenen Augen.

„Es ist eher vergleichbar mit einem Schwert, was man schmiedet." Der Gelehrte verfiel in einen Vortragston. „Die Menschen, die hier versammelt wurden ..."

„Gefangen genommen ...", warf Atriba ein.

Der Gelehrte ignorierte diesmal den Einwand der Botschafterin. „Die Menschen, die hier versammelt wurden, mussten gewisse Voraussetzungen haben. Zunächst einmal durften sie keine Form von Magie beherrschen. Dann durften sie nicht zu alt und nicht zu jung sein. Die Jungen konnten wir nicht gebrauchen, weil sie nicht voll entwickelt waren und die Alten nicht, weil sie zu schwach für die Prozedur sind. Da sie sich nicht freiwillig der Prozedur beugen würden, wurden sie in die Arbeitslager gebracht, damit sie müde und willenlos wurden. Einem durstigen Menschen kann man einen Eimer mit Pisse hinstellen, er wird ihn leertrinken."

Atriba funkelte böse in die Runde, schwieg aber diesmal.

„Mit jeder Mahlzeit wurde den Kandidaten etwas ins Wasser gemischt, was sie auf die Behandlung vorbereitete. Dann wurden sie nach und nach hierher gebracht und erhielten ihr Serum."

„Was hast du dem ehemaligen Kriegskonsul gegeben?", wollte Krok wissen.

„Er bekam ein Aufbauserum, damit er schneller genesen kann, ein Kraftserum damit sein Körper jünger und leistungsfähiger wird, sowie das Antimagieserum. Er wird sein Zauberjägeramulett nicht mehr benötigen. Sein Körper ist jetzt immun gegen jede direkte Form von Magie." Der Gelehrte schaute zu Villiuc, der wieder das Wort übernahm.

„Dadurch, dass Tuvindir euch hierher gebracht hat, ist es kein Geheimnis mehr, was wir hier getan haben."

„Außer du lässt uns alle umbringen", lachte Krok auf und behielt den Centurio im Auge.

„Es mag eure Zustimmung nicht finden, was wir hier getan haben, aber vergesst nicht, dass wir hier auf Befehl des Königs gehandelt haben." Der Centurio zeigte zum ersten Mal so etwas wie ein Lächeln. „Zudem muss mir nicht jeder Befehl schmecken, den ich ausführe. Mit der Rückkehr des Kriegskonsuls Gadah können wir vielleicht den verdammten Albino ablösen."

„Warum er und warum nicht Kriegskonsul Luzil?", fragte Züleyha.

„Kriegskonsul Luzil ist abgesetzt worden und unauffindbar. Einige Spione haben Nachforschungen angestellt, aber keiner hat etwas herausgefunden. Er ist wie vom Erdboden verschwunden. Zum anderen ist Kriegskonsul Gadah -der Blutlord- eine lebende Legende. Seinen Siegen ist es zu verdanken, dass unser Land nicht untergegangen ist."

Die Türe flog auf und ein blasser, verschwitzter Gadah stand im Rahmen. „Was erzählst du da für einen Mist?"

Krok stürmte zu dem schwankenden Gadah und stützte ihn. „Du solltest im Bett sein, nicht auf den Füßen."

„Lass mich, ich habe von draußen schon zu viel gehört, als dass ich mich jetzt wieder ins Bett legen könnte. Außerdem fühle ich mich besser als ich aussehe." Gadah trug nur seine Unterhose und einen Verband um den Leib. Trotzdem hätte sich niemand über ihn lustig gemacht.

„Kriegskonsul", salutierten Villiuc und Tuvindir mit einem Faustschlag aufs Herz.

„Lasst das", herrschte Gadah sie an, „Das ist vorbei. Lange vorbei."

„Du bist der einzige verfügbare Anführer, den die Schwarze Legion hat. Olizu ist ein Speichellecker und Luzil ist verschwunden." Villiuc sprach ruhig und konzentriert. „In diesem Moment sind die Soldaten aus diesem Lager auf dem Weg zur Hauptstadt und nur der König weiß, was er mit ihnen dort anstellen will."

„Ich bin ein alter Mann und nur durch eure Hilfe am Leben." Gadah wankte kurz, fing sich aber dann.

„Durch das Serum, was ich dir gegeben habe, werden deine Kräfte schnell zurückkehren und du wirst dich jünger fühlen. Sobald deine Verletzungen ausgeheilt sind, wird dein Körper so leistungsfähig sein, wie bei einem Dreißigjährigen." Der Gelehrte ging auf Gadah zu und zog ihm den blutigen Verband vom Leib. Darunter zeigte sich die schon verheilende Haut. „Durch die Mittel, die ich dir gespritzt habe, heilt dein Körper schneller."

„Faszinierend", murmelte Krok, „Vielleicht solltest du mir das Zeug in die Adern jagen, dann wächst mir ein neuer Arm." Er lachte leise.

„Untersteh dich", neckte Züleyha ihn, „Jetzt, wo ich mich an einen einarmigen Mann gewöhnt habe."

Atriba ging zu Gadah und strich mit kühlen Fingern über seine Bauchdecke. „In Anbetracht deiner Verletzung, die du vor ein paar Stunden hattest, ist das schon ein Wunder. Die Heilung ist so weit wie nach mehreren Wochen."

„Lasst das", murrte Gadah. „Ich bin doch kein Tanzbär, dem man durchs Fell streichelt und ein Stück Fleisch hinhält. Wo wir davon sprechen. Ich habe Hunger."

„Dein Körper verlangt nach neuen Säften", erklärte der Gelehrte.

„Ich weiß", gab der ehemalige Blutlord zurück. „Ich kenne mich damit ein wenig aus."

„Dann komm mit. Wir haben Fleischbrühe und gebratenes Schweinefleisch." Der Gelehrte wollte Gadah am Arm nehmen. Aber dieser zog ihn weg.

„Zara und der Schmied sind auch dort und essen etwas." Züleyha deutete auf einen Nebenraum, dessen Türe nur angelehnt war.

„Wieso hilfst du uns?" Gadahs Frage kam scharf und richtete sich an den Centurio.

Dieser erwiderte den Blick. „Mein Vater hat unter dir gedient. Sein größter Wunsch war, dass ich Soldat werde. Er ist vor zwei Jahren gestorben, hat aber noch meine Beförderung zum Centurio erlebt. Er war stolz auf mich. Ich kann mir nicht denken, dass er stolz darauf wäre, wenn er wüsste, was dieser weißhaarige Bastard uns befiehlt. Zudem kann ich den verfluchten Albino nicht ausstehen. Ich habe immer den Eindruck gehabt, dass er etwas im Schilde führt. Seit Kriegskonsul Luzil nicht mehr auffindbar ist, ist der Weißschopf befördert worden. Die Legion hat sich verändert. Irgendetwas Böses scheint in unseren Reihen zu sein, was von diesem Albino ausgeht. Viele der Offiziere sind nicht auf seiner Seite, aber du kennst die Armee. Bis man einen Vorgesetzten angeht, dauert es."

„Und jetzt ist dieser Punkt erreicht?", hakte Gadah nach.

„Ich habe hier zwar die Befehle ausgeführt, die man mir gegeben hat, aber ich fand es falsch. Nur mit den anderen Offizieren war nicht die Gelegenheit ..."

„... zu meutern", vollendete Gadah den Satz.

„Ja", stimmte Villiuc zu. „Mit dir sehe ich die Möglichkeit, dass wir den verdammten Albino absetzen."

„Du vergisst dabei, dass ich kein Interesse daran habe, die Legion wieder zu führen. Zudem wäre es zweifelhaft, ob die Männer mir folgen würden. Außerdem muss ich in das Arbeitslager zurück. Meine Frau und mein Sohn sind immer noch dort."

Tuvindir wechselte einen schnellen Blick mit seinem Centurio. „Herr, es sind immer eine Menge Soldaten dort. Und wir sind nur vier Männer." Der Optio deutete in die Runde.

„Und eine wehrhafte Frau", sagte Züleyha und straffte sich.

„Und eine Zauberin", sagte Atriba.

„Ihr habt mich vergessen", machte Doran auf sich aufmerksam. Er trug immer noch die Rüstung der Schwarzen Legion.

„Bitte alles, nur das nicht." Krok legte den Kopf in den Nacken. „Eine verzweifeltere Truppe kann man sich nicht vorstellen. Alte Leute, Kranke, Frauen und Kinder."

„Liebling, du siehst mal wieder alles ein wenig zu negativ." Züleyha gab ihm einen Klaps auf den Hintern.

„Genau, Liebling. Sieh nicht immer alles so schwarz", wiederholte Atriba und schlug Krok auf die andere Seite des Gesäßes. Sie zwinkerte seiner Frau zu.

Die Männer grinsten ihn an. „Der Nächste, der das versucht, wird seinen Kopf verlieren."

Gadah

Im Morgengrauen wachte er auf und reckte sich, ohne an die Verletzung zu denken. Er spürte nichts mehr von ihr. Gadah schlug das dünne Laken zur Seite, mit dem er zugedeckt war. Seine Bauchdecke war komplett verheilt und er fühlte keine Schmerzen mehr. Vorsichtiger schwang er seine Füße vom Bett und stand auf. Das Schwächegefühl von gestern war vollends verschwunden. Er reckte und drehte sich. Machte ein paar Kniebeugen. Keine Schmerzen.

„Unglaublich", murmelte er.

Er zündete die Kerze mit einem Span an. Die Haut an der Wunde war bereits vernarbt. Sein Bein bereitete ihm keine Beschwerden mehr. Auf dem Tischchen neben ihm lag eine Spiegelscherbe. Er sah hinein und schreckte zurück. Seine grauen Haare waren verschwunden und wieder schwarz, wie früher. Die Falten in seinem Gesicht waren zurückgegangen.

Was hatte der Gelehrte gesagt? Er würde wieder die Kraft eines Dreißigjährigen haben. Dass er wieder wie dreißig aussehen würde, hatte er ihm nicht gesagt.

Sein Magen knurrte vor Hunger.

Gadah drehte sich ein paarmal. Aber er konnte keine Gebrechen an seinem Körper feststellen.

„Du hast dich gut erholt."

Er wirbelte herum und sah jetzt erst Atriba in der dunklen Ecke des Raumes sitzen.

„Was machst du hier?"

„Ich war hier und habe auf dich aufgepasst. Ich muss schon sagen, dieses Serum, was man dir gespritzt hat, zeigt eine überaus überzeugende Wirkung. Bleibt noch etwas anderes auszuprobieren." Atriba stand auf und vollführte eine kleine Bewegung mit der linken Hand. Eine kleine Flamme löste sich und schoss auf Gadah zu.

Kurz bevor die Flamme ihn erreichte, flammte ein grüner Schild um ihn herum auf.

Gadah griff an seine Brust, aber das Amulett hing nicht dort.

„Es liegt auf dem Tisch", bemerkte die ehemalige Botschafterin.

Er drehte den Kopf und sah sein Amulett. „Dann stimmt es, was der Gelehrte erzählt hat. In meinen Adern fließt der Schutzzauber des Metalls."

„Es scheint so. Faszinierend. Deine Verwandlung diese Nacht war fast schon erschreckend. In jeder Stunde sahst du jünger aus."

„Dann muss ich ja froh sein, nicht als Säugling erwacht zu sein." Er sah an seinem Körper herunter und bemerkte, dass er nichts am Leib trug.

„Nichts, was ich nicht schonmal gesehen hätte, Kriegskonsul", schmunzelte Atriba.

„Wie beruhigend. Bislang dachte ich immer, du würdest enthaltsam leben."

„Die wenigen Falten, die ich mit mir trage, sind durch Männer verursacht worden." Sie wandte sich ab und sah aus dem Fenster. „Gadah, du wirst die Legion führen müssen." Sie hob die Hand, ehe er einen Einwand bringen konnte. „Diese Männer, durch deren Adern das veränderte Blut fließt, sind gefährlich. Und unter Befehl von Olizu und Norderstedt ist nicht berechenbar, was geschehen wird. Wenn sie jemanden haben, der sie im Zaum halten kann und dafür sorgt, dass sie sich nicht gegen das eigene Volk wenden."

„Botschafterin, ich habe gestern schon gesagt, ich will nur meinen Sohn und meine Frau befreien und dann wieder zurück in die Einsamkeit und mein Leben leben."

„Hast du schon einmal daran gedacht, dass du einer derjenigen bist, der einem höheren Ziel dient?"

„Was soll der Unsinn, Atriba? Wir kennen uns zu lange, als dass du mich mit so simpler Bauernfängerei herumbekommen kannst."

„Ich meine es ernst. Du hast in zwei Kriegen eine wichtige Rolle gespielt. Du hast Thom damals ausgebildet und bist der Held von zwei Generationen."

„Und meine Hände triefen vor Blut." Gadah warf sich eine Decke um die Hüfte und setzte sich auf das Bett. „Als ich gestern mit dem Tode gerungen habe, ist mir Thom erschienen und er hat mir vergeben, dass ich ihn töten musste. Hätte ich es nicht getan, hätte das Böse weiter Bestand gehabt, wie wir wissen. Jahrelang habe ich mir lieber Vorwürfe gemacht und mich nicht in dem Ruhm gesonnt, den mir einige angedeihen lassen wollten. Thom hat mir vergeben und jetzt fühle ich mich frei genug, um mein restliches Leben zu genießen. Wie es scheint, wird es jetzt noch etwas länger dauern. Es ist so, als ob mir die Jahre des Krieges zurückgegeben wurden. Ich gedenke nicht, diese geschenkten Jahre wieder mit Blutvergießen zu verbringen. Außerdem hat Luzil den Anspruch auf den Oberbefehl, nicht ich."

Atriba strich sich durchs Haar. „Ich verstehe dich. Aber ich meinte es ernst mit dem höheren Ziel. Manche Menschen sind durch das Schicksal dazu auserkoren etwas Großes zu vollbringen. Du bist ein besonderer Mensch." Atriba beugte sich hinab und küsste ihn sanft auf die Stirn. „Wir haben uns gestern beraten. Egal wie du dich entscheiden wirst, wir werden deine Familie aus dem Lager befreien."

Gadah hob den Kopf. „Danke, ich weiß das zu schätzen."
Er drückte die Hand der Botschafterin.

„Wir sind Freunde und Freunde stehen sich in der Not bei." Sie löste sich von ihm und wandte sich zur Türe. „Dort hinten unter den Decken wirst du finden, was du benötigst. Wir brechen auf, wenn du fertig bis."

Die Türe fiel hinter ihr zu und Gadah fühlte sich einsam. Er sah auf das Bündel, was unter den Decken lag. Ein einfacher Schwertgriff ragte heraus. Er stand auf und nahm die Decke von dem Bündel. Tatsächlich lag dort alles, was er brauchte. Nach dem Waschen würde er wieder wie ein Krieger dastehen.

Während er Hosen, Untergewand und Stiefel anzog, bewunderte er die neue Geschmeidigkeit seines Körpers. Leicht warf er sich abschließend das Kettenhemd über den Kopf und schnürte sich den Gürtel um den Leib. Das Kettenhemd war etwas zu weit.

Zuletzt nahm er den Schwertgurt mit Schwert und Scheide. Zur Probe zog er die Klinge heraus.

Langsam schob er das Schwert zurück in die Scheide und schnallte sich das Wehrgehänge um. Mit dem altvertrauten Gewicht an seiner Hüfte schritt er forsch voran und verließ seine Unterkunft.

Luzil

In der Morgendämmerung erwachte Isela aus einem leichten Schlaf. Luzil hatte Wache gehalten, damit sie nicht überrascht werden konnten. „War etwas?", fragte sie schlaftrunken.

Luzil schüttelte stumm den Kopf. „Eine komische Gegend ist das. Ich frage mich, wo wir sind."

„Was vermutest du denn?" Isela gähnte und wischte sich durchs Gesicht.

„Wir sind auf jeden Fall nicht mehr in Dharan. Diese Wesen, die wir gesehen haben, gibt es nicht bei uns. Vielleicht sind wir auf einem anderen Kontinent."

„Die Frage ist nur, auf welchem." Isela sah sich um. Es sieht hier genauso aus, wie bei uns zu Hause. Das Gras ist grün, die Bäume haben Laub oder Nadeln.

„Aber trotzdem spüre ich Gefahr."

„Ich weiß, was du meinst." Isela kontrollierte die Sehne ihres Bogens. „Ich will nach Hause."

„Ja, wir werden uns später aufmachen, wenn wir keine Stadt oder Ortschaft finden."

Hinter ihnen raschelte es im Laub.

Luzil fuhr herum, die Hand am Schwertgriff.

„Lass die Klinge stecken, Fremder", schnarrte eine knorrige Stimme aus dem Unterholz.

Vorsichtig nahm Luzil die Hand von seinem Schwert und hielt die Hände in Brusthöhe, Handflächen nach vorne. „Bewege dich nicht", flüsterte er Isela zu.

„Wir wollen euch nichts tun, also verhaltet euch ruhig", sagte die Stimme.

Luzil entspannte sich etwas. Wenn der oder die Unbekannten feindlich wären, wären sie einfach aus dem Hinterhalt niedergemacht worden „Keine Angst, wir kommen in Frieden."

„Das will ich euch raten." Ein Schatten löste sich aus dem Laubbaum über ihnen und landete sanft neben ihnen im Unterholz. Die Gestalt war in gänzlich in grüner Kleidung und praktisch unsichtbar in den dichten Büschen.

Luzil wich einen Schritt zurück und schob sich zwischen Isela und das Wesen.

„Habt keine Angst", versuchte der grün Gekleidete zu beruhigen. „Wir kamen nicht umhin eure Ankunft zu bemerken und euren Weg diese Nacht zu verfolgen."

„Ich verstehe nicht ganz", gab Luzil zu.

„Wir haben euch beobachtet, seit ihr aus dem Portal gekommen seid." Der Mann hob die Hand, bevor Luzil ihn unterbrechen konnte. „Es ist nicht viel Zeit für Worte. Ihr habt einen gefährlichen Ort gewählt. Folgt uns und wir werden uns später unterhalten, in aller Ruhe und vor allem in Sicherheit. Zum Portal könnt ihr nicht zurück, unsere dunklen Brüder erwarten euch dort."

Luzil wechselte einen schnellen Blick mit Isela. Sie schien einverstanden. „Gut, wir gehen mit euch."

„Dann sputet euch, wir müssen uns beeilen." Der Mann stieß einen leisen Pfiff aus und ein knappes Dutzend weitere Gestalten kam aus dem Bäumen und dem Unterholz um sie herum.

Isela schaute sich um. „Ihr hättet uns jederzeit überwältigen können."

„Ja, das hätten wir, aber warum sollten wir. Wir sind nicht eure Feinde."

Luzil betrachtete das sanfte, bartlose Gesicht, aus dem man kein genaues Alter lesen konnte. Er war neugierig einige Fragen stellen zu können, aber sein Instinkt sagte ihm, dass es jetzt besser wäre, den Leuten hier zu vertrauen und zu folgen.

Ein weiterer Pfiff ertönte, leiser als der erste. „Los jetzt", trieb der blonde Anführer sie an und trabte mit leichtem Schritt los, hinein in den Wald.

Luzil und Isela folgten ihm, hinter ihnen der Rest der kleinen Truppe.

Sie folgten unsichtbaren Pfaden, hindurch durch dichte Baumreihen, Unterholz und abgestorbenes Geäst. Im Laufen fiel Luzil auf, dass ihr vermeintlicher Retter seine Haare im Nacken zusammengebunden hatte und leicht spitz zulaufende Ohren besaß. Ihre Begleiter wussten, wie man sich leise im Wald bewegte, kein Rascheln und kein Knacken von Ästen verursachten ihre Schritte.

Er wusste nicht, wie lange sie gelaufen waren, aber Isela wurde schwächer. Sie begann zu stolpern.

„Wir müssen eine Pause machen", rief er dem Anführer zu und deutete auf seine Frau.

Der Anführer ließ sich leicht zurückfallen, hielt aber nicht an. Aus einer Tasche am Gürtel holte er ein kleines Fläschchen und reichte es Isela. Er bedeutete ihr, es auszutrinken. Isela tat es und kippte sich den Inhalt des Fläschchens in den Mund. Beim Schlucken verzog sie das Gesicht.

Luzil trabte jetzt neben ihr. „Wie geht's dir?"

„Meine Muskeln brennen und ich bekomme schlecht Luft, aber es wird schon gehen", brachte sie angestrengt hervor.

„Ihre Kraft wird gleich zurückkehren", sagte der Anführer. Ihm war die Anstrengung nicht anzumerken. „Sie hat einen Kräutersud getrunken, der ihrem Körper helfen wird. Brauchst du auch etwas?"

Luzil schüttelte den Kopf. „Nein, ich kann noch. Wie lange dauert es, bis wir da sind?"

„In rund einer Stunde sind wir am Ziel. Dort könnt ihr euch ausruhen und wieder zu Kräften kommen." Der Anführer setzte sich wieder an die Spitze der Gruppe und lief ungerührt weiter. Isela erholte sich etwas von dem Kräutersud. Ihr Atem wurde gleichmäßiger und ihre Schritte sicherer.

Als sie nach einer knappen Stunde des Laufens eine große Lichtung erreichten, hätte Luzil ein Fläschchen vertragen können, aber es war nicht mehr notwendig.

„Willkommen." Der Anführer blieb stehen und atmete nur ein wenig schwer.

Luzil blieb stehen und beugte sich vor, die Arme auf die Oberschenkel gestützt, und versuchte zu Atem zu kommen. „Willkommen? Wo denn? Ich sehe nur Grün."

Der schmale blonde Mann breitete die Arme aus, während seine Leute sich um ihn versammelten. „Du hast nur kein Auge für das Offensichtliche." Er deutete in Richtung Himmel.

Luzil folgte mit den Augen der Geste. In den Bäumen waren -gut getarnt- Behausungen, Hängebrücken und eine Masse an Männer und Frauen, die neugierig auf sie herabblickten. Ein bekanntes Gesicht war dabei: Schwester Gundra.

„Willkommen Menschen. Willkommen im Reich der Waldelfen."

Lidokar

„Es muss etwas schief gegangen sein." Eisenarsch strich sich durch den weißen Bart und starrte eine Stelle an der Wand verärgert an.

„Ich habe von Anfang an gesagt, wir hätten diesem Bücherwurm nicht vertrauen dürfen. Traue niemandem, der keine Schwielen an den Händen besitzt, hat mein Vater immer gesagt." Lidokar sah nicht weniger sauer aus als der alte Zwerg. Skirils großer Hund lag zu ihren Füßen und schlief mit einem offenen Auge. Eine Schüssel mit einem Rest von Bier auf dem Grund stand vor ihm.

„Ich glaube nicht, dass uns der Bibliotheksmeister verraten hat. Er hat den Ruf, ehrlich zu sein."

„Woher willst du das wissen?"

„Weil ich mich umgehört habe. Auch wir haben unsere Spione in dieser Stadt."

„Wenn er sie nicht verraten hat, wer denn dann?" Lidokar ging zum Fenster und öffnete den Verschlag etwas. Kühle Luft drang herein. „Diese Stadt stinkt nach Pisse."

„Jede Stadt stinkt nach Pisse", entgegnete Eisenarsch. „Wir müssen in den Palast und herausfinden, was geschehen ist."

„Und laufen wie eine Maus in die Fänge der hungrigen Katze. Niemand weiß, wo wir sind, niemand wird uns suchen und das Problem ist für unseren Feind erledigt."

„Ich befürchte, du hast recht", stimmte der alte Zwerg Lidokar zu. „Aber wir können es uns nicht nehmen lassen, ihnen zu helfen."

„Dann gibt es nur einen Weg", verkündete Lidokar.

Eisenarsch hämmerte mit der Faust an das Tor.

„Wer ist da?", dröhnte eine verschlafene Stimme durch eine Klappe, die einen Spalt geöffnet wurde.

„Ein gesuchter Verbrecher, Lidokar, vom König persönlich gesucht."

„Warte." Knallend wurde die Klappe wieder geschlossen.

Zunächst passierte nichts. Ungeduldig trat Lidokar von einem Fuß auf den anderen. Seine Hände waren auf dem Leib gefesselt, ein Knebel saß im Mund.

„Verhalte dich ruhig", flüsterte Eisenarsch ihm zu.

Ein Schlüssel wurde ins Schloss geschoben und herumgedreht. Die schwere Türe öffnete sich und ein dicker Gefängniswärter erschien im Rahmen. „Der Optio will den Gefangenen sehen. Komm mit", verkündete er.

„Hoffentlich will er die Belohnung zahlen", murrte Eisenarsch, während er dem Wärter durch einen kurzen Gang folgte. Lidokar zog er an den Fesseln hinter sich her. „Komm, du Stück Zwergenscheiße."

In einem größeren Raum wartete der Optio. Nachlässig schlackerte die Kleidung an ihm herum.

„Ein Zwerg bringt einen anderen Zwerg ins Gefängnis?", lachte der Optio los.

„Bei Geschäften sind wir nicht so wählerisch. Ihr könnt mit ihm machen, was ihr wollt. Hauptsache ich bekomme das Gold."

„Was willst du denn damit machen?", fragte der Optio und kratzte sich seinen fettigen Schopf.

„Weißt du, unsere Frauen sind so haarig. Ab und zu habe ich Lust auf glatte Frauen. Dann nehme ich mir so viel Gold, wie ich tragen kann und miete mir den nächsten Puff für einen Tag und eine Nacht; ich gehe immer erst wieder, wenn mein Gold aufgebraucht ist."

„Und das in deinem Alter." Der Wächter lachte dreckig.

Eisenarsch deutete auf seine weißen Haare. „Wenn auch auf dem Gipfel Schnee liegt," dann griff er sich in den Schritt, „im Tal ist noch alles grün."

Brüllend bogen sich der Optio und sein Untergebener vor Lachen, sodass Eisenarsch keine Mühe hatte, sie zu überwältigen. Er sprang vor und knallte die beiden Schädel zusammen. Ehe sie wussten, wie ihnen geschah, sanken die Wärter in sich zusammen.

Lidokar löste die Fesseln und nahm sich den Knebel aus dem Mund. „Soweit wären wir. Jetzt los, bevor mehr von diesen Idioten auftauchen."

„Was ist denn da für ein Krach?", schrie eine Stimme.

„Da hätten wir es schon. Die Idioten sind im Anmarsch." Lidokar zog seine eisernen Handschuhe an und erwartete die Ankömmlinge.

Rechtzeitig stellte sich Eisenarsch neben die Türe, sodass die Wärter ihn nicht sehen konnten. Drei von ihnen drangen durch die Türe und blieben stehen, als sie Lidokar sahen.

„Was haben wir denn da? Einen von den Bergwühlern. Was willst du hier?" Dann sah der Sprecher seine Kameraden auf dem Boden liegen, gefesselt und geknebelt. „Und was hast du mit unserem Optio gemacht?"

„Das", brüllte Eisenarsch aus dem Hintergrund und schubste zwei Wärter auf Lidokar zu, der den Ersten mit einem Aufwärtshaken außer Gefecht setzte. Dem zweiten Wärter rammte er den Schädel in den Magen. Pfeifend entwich die Luft aus den Lungen des Getroffenen und die Knie wurden ihm weich. Ein zweiter Kopfstoß auf die Stirn ließ den Wärter die Augen verdrehen und zu Boden gehen.

Eisenarschs Stiefel flog hoch und traf den verbliebenen Wächter zwischen die Beine. In seiner Not fiel der Mann jammernd zu Boden und hielt sich das Gemächt.

„Das Lästige an den Langen ist, dass man nicht direkt an den Schädel kommt."

„Hör auf zu reden und fessel die Kerle, bevor sie wieder wach werden. Ich hoffe, dass nicht noch mehr hier unten sind." Eisenarsch schleifte die Ohnmächtigen in eine Zelle und verschnürte sie.

„Wenn wir unsere Äxte benutzt hätten, könnten wir uns jetzt die Arbeit mit den Fesseln sparen."

„Vergiss nicht, wir wollen kein Blutbad anrichten, sondern nur Skiril und Gundra befreien", mahnte Eisenarsch.

„Kann mir mal jemand sagen, was hier los ist?", ertönte eine Stimme jenseits der Zelle.

Eisenarsch verdrehte die Augen. „Kümmerst du dich um den Kerl? Ich habe hier alle Hände voll zu tun."

Lidokar überprüfte den Sitz seiner Handschuhe. „Immer bleibt alles an den Kleinen hängen", brummelte er und ging aus der Zelle.

Gadah

Sie hatten über dem Arbeitslager Posten bezogen und starrten hinab.

„Sieht verlassen aus", stellte Krok trocken fest.

Unter ihnen war nur der Staub und die Spuren der Arbeit zu sehen, die dort geleistet worden war.

„Wir gehen runter und sehen nach, was los ist", beschloss Gadah.

„Könnte eine Falle sein", gab Krok zu bedenken.

„Du musst ja nicht mitgehen." Gadah stand auf und ging schnellen Schrittes den schmalen Pfad entlang, der hinunter führte. Die Erinnerungen an seine Qualen flammten kurz auf, aber Gadah verscheuchte sie wie eine lästige Fliege.

Krok stand auf und folgte ihm. „Ihr bleibt hier und passt auf, dass uns niemand in den Rücken fällt", sagte er zu Züleyha und Atriba, die Anstalten machten ihnen zu folgen.

„Lass sie runter gehen, wahrscheinlich können wir ihnen eh nicht helfen." Atriba machte ein besorgtes Gesicht, während die Frauen den Männern nachschauten.

Züleyha verlagerte ihr Gewicht auf das linke Bein und stemmte die Hände in die Hüfte. An ihrer Lederkleidung hingen diverse Messer und ein Kurzschwert zierte ihre Seite. „Ich habe ein schlechtes Gefühl bei der Sache."

Knapp nickte die ehemalige Botschafterin und schürzte die Lippen.

Gadah und Krok standen mitten im Lager.

„Da hinten ist ein Loch, dort unten halten sie die Gefangenen fest", deutete Gadah auf eine Stelle.

Vorsichtig näherten sie sich und schauten sich immer wieder um. Aber nichts war zu sehen. Dafür lag der Geruch von verbranntem Fleisch in der Luft. Krok schnupperte angewidert. „Gadah, lass mich vorgehen, vielleicht ist dort etwas, was du nicht sehen solltest." Er griff nach Gadahs Arm und wollte ihn davon abhalten sich dem Loch zu nähern.

Gadah schlug die Hand weg und ging ungerührt und mit versteinertem Gesicht weiter.

Krok zögerte weiterzugehen. Er sah sich nochmal um und versicherte sich, nicht in einen Hinterhalt zu gelangen. In der Luft lag die Aura einer vergangenen Gewalttat. Schweren Herzens setzte er sich wieder in Bewegung und blieb neben Gadah stehen, der in das Loch spähte. Der Gestank war hier unerträglich. Vorsichtig lugte Krok in das Loch hinab. Er erkannte schemenhafte verkrümmte Gestalten, die im Halbdunkel auf dem Boden lagen.

Gadah bückte sich nach einem Seil und überprüfte es. „Schaffst du es, mich zu halten?"

„Ja, aber du solltest dir das nicht antun." Krok nahm das Seil und band es sich um den Leib, als Gadah kein weiteres Wort sprach. Er stemmte sich in den Boden und hielt Gadahs Gewicht ohne Mühe.

Je tiefer er in das Loch stieg, umso atemberaubender war der Gestank. Gadah musste würgen und konnte nur mit Mühe sein Frühstück bei sich behalten. Noch bevor er einen Fuß auf den Boden setzte, wusste er, dass er nichts mehr machen konnte.

Man hatte die Gefangenen allesamt geköpft und hier runter geworfen. Anschließend musste man sie mit Öl übergossen und angezündet haben. Vermutlich hatte man eine Fackel in das Loch geworfen.

Gadah Hand zitterte und versuchte Milana und Raenal zu entdecken. Aber die verbrannten Leichen waren nicht mehr zu identifizieren. Die Flammen hatten nur verkohltes Fleisch und Knochen übriggelassen. Er realisierte, dass er hier nichts mehr tun konnte. Resigniert ließ er die Schultern hängen und er wartete auf die Tränen der Trauer, die aber nicht kommen wollten. „Gadah, hörst du mich?"

„Ja, ich bin hier. Was ist los?"

„Ich komme jetzt wieder rauf." Gadah griff nach dem Seil und zog sich mit den Händen wieder in die Höhe. Krok bot ihm die Hand und zog ihn die letzte Armlänge hoch.

Atriba und Züleyha hatten den Weg zu ihnen gefunden und standen hinter Krok.

„Was war dort unten?", fragte Züleyha.

„Sie haben alle geköpft und verbrannt", sagte Gadah tonlos und mit hartem Blick.

Atriba schlug die Hand vors Gesicht und schloss die Augen. „Diese Tiere", flüsterte sie.

„Ja, sie haben gewütet wie Tiere und sie werden sterben wie Tiere." Er schaute auf die Stelle, an der sich Centurio Villiuc und Optio Tuvindir verborgen hielten und winkte ihnen zu.

Die beiden Soldaten der Schwarzen Legion erhoben sich.

„Was ist los?", rief der Centurio zu ihnen herunter.

„Bringt die Pferde her. Wir brechen sofort auf."

„Wohin willst du?" Atriba fragte es behutsam.

„Der Zauberjägerlegion hinterher. Der weiße Bastard muss sterben." Gadah nahm von ihnen keine Notiz mehr. „Wer will, kann mitkommen. Wer meint, es ist es ihm nicht wert, soll besser hierbleiben und sich in Sicherheit bringen."

Nachdem die beiden Soldaten mit den Pferden angekommen waren, schwang sich Gadah in den Sattel.

Ohne Zögern stieg Atriba und die beiden Soldaten ebenfalls auf.

Krok und Züleyha schauten sich für einen Atemzug an. „Zara ist in guten Händen und versteht es. Doran, Clada und Pradan kümmern sich um sie", sagte Züleyha, griff nach dem Sattelhorn und zog sich in den Sattel.

Krok wischte sich den Schweiß von der Stirn und spuckte aus. „Ich schätze, wenn wir uns beeilen, können wir sie am

Morgen eingeholt haben." Er tätschelte den Hals seines Pferdes und stieg als letzter auf.

„Ich danke euch, meine Freunde." Gadah zog Zügel seines Pferdes und trieb das Tier an.

Eisenarsch

„Das müssten jetzt alle gewesen sein", stellte er fest und schloss die Zelle ab. „Jetzt müssen wir den Bücherwurm suchen. Er weiß mit Sicherheit, was mit Skiril und der Frau geschehen ist. Ich hoffe, sie sind am Leben."

„Ja, sein Hund wird bestimmt sauer, wenn wir ihn nicht mitbringen", entgegnete Lidokar.

„Wir haben nur bis zum nächsten Wachwechsel Zeit. Dann findet man unsere eingesperrten Freunde und die Wachen werden Alarm schlagen." Eisenarsch hatte den Schlüsselbund des Optios an sich genommen.

„Dann dürfen wir keine Zeit verlieren. Ich habe keine Lust diese Gestalten dort hinten als Kerkermeister zu haben." Lidokar steuerte einen langen Gang an, der in den Bauch des Palastes führte.

„Wir müssen aufpassen, dass uns niemand sieht, es sind keine Zwerge mehr im Palast, wenn man uns entdeckt, wird man wissen, dass wir eingedrungen sind." Eisenarsch steckte den Schlüsselbund des Optios ein. Vielleicht konnten sie ihn gebrauchen. Dann folgte er Lidokar.

Am Ende des langen Ganges angekommen, fanden sie einen Mannschaftsraum, in dem Pritschen standen.

„Das muss die Unterkunft der Wachen sein", stellte Lidokar fest.

„Ja, nur ohne Wachen. Nicht mal schlafende Wachen", entgegnete der ältere Zwerg.

„Merkwürdig. Wenn eine Gruppe Wache hält, müsste die andere Gruppe doch hier schlafen oder zumindest saufen."

„So wäre es bei uns." Eisenarsch sah sich im Mannschaftsraum um. „Weiter, aber vorsichtig. Hier stimmt etwas nicht." Eisenarsch umfasste den Stiel seiner Axt fester.

Lidokar zog seine Axt und seinen Krähenschnabel und machte sich bereit. „Es ist nichts zu hören, keine Diener, keine spielenden Kinder, keine ..." Noch bevor er den Satz vollenden konnte, sprang ein rotäugiges Wesen hervor, welches sich bislang in einer dunklen Ecke verborgen gehalten hatte.

„Scheiße, pass auf", schrie Eisenarsch und duckte sich unter einer ausladenden Geste hindurch.

Lidokar war nicht schnell genug und wurde in den Raum geschleudert, er schrie vor Wut auf und verlor seine Axt, die gegen die Wand schepperte.

Das rotäugige Wesen zog eine dunkle, gebogene Klinge hervor und führte einen schnellen Schlag gegen Eisenarsch, der knapp mit dem Axtstiel parieren konnte. In seinem Kopf dröhnte es und sein Blick verschwamm. Dem nächsten Schlag, der blitzschnell ausgeführt wurde, konnte er nur mit Glück ausweichen, weil er über einen Hocker stolperte, den er wegen des verschwommenen Blickfeldes nicht gesehen hatte. Er landete schwer auf dem Rücken.

„Lass ihn in Ruhe, du Mistvieh!", schrie Lidokar auf und warf seinen Krähenschnabel, der den Kopf des Wesens verfehlte, aber es zumindest für einen Augenblick ablenkte.

Eisenarsch rollte sich von ihrem Feind weg und sprang wieder auf die Beine. Er schwang seine Axt und hoffte darauf einen Treffer in den Rücken zu landen, während das Wesen abgelenkt war. Leider wischte die Klinge nur über den Schuppenpanzer, ohne einen Schaden anzurichten.

Lidokar schnappte sich seine verlorene Axt und sprang auf die Beine. „Wir müssen aus zwei Richtungen angreifen, es kann uns nicht beide beschäftigen."

„Können vor Lachen", schnaufte Eisenarsch und nahm wieder Schwung mit seiner Axt auf. Die schwere Klinge war zwar wuchtig, aber langsamer als die Klinge ihres Kontrahenten. Ein Streich erwischte den Zwerg am Oberarm. Getroffen brach Eisenarsch seinen Angriff ab und wich zurück.

Die rotäugige Gestalt konzentrierte sich auf den weißhaarigen Zwerg und setzte zu einem tödlichen Streich an.

Lidokar nutzte seine Chance und schlug mit dem Krähenschnabel zu. Der Schnabel durchschlug das Kniegelenk, die Gestalt taumelte und verfehlte Eisenarsch. Lidokar schlug mit seiner Axt nach dem anderen Bein und durchtrennte es. Ein Schrei ertönte in Lidokars Kopf. „Verfluchte Bergmade", erschallte es in seinen Gedanken.

Eisenarsch nahm seine Kraft zusammen und schwang jetzt einarmig seine Axt, enthauptete den angeschlagenen Gegner. Als der Kopf über den Boden kullerte, wurde es still.

„Verdammte Scheiße", was war das denn? Eisenarsch schnaufte schwer und hielt sich die Wunde, aus der beständig Blut sickerte. „Komm her, hilf mir mal."

Lidokar steckte seine Waffen weg und zog ein Tuch hervor, um es am älteren Zwerg über die Wunde zu legen, und verknotete es. „Solch ein Wesen habe ich nie zuvor gesehen." Er kniete nieder und sah sich den abgeschlagenen Schädel an. „Schräge Augen, größer als ein Mensch und keinen Mund."

„Und eine Haut wie ein Mehlwurm." Eisenarschs Hand strich über den Schuppenpanzer. „Diese Art Metall kenne ich nicht. Einfaches aber solides Handwerk, hat meiner Axt standgehalten."

„In was für eine Scheiße sind wir hier reingeraten?", fluchte Lidokar und trat den Schädel in eine Ecke.

„Ich frage mich, was dieser Kamerad hier wollte. Vielleicht die Wachen ausschalten?"

„Dann hätten wir ihm die Arbeit abgenommen." Lidokar strich sich durch den schwarzen Bart und schaute auf den blutigen Arm seines Zwergenbruders. „Kannst du noch?"

„Mach dir um mich keine Sorgen. Beim Scheißen hab ich schon mehr Blut verloren. Wir gehen jetzt weiter und sehen zu, dass wir zu diesem verdammten Bücherwurm kommen."

Wenig später schlichen sie durch eine leere Halle im Palast. Auch hier war kein Diener, der ihren Weg kreuzte.

„Es riecht nach Tod", flüsterte Lidokar und Eisenarsch nickte knapp. „Ich kenne den Geruch von Blut und Innereien."

Etwas klapperte und sie erstarrten.

„Was war das?", wisperte Eisenarsch.

„Ich war es nicht. Still, ich höre Schritte." Lidokar deutete auf eine Richtung, aus der er etwas gehört hatte.

„Hinter den Vorhang, wir warten ab was passiert." Noch bevor er etwas sagen konnte, zog Eisenarsch seinen Kameraden zur Seite und sie verschwanden hinter einem purpurnen Vorhang, der eine Nische in der Wand bedeckte.

Die Schritte wurden lauter und fünf der rotäugigen Wesen kam in die Halle.

Eisenarsch spannte sich an und atmete flach. Aus dem Augenwinkel konnte er sehen, dass der jüngere Zwerg fast den Atem anhielt.

Die Wesen durchquerten die Halle. Fast draußen drehte sich eines der Wesen um und richtete seinen rotäugigen Blick in die Halle. Eisenarsch konnte es durch eine fadenscheinige Stelle im Vorhang sehen. Unbewusst spannte er sich an. Das Wesen ging ein paar Schritte zurück, während seine Kameraden sich weiter entfernten. Im Kopf des Zwergs begann es zu brummen und er biss die Zähne zusammen. Dann kam eines der anderen Wesen ebenfalls zurück und das Brummen in seinem Kopf ließ nach. Eisenarsch schloss die Augen und kämpfte den Druck in seinem Schädel nieder. Dann wandten sich beide Wesen ab und entfernten sich schnell. Der weißhaarige Zwerg atmete angespannt aus.

„Sie sind überall", hauchte Lidokar.

„Sei leise ..." Eisenarsch legte den blutigen Zeigefinger an die Lippen. „Jetzt schnell zur Bibliothek."

Der Zwerg wurde unterbrochen durch das Auftauchen einer weiteren Gruppe rotäugiger Wesen. In ihrer Mitte führten sie den Bibliotheksmeister.

Flach in die Nische gedrückt warteten die Zwerge ab, welchen Weg die Wesen nahmen. „Sie gehen in den unteren Kerker", stellte Lidokar fest.

„Dann folgen wir ihnen jetzt vorsichtig. Wir müssen die Augen offenhalten. Ich habe keine Lust, mich ein zweites Mal mit einem dieser Schlitzaugen herumzuschlagen, geschweige denn mit einer Gruppe."

Vorsichtig schlichen die Zwerge hinter den Wesen mit Marak in der Mitte hinterher. Immer, wenn sie um eine Ecke gebogen sind, folgten sie der Gruppe.

Drei Stockwerke tiefer waren sie im Kerker angekommen. Schnell schlüpften Eisenarsch und Lidokar in eine freie Zelle und versteckten sich dort, bis der Bibliotheksmeister eingeschlossen worden war. Nachdem die Unbekannten ihre Zelle passiert hatten und die Kerkertüre verschlossen hatten, schlüpften sie wieder aus der Zelle und standen in dem schwach beleuchteten Gang, in dem rechts und links die Gefangenenzellen waren.

„Geniale Idee, jetzt sind wir eingeschlossen." Lidokar spuckte auf den Boden und stampfte schlechtgelaunt den Gang entlang. „Hallo? Bibliotheksmeister. Wir sind es, die Zwerge. In welcher Zelle hat man dich eingesperrt?"

„Wer ist da?", fragte eine Stimme.

„Schnauze da draußen, ich will endlich pennen", stimmte eine weitere Stimme ein.

„Ich bin hier", sagte eine leise Stimme.

„Wo bist du?"

„Hier hinten, letzte Zelle auf der rechten Seite."

„Schnauze jetzt, sonst fick ich euch beim nächsten Freigang die Augenhöhlen blutig!"

Ohne auf das Geschimpfe der anderen Gefangenen einzugehen, gingen Lidokar und Eisenarsch zur letzten Zelle. Eisenarsch zog den erbeuteten Schlüsselbund hervor. „Vielleicht haben wir Glück."

Sie hatten Glück. Der dritte Schlüssel passte in das Schloss.

„Was macht ihr denn hier?", bestürmte Marak sie direkt.

„Wir suchen Centurio Skiril. Wo ist er?"

Noch bevor der Bibliotheksmeister antworten konnte, ertönte eine weitere Stimme.

„Hier hinten bin ich. Holt mich endlich raus aus dem Loch, es gibt einige Überraschungen."

Luzil

Sie saßen im Schneidersitz in einem der Baumhäuser und aßen hungrig aus einer großen Schüssel in ihrer Mitte einen undefinierbaren Brei.

„Was ist das?", fragte Isela zwischen zwei Bissen.

Der blonde Anführer des Spähtrupps, der sie aufgelesen hatte, antwortete mit vollem Mund. „Honig und Erdsamen, miteinander vermischt, sehr nahrhaft." Er hieß Faharin und war der oberste Waldläufer der kleinen Gemeinschaft und der Vertraute des Dorfältesten.

Schwester Gundra hatte sich von dem Zusammentreffen mit dem falschen Norderstedt wieder erholt. Sie war durch einen Jäger der Waldelfen aufgelesen worden, bevor sie den rotäugigen Wesen, den Dunkelelfen, in die Hände gefallen war. Während des Essens erzählte sie dem ehemaligen Kriegskonsul und seiner Frau, was geschehen war. Sie endete mit den Worten „...blind und verwirrt stolperte ich hier in diese Welt und wurde durch Faharin aufgelesen. Ohne ihn weiß ich nicht, was geschen wäre."

Die Hauptmahlzeit wurde von Elfenfrauen, die ihre Haare hinter den spitzen Ohren trugen, abgeräumt und ein Nachtisch, der in großen Blättern serviert wurde, aufgetischt. Es gab eine Art Pudding mit Beeren.

„Wir müssen so schnell wie möglich zurück und diesen falschen Norderstedt aufhalten. Es darf nicht sein, dass er weiter manipuliert und Unglück stiftet." Luzil sah verdrossen drein und seine Narbe an der Augenbraue trat deutlich hervor.

Faharin schüttelte energisch den Kopf. „Unmöglich. Die Invasion hat längst begonnen. Unsere Späher haben berichtet, dass ein Heer Dunkelelfen durch das Portal in eure Welt marschiert ist. Ihr würdet ihnen nur in die Arme laufen und euer Leben wegwerfen."

Luzil musste zugeben, dass dies plausibel klang. „Welchen Plan verfolgen denn die Dunkelelfen?"

„Sie wollen die Menschen vernichten." Faharin schob seinen Nachtisch zur Seite. Alle sahen ihn an, denn sie merkten, dass er etwas zu sagen hatte. „Einst waren unsere Welten permanent verbunden und die Menschen trieben Handel mit uns Elfen." Er trank einen Schluck Beerenwein und spülte die letzten Speisereste aus dem Mund. „Wir beherrschten die Wälder und die Dunkelelfen lebten und herrschten in den Regionen unter der Erde. Es war ein friedliches Leben. Ihr wart damals nicht dazu fähig, die Magie zu gebrauchen, und so hatten wir euch etwas voraus. Irgendwann vor tausenden Jahren kam einer eurer Herrscher auf die Idee, dass er gerne die Magie gebrauchen würde."

Faharin nahm einen Schluck Beerenwein und Luzil nutzte die Pause für eine Frage. „Aber soweit ich weiß, ist nicht jeder Mensch fähig, die Magie zu lenken und soweit ich es verstanden habe, könnt ihr alle Magie anwenden."

Der Elf nickte. „Weil sich die Magie in eurer Welt anders verhält als hier. Wir hier sind von Kindheit an die Magieanwendung gewöhnt. Somit ist die Magie bei uns ausgewogen. Bei euch wird sie unregelmäßig genutzt. In unseren Augen seid ihr nicht mehr als Kinder, die nicht gelernt haben, mit ihrer Begabung umzugehen."

Luzil dachte an die mächtige Atriba Feuersturm. Sie als Kind zu sehen wäre ihm nie in den Sinn gekommen.

Faharin fuhr in seiner entspannten Erzählweise fort. „Der Herrscher betrog damals die Dunkelelfen, stahl ihnen einen Teil ihrer Magiequelle und brachte die Magie in eure Welt. Der Herrscher hatte damals nichts davon, weil die Magie erst in den nachfolgenden Generationen in das Wesen der Menschen einzog."

„Warum haben die Dunkelelfen sich nicht den Teil ihrer Magiequelle wiedergeholt?", fragte Gundra.

„Weil die Verbindung zwischen den Welten, durch die Schwächung der Magie hier, zusammengebrochen war. Die Portale, durch die die Welten verbunden sind, öffnen sich nur alle tausend Jahre. Und jedes Mal wird die Magie in eurer Welt schwächer. Wir spüren es, wenn die Portale sich öffnen. Die Dunkelelfen spüren es auch, vielleicht wird sich die

Verbindung in tausend Jahren gar nicht mehr öffnen, weil das Gleichgewicht der Welten gänzlich durcheinandergeraten ist. Deswegen setzen die Dunkelelfen alles daran, diesmal ihre Magiequelle zurückzuholen und hier zu vervollständigen. Weiterhin wollen sie die Menschen für den Diebstahl bestrafen. Bei der letzten Öffnung des Portals konnten wir die Dunkelelfen daran hindern eine Invasion in eure Welt zu führen. Ich selbst habe an der Schlacht teilgenommen."

„Moment", unterbrach Isela den Elf. „Du sagtest, das Portal öffnet sich nur alle tausend Jahre und du hast es erlebt?" Ungläubig starrte sie Faharin an.

„Wir sind weitaus langlebiger als ihr Menschen. Die Ältesten von uns haben die Zeit erlebt, in denen ihr zum ersten Mal unsere Welt betreten habt." Er nahm wieder einen Schluck Wein.

„Ich kann es nicht glauben", hauchte Isela, dann fasste sie sich wieder. „Du sagtest, dass Menschen einen Teil der Magiequelle gestohlen haben, wie kann man sich das vorstellen?"

Faharin schluckte den letzten Rest Wein und nahm sich Zeit, bevor er antwortete. „Das werde ich euch nicht sagen. Zwar sind wir den Menschen nicht feindlich gesonnen, wie die Dunkelelfen, aber wir wollen nicht das Risiko eingehen das gleiche Schicksal zu erleiden wie unsere Brüder und Schwestern."

Schweigen senkte sich über die Gruppe. Ein unausgesprochener Vorwurf stand im Raum.

„Als wir ankamen, führten uns diese rotäugigen Bastarde, an eine Stelle, an der sie einen Menschen gebraten hatten." Luzil presste die Lippen zusammen. „Esst ihr Menschen? Müssen wir damit rechnen, im Schlaf von euch getötet und verspeist zu werden?"

Faharin schmunzelte leicht. „Nein, diese Angst müsst ihr nicht haben. Die Dunkelelfen glauben, dass jeder Mensch einen Teil ihrer magischen Energie in sich trägt. Sie essen die Menschen und wollen sich so Teile der Magie wieder einverleiben. Diesen Glauben teilen wir nicht. Den Menschen, den sie gefangen hatten, war jemand, der aus einem anderen Portal gestolpert war. Er ist ihnen direkt in die Hände gefallen."

„Also gibt es mehrere Übergänge zwischen den Welten", stellte Gundra fest.

„Korrekt", antwortete der Elf knapp.

Bevor weitere Fragen gestellt werden konnten, kam ein Halbwüchsiger in das Baumhaus und beugte sich zu Faharin.

Luzil konnte nichts von den geflüsterten Worten verstehen.

Schließlich stand der Elf auf. „Eine Delegation der Dunkelelfen ist angekommen und will mit uns verhandeln."

Luzil stand ebenfalls auf. „Verhandeln? Worüber?"

„Über euch."

Gadah

Sie holten die Legion unweit der Hauptstand ein. Es war kurz nach Sonnenaufgang und ihre Pferde dampften.

„Ich schmecke ihren Staub", verkündete Krok.

„Ich auch", sagte Gadah. „Von hier aus reite ich alleine weiter."

„Auf keinen Fall", protestierte Atriba, aber ihr Protest wurde von Gadahs scharfer Stimme im Keim erstickt.

„Ich habe es mir überlegt. Wir dürfen nicht riskieren, alle getötet zu werden. Wenn ich mein Leben aufs Spiel setze, reicht das vollkommen aus."

Atriba setzte zu einem neuerlichen Protest an, wurde aber diesmal von Krok unterbrochen. „Er hat recht. Lassen wir ihn reiten. Wenn er es nicht schafft, können wir ihm auch nicht helfen. Wir reiten vor und erwarten dich in der Hauptstadt."

Gadah nickte ihm zu. „Ich werde euch einholen, sobald ich das Kommando über die Legion übernommen habe."

„Viel Glück", hauchte Atriba und legte ihm eine Hand aufs Bein. „Wirf dein Leben nicht weg", sagte sie zum Abschied.

Krok gab das Zeichen zum Aufbruch und ritt querfeldein. Züleyha und Atriba folgten ihm.

Centurio Villiuc und Optio Tuvindir machten keine Anstalten ihnen zu folgen.

„Was ist mir euch?", fragte Gadah harsch.

„Wir werden bei dir bleiben, Herr." Villiuc lehnte sich im Sattel nach vorne. „Und du wirst uns nicht davon abbringen."

Ohne ein weiteres Wort trieb Gadah sein Pferd wieder an und ritt voraus. Kurz darauf waren sie in Sichtweite und sie ritten schneller. Als sie die letzte Reihe des Trosses passierten, folgten ihnen verwunderte Blicke. Der Proviantwagen fuhr im letzten Drittel des Trosses. Als sie ihn passierten, kam es zu merklicher Unruhe in den Reihen der Männer. „Der Blutlord", flüsterten die Soldaten.

Centurio Villiuc griff diese Verwunderung auf. „Zur Seite, Männer. Macht Platz für den wahren Kommandanten der Schwarzen Legion, macht Platz für den Blutlord." Der Centurio schrie es aus vollem Hals, während sie Reihe um Reihe hinter sich ließen. Niemand unternahm den Versuch, sie aufzuhalten. Vereinzelt waren sogar Rufe zu hören, die sie anfeuern sollten.

„Der Albino hat es nicht geschafft, ihn zu töten, weil er stärker war und geheilt wurde. Kriegsonsul Gadah ist der einzig wahre Anführer der Legion", stimmte jetzt Tuvindir in die Anfeuerungsrufe mit ein.

Die ersten Legionäre nahmen den Ruf auf, während sie weiter Reihe um Reihe passierten. Die Offiziere, die am Kopf des Trosses ritten, bemerkten die Unruhe hinter ihnen und drehten jetzt die Köpfe. „Ruhe! Was soll das?", brüllte ein Centurio, der sich ihnen jetzt in den Weg stellte.

Villiuc rammte ihm im Vorbeireiten den Ellenbogen ins Gesicht und der Mann flog rückwärts aus dem Sattel und landete im Dreck.

Vor den anderen Offizieren zügelten Gadah und seine Begleiter die Pferde. Wäre es möglich gewesen, hätte man gesehen, wie Olizu blass geworden wäre.

„Warum?", schrie Gadah ihm ins Gesicht.

Einige der Centurios wollten sich zwischen ihn und Olizu schieben.

„Männer, lasst sie das unter sich ausmachen. Nur er wird zur Rechenschaft gezogen", mahnte Tuvindir, der seinen Rang ignorierte.

Vereinzelt wurden Blicke unter den Offizieren gewechselt, dann rückten sie zur Seite und stiegen von den Pferden ab. Sie wollten sich neutral verhalten und abwarten, was geschehen würde.

„Warum?", wiederholte Gadah seine Frage.

Stille legte sich um sie herum.

Olizu hatte sich wieder gefasst und verzog das Gesicht. „Du weißt, was man mit unnützen Gefangenen macht. Sie hatten ihre Aufgabe erfüllt und waren nicht mehr zu gebrauchen, weder für meine Legion noch zur Arbeit. Was hätten wir tun sollen?"

Blanke Wut spiegelte sich in Gadahs Gesicht. „Steig vom Pferd!" Er selbst schwang sich von seinem Tier und wartete auf die Reaktion des Albinos.

Dieser suchte bei seinen Männern nach Hilfe. Aber niemand rührte sich. Schließlich stieg

Er steig vom Pferd ab. Im Abstand von drei Manneslängen standen sie sich gegenüber. Olizu zog sein Schwert und ging in Angriffsposition.

Gadah zuckte nicht mit der Wimper.

„Willst du nochmal sterben, alter Mann?" Olizu war verzweifelt, aber nahm seinen Mut zusammen und schwang seine Klinge, um Gadah den Schädel zu spalten.

Im letzten Augenblick glitt Gadah zur Seite und entging dem sicheren Tod. Wortlos griff er nach der Kehle des Albinos und erwischte den Adamsapfel. Mit einer schnellen Bewegung zerquetschte er Olizu die Kehle. Entsetzt wich dieser zurück und bekam große Augen.

„Mein Schwert ist mir zu schade für dich."

Olizu sank zu Boden, beide Hände an der Kehle, und rang nach Luft.

„Weißt du", Gadah ging mit hartem Gesichtsausdruck um Olizu herum, der am Boden immer nach Luft rang „schlechte Kommandanten erkennt man daran, dass sie nicht verstehen, dass man im Kampf hart, aber gerecht bleiben muss." Er stellte seinen Stiefel auf Olizus Schädel. „Du bist sogar ein sehr schlechter Kommandant. Du treibst deine Männer zu Grausamkeiten gegenüber unschuldigen Menschen." Gadah verlagerte sein Gewicht und knackte den Schädel des am Boden liegenden und nach Atem ringenden Albinos, dessen Gesicht sich blau verfärbt hatte. Gadah trat nochmal zu und sein Stiefel zermatschte das Gehirn.

„Wenigstens hat er am Ende mal Farbe gehabt." Centurio Villiuc stemmte die Hände in die Hüfte. „Und nun, Kriegskonsul?"

Blinzelnd löste sich Gadah vom Anblick des Toten. Die Kaltblütigkeit, mit der er jemandem das Leben genommen hatte, überraschte ihn. Er hatte gehofft, dass die Zeiten vorbei seien. Vielleicht war Atribas Ansicht, dass manchen

Menschen ihr Schicksal vorbestimmt sei, richtig. Nach der Wut kam die Trauer um Milana und Raenal. Dies war jetzt aber nicht der richtige Zeitpunkt diesen Gefühlen nachzugeben. Er sah auf und fasste die Offiziere ins Auge. „Ist jemand unter euch, der mir nicht die Treue halten will? Derjenige hat nichts zu befürchten. Er kann wegreiten."

Drei Centurios standen vor ihm und traten von einem Fuß auf den anderen. Schließlich hob einer die Hand. „Ich möchte dir nicht folgen."

„Noch einer?" Gadah sah sie nacheinander an. Niemand sonst machte sich bemerkbar. „Dann reite du weg und lass dich nie wieder bei der Legion sehen."

Wortlos riss der Mann sein Legionsabzeichen ab und warf es Gadah zu; anschließend stieg er auf sein Pferd und ritt davon.

„Meine Herren, da wir jetzt einen Offizier weniger haben, erlaube ich mir, eine Beförderung vorzunehmen. Optio Tuvindir wird vorerst den Rang eines Centurios einnehmen. Wenn er sich bewährt, bekommt er den Rang endgültig verliehen. Hat irgendjemand Einwände?"

„Nein, Herr", sagten die anderen Centurios.

„Dann wäre das geklärt. Wir reiten jetzt zur Hauptstadt, dort werden wir Quartier beziehen. Dann werde ich mit dem König klären, was zu tun ist. Abmarsch!" Gadah nahm sein Pferd am Zügel und stieg wieder auf. Die anderen taten es ihm nach. Bevor er das Zeichen zum Aufbruch gab, wendete er sein Pferd nochmal und zeigte sich den Männern. „Ich bin ab jetzt euer Kommandant. Ich habe gesehen, was ihr in dem Gefangenenlager getan habt. Ihr wart aber nicht dafür verantwortlich, sondern euer alter Kommandant. Jeder der mir freiwillig folgen will, kann es jetzt tun. Diejenigen, die mir nicht folgen wollen, können abhauen wie der Offizier vorhin." Nach diesen Worten wendete er sein Pferd und ritt an.

„Herr, was ist mit Olizu?", fragte Villiuc.

„Lasst die Pferde das erledigen", gab Gadah zurück und trieb sein Tier über die Leiche.

Alle Männer folgten ihm und niemand beachtete die Überreste des alten Kriegskonsuls.

Skiril

„Schön euch zu sehen", sagte Skiril, während Eisenarsch seine Zellentüre öffnete. Marak hatten sie bereits befreit. Der Bibliotheksmeister wartete im Gang und hielt Wache. „Hattet ihr Schwierigkeiten hierher zu finden?" Sein Blick fiel auf den blutenden Arm des weißhaarigen Zwerges.

„Kann man so sagen", gab Lidokar zur Antwort. „Wir sind auf einige komische Gestalten getroffen. Und damit meine ich nicht die Wärter hier."

„Später!", befahl Eisenarsch. „Wir müssen so schnell wie möglich hier heraus."

„Darf ich mir die Frage erlauben, ob ich wieder eingesperrt werde oder ich auch mit der Erlangung der Freiheit rechnen kann?"

Die Zwerge schauten an Skiril vorbei und sahen den rothaarigen Mann, der entspannt auf seiner Pritsche saß.

„Was sagst du?" Eisenarsch schaute den Liktor an.

„Von mir aus. Er kann uns helfen. Auf jeden Fall müssen wir die Zelle dort drüben öffnen und jemanden mitnehmen."

„Wer ist denn dort eingesperrt?" Eisenarsch kramte schon am Schlüsselbund herum und begann damit die Schlüssel ins Schloss zu schieben. Diesmal passte der Letzte.

„Schnell jetzt. Ich habe kein Interesse, mich nochmal mit einem der Burschen herumzuschlagen", trieb Lidokar zur

Eile. „König Norderstedt", entwich es ihm, als der Gefangene aus der geöffneten Zelle kam.

„Richtig, Rottenführer, wir müssen uns beeilen und zusehen, dass wir hier wegkommen. Ich führe euch durch einen Geheimgang. Auf dem üblichen Weg werden wir kaum hier rauskommen. Alles andere erkläre ich später."

„Moment, können wir ihm vertrauen?" Lidokar war skeptisch. „Immerhin hat er einen Steckbrief herausgegeben mit unseren Namen."

Skiril schätzte die Situation kurz ein. „So, wie ich es sehe, sollten wir versuchen ihm zu vertrauen. Aber auf die Erklärungen bin ich gespannt."

„Dann los." Norderstedt übernahm die Führung und ging an den Zellen vorbei.

Getöse kam jenseits des Kerkertrakts auf.

„Schneller", schrie Norderstedt und lief in die erste Zelle. Die drei Menschen und Zwerge folgten ihm. Der König suchte mit sicherer Hand die Steine der Wand ab und drückte drei Stück gleichzeitig. Mit leisem Knirschen öffnete sich eine Steinplatte im Boden. „Runter da. Hat jemand eine Laterne dabei?"

Lidokar zündete mit fliegenden Fingern die Öllampe an und reichte sie dem König. Das Getöse kam näher. Stiefelgetrappel, das Klappern von Metall.

Norderstedt hielt die Lampe vor sich und setzte den ersten Fuß auf eine schmale Treppe. „Brecht euch nicht den Hals und der Letzte soll die Platte wieder zurückziehen."

„Das mache ich", sagte Lidokar und schob Uliniud sanft in den Gang.

„Verflucht schmal hier", meckerte der Magier.

„Du kannst ja wieder zurück in deine Zelle", warf Skiril ein.

„Ruhe da unten und bewegt eure Ärsche etwas schneller, ich will auch noch mit." Lidokar sprang auf die Treppe und wuchtete die Steinplatte zurück auf ihren angestammten Platz.

„Wo führt der Gang hin?", wollte Eisenarsch wissen.

„Er endet außerhalb der Festung; mitten in der Stadt."

„Woher kennst du ihn denn?" Skiril zog etwas den Kopf ein, um den tiefhängenden Spinnweben zu entgehen.

„Unwichtig. Hauptsache wir kommen hier erstmal heraus." Norderstedt bog in einen Quergang ab und beschleunigte seine Schritte. Die anderen folgten ihm dichtauf.

„Mächtig dunkel hier." Eisenarsch atmete schwer und hielt sich den verletzten Arm. Skiril wollte ihn stützen, aber der Zwerg schüttelte seine Hand ab. „Geht schon", keuchte er angestrengt.

„Gleich sind wir hier raus." Der König lief zu einer Steintreppe. „Wir sind zwei Steinwurfweiten von der Festung entfernt."

„Für meinen Geschmack zu nah." Der Magier wischte sich mit einer Hand den Schweiß von der Stirn.

Norderstedt hielt die Laterne hoch und tastete nach einer Stelle über sich. „Da ist es", murmelte er und griff zu. Mit einem Scharren schob sich eine Platte zur Seite und gab den Ausgang des Geheimgangs frei. Licht fiel in den Gang und blendete sie. Die angezündete Laterne wurde gelöscht.

„Wo sind wir?" Skiril folgte dem König auf dem Fuße und kniff im ersten Moment die Augen zusammen, da das Tageslicht ihn blendete.

„Wir sind in einem der Kornspeicher", erwiderte der König.

„In einem leeren Kornspeicher", stellte Lidokar fest, während er aus dem Geheimgang kletterte.

Draußen vor dem Speicher erhob sich ein Schreien und Tumult. Norderstedt lief zur Schiebetüre und schob sie einen Spalt auf. „Die Invasion hat begonnen, wir müssen sofort aus der Stadt fliehen."

„Was soll das bedeuten?" Skiril schob den König zur Seite und schaute selbst heraus. Die rotäugigen Wesen waren überall in den Straßen der Stadt. Mit erbarmungsloser Leidenschaft schlachteten sie die Bewohner ab. Männer, Frauen, Kinder. Der Liktor erkannte die Umgebung. „Wo ist mein Hund?"

„Immer noch im Lager des Schnapshändlers. Du willst jetzt doch nicht durch die Stadt irren, während wir den König bei uns haben?"

„Er liebt den Hund", sagte Uliniud, „Er würde ihn niemals zurücklassen."

„Sehr richtig. Ich lasse ihn nicht zurück."

„Dann musst du alleine gehen, wir müssen den König hier rausbringen. Ich kann zwar nicht sagen, dass ich ihn mag, aber er ist der einzige König, den wir haben." Lidokar deutete auf Eisenarsch, der immer noch Blut verlor und blass geworden war. „Er kann auch nicht durch die Stadt laufen."

„Dann besorgt euch Pferde und flüchtet aus der Stadt. Ich komme so schnell wie möglich nach."

„Ich komme mit dir." Uliniud fuhr sich durch die Haare.

Skiril beäugte ihn kritisch. „In Ordnung, dann sollten wir uns beeilen, ehe wir nicht mehr aus der Stadt herauskommen."

„Wo ist nur die Legion?", murmelte Norderstedt.

„Nicht hier. Wir treffen uns vor der Stadt", kommentierte Skiril barsch. „Falls wir es überleben." Er schlüpfte durch den Spalt und lief los.

Uliniud folgte ihm und lief geduckt an der Mauer entlang.

Lidokar

„Und jetzt?" Marak sah panisch aus und schwitzte. Er hatte seit seiner Befreiung aus der Zelle geschwiegen.

„Wir machen das, was Centurio Skiril vorgeschlagen hat. Pferde besorgen und flüchten." Norderstedt wollte loslaufen.

„Halt", befahl Eisenarsch. Die kurze Ruhepause hatte ihm gutgetan. Sein Gesicht besaß wieder etwas Farbe.

„Was soll das? Du willst mir doch wohl keine Befehle erteilen?", brauste Norderstedt auf.

„Oh, du kannst gerne wieder in den Kerker zurück, König." Eisenarsch betonte den Titel, dass er wie eine Beleidigung klang. „Wir können jetzt nicht draußen herumstolpern. Wir würden diesen komischen Gestalten in die Arme laufen und wir sind nicht schnell genug zum Weglaufen. Du bist durch die Gefangenschaft geschwächt und ich vom Blutverlust. Der Bücherwurm und Lidokar sollen uns Pferde besorgen. Vielleicht schlüpfen sie an den Bastarden vorbei und schaffen es zurück."

„Na du hast ja ein großes Vertrauen in mich", knurrte Lidokar. „Komm, Bücherwurm. Wir sehen zu, dass wir ein paar dieser langgesichtigen Tiere bekommen und hier abhauen können. Eisenarsch, kannst du dem Bürschchen etwas zum Töten leihen?"

Bevor Marak Protest einlegen konnte, drückte Eisenarsch ihm eine Wurfaxt in die Hand und schob ihn hinter Lidokar zur Tür hinaus.

„Ducke dich und halte die Augen auf. Ich habe keine Lust, dass mich einer diese blassen Arschficker von hinten erwischt."

Ängstlich schaute Marak sich um, aber es war nichts zu sehen.

„Komm mit!" Lidokar zog den Bibliotheksmeister mit sich, der fast seine geliehene Axt verlor.

„Verliere die Axt nicht, es ist Eisenarschs Lieblingsaxt zum Skalpieren." Grimmig lächelte der Zwerg beim Anflug des Ekels, was sich auf dem Gesicht des Menschen widerspiegelte. „Also, sag mir, wo finden wir hier Pferde?"

Marak überlegte einen Moment, ehe er antwortete. „Nicht weit von hier ist ein Fuhrunternehmen, dort müssten Pferde sein."

„Versuchen wir es. Geh du voraus, du kennst dich besser aus."

Marak übernahm die Führung und spähte in eine Gasse, bevor sie hineingingen. Um sie herum waren die Schreie der Menschen zu hören, die von dem fremden Volk niedergemetzelt wurden. Der Bibliotheksmeister zuckte bei jedem Schrei zusammen und sah sich ängstlich um.

„Geh weiter, wir müssen uns beeilen, wenn wir hier lebend rauswollen." Sanft schob Lidokar seinen Begleiter weiter. Als sie um eine Ecke biegen wollten, erschien einer der Invasoren. Verdutzt blieb er stehen und reagierte einen Wimpernschlag zu spät. Lidokar stieß Marak zur Seite und schwang gleichzeitig seine Axt. Die Schneide spaltete den Schädel des Dunkelelfs bis zur Nase. Seine Gliedmaßen zuckten, dann lag er still. Der Zwerg setzte seinen Stiefel auf den Schädel und zog mit einem Ruck seine Axt aus dem Gehirn des Elfen. „Alles in Ordnung bei dir?" Lidokar drehte sich um und sah den weißen Bibliotheksmeister an der Hauswand lehnen.

Kurz holte der Zwerg aus und ohrfeigte Marak rechts und links. „Komm zu dir, wir müssen weiter."

Marak rieb sich die schmerzenden Wangen. „Ja, ist ja gut. Wir sind bald da." Er lief los und Lidokar folgte ihm mit der Axt in beiden Händen. Bereit jeden Gegner zu erschlagen, der sie angreifen würde.

Skiril

„Wieso kommst du mit mir?", fragte der Liktor über die Schulter den Magier.

„Weil ich deinen Hund liebgewonnen habe", lachte der Mann, wurde dann aber ernst. „Ich will nicht mit leeren Händen aus der Stadt verschwinden. Wir haben einen gemeinsamen Weg. Mein Versteck ist nicht weit von dem Lagerhaus des Schnapshändlers entfernt."

„Wenn deine Kumpane das Versteck nicht bereits leergeräumt haben", gab Skiril zu bedenken.

„Das ist nicht zu erwarten. Niemand kennt das Versteck. Ich habe es am Abend, bevor du mich festgenommen hast, angelegt." Uliniud stieß einen Warnruf aus. „Vorsicht!"

Instinktiv duckte Skiril sich. Vor ihnen kamen drei Dunkelelfen aus einem Haus. Ihre mundlosen Gesichter wandten sich in ihre Richtung. Sie waren entdeckt worden. Wie auf kein Kommando zogen sie ihre Schwerter und schwärmten aus.

„Scheiße, jetzt nimm die Beine in die Hand." Skiril sprang auf und drehte sich zur Flucht. Er und der Magier sprinteten los, nur um am Ende der Straße zwei weiterer Dunkelelfen zu begegnen. „Weiter", schrie der Liktor und rammte dem überraschten Elfen die Schulter vor die Brust. Uliniud schlug seinem Gegner den Ellenbogen im Sprung auf die flache Nase. Beide Elfen gingen zu Boden und blieben benommen liegen.

„Die drei anderen Bastarde folgen uns, wir müssen zusehen, dass wir hier verschwinden." Der Magier deutete über die Schulter. „Hier unten ist es nur eine Frage der Zeit, bis wir ihnen wieder in die Arme laufen."

„Dann rauf aufs Dach", Skiril deutete hoch. „Dort sind wir sicherer. Komm mit." Er lief voraus und keuchte schon wegen der Anstrengung.

Sie erreichten eine Leiter, die aufs Flachdach eines Wohnhauses führte und nahmen die Beine in die Hand.

„Lässt du eigentlich den Hund zuschauen, wenn du mit den Huren fickst?", fragte Uliniud im Lauf.

„Wenn er will, darf er sogar mitmachen", konterte Skiril und duckte sich, als er eine Hitze hinter sich bemerkte. Sein grüner Schutzzauber flammte auf und bewahrte ihn vor den Flammen, die ein Dunkelelf hinter ihnen hergeschickt hatte.

Uliniud hatte weniger Glück. Er konnte nicht auf seine Magie zurückgreifen und die Hitze verzehrte ihn innerhalb eines Atemzuges.

Skiril lief unbeirrt weiter, sah nur aus dem Augenwinkel einen Dunkelelfen, der eine weitere Flammenfontäne losschickte. „Tut mir leid, Kumpel, aber du hättest nicht mitkommen sollen." Bevor die Flamme ihn erreichte, flammte der grüne Schutzschild seines Amuletts wieder auf und wehrte die magische Flamme ab.

Sein Angreifer stutzte kurz, zog dann aber einen Bogen hervor und legte einen Pfeil auf die Sehne.

„Verflucht noch eins." Skiril sah sich blitzschnell um und warf sich flach auf den Boden. Der Pfeil sauste über ihn hinweg. Schnell sprang er wieder auf und lief im Zickzack weiter, sprang auf das nächste Dach. Ein weiterer Pfeil zischte an ihm vorbei und Skiril prieß sein Glück. Im gleichen Augenblick rutschte er aus und verlor das Gleichgewicht. Seine Hände verfehlten die Dachrinne und er verlor jeglichen Halt. Der Boden kam bedrohlich und schnell näher. Skiril hörte sich selbst aufschreien.

Gadah

„Legion, anhalten", befahl Gadah und zügelte sein Pferd.

Der Tritt der Männer und Pferde verstummte, nur das Schnauben der Pferde durchbrach die Stille.

„Was bei den Göttern ist dort los?", wisperte Villiuc und starrte gebannt auf die Hauptstadt, die vor ihnen in Flammen stand. Das Schreien der Gejagten und Sterbenden war bis zu ihnen zu hören.

„Ein Kampf", stellte unnötigerweise jemand fest.

Da sie auf einer erhöhten Position standen, sah Gadah die magischen Entladungen in den Straßen der Stadt.

„Was sind das für Wesen?", wunderte Tuvindir sich.

„Ich habe keine Ahnung", aber sie sind dabei die Bevölkerung der Hauptstadt auszuradieren. Villiuc sah zu Gadah. „Sollen wir angreifen?"

„Ohne zu wissen, was sich dort abspielt und wie stark der Feind ist?", gab Gadah zurück. „Das Risiko ist zu groß. Wir können es uns nicht leisten, die Männer zu verlieren." Er strich sich über das Kinn.

„Herr, wir können doch nicht untätig hier herumstehen und zusehen, wie die Bevölkerung getötet wird." Ein junger Centurio mit dunklen Haaren warf nervös den Kopf herum.

„Schnauze halten und zurück ins Glied", schnauzte Gadah den jungen Mann an. Er konnte ihn zwar verstehen, aber er würde nicht blindwütig in die Stadt reiten und sich einem unbekannten Feind stellen.

„Wir könnten einen Spähtrupp reinschicken", schlug Tuvindir leise vor.

Gadah überlegte für wenige Atemzüge. „Nein, wir ziehen uns zurück und beobachten, was passiert. Wir können nichts tun und sind zu wenig Legionäre, um dem Feind überlegen zu sein. Es wäre reiner Selbstmord dort einzumarschieren."

„Kommandant! Reiter nähern sich!", rief einer der Legionäre.

Gadah wandte sich zu den Reitern und erkannte Atriba sowie Krok und Züleyha. „Alles in Ordnung. Das sind Freunde."

Die Legionäre ließen sie durch und so zügelten sie ihre Tiere vor Gadah.

„Du hast dein Kommando wieder", stellte Atriba fest.

„Du weißt, wie ich darüber denke", begrüßte Gadah die rothaarige Frau. Krok und Züleyha nickte er kurz zu.

„Was geht dort unten vor sich?" Krok kniff die Augen zusammen.

„Etwas, woran wir nichts ändern können", entgegnete Gadah. „Villiuc, gib den Befehl zum Rückzug, wir werden abwarten was passiert und eventuelle Überlebende zu uns nehmen. Ich werde mit einer Handvoll Männer hier warten und neue Befehle geben, sobald es notwendig ist."

„Zu Befehl, Herr", salutierte Villiuc und bellte den Befehl an die Legionäre weiter.

Während die Soldaten sich langsam zurückzogen, wandte sich Gadah an Atriba. „Kannst du mir irgendetwas über das, was dort unten passiert, sagen?", fragte er, als die Männer außer Hörweite waren.

Die ehemalige Botschafterin schüttelte den Kopf. „Ich kann dir nicht sagen, was da vor sich geht."

„Meine Männer würden gerne zuschlagen, aber ich habe sie zurückgezogen, da die Lage zu unklar ist."

Ein Erbeben der Erde unterbrach das weitere Gespräch zwischen ihnen. Unweit der Stadtmauer öffnete sich violetter Wirbel, der bis zu den Wolken zu reichen schien.

Gadah wich beeindruckt zurück.

Auch Krok und Züleyha sahen dem Schauspiel sichtlich irritiert zu.

„Ein Portal", schrie Atriba. Sie umfasste Gadahs Schultern und schüttelte ihn. „Zieh deine zurück. Sofort!"

Gadah war versucht Fragen zu stellen, bevor er eine Entscheidung traf. Aber er spürte die Angst in der Stimme der Botschafterin. Er drehte sich zu Villiuc um. „Weg hier. Lass die Männer ein paar Meilen wegmarschieren, ich werde euch einholen. Du hast solange das Kommando, bis ich wieder zu euch stoße."

Villiuc salutierte knapp. „Zu Befehl, Herr." Schon drehte er sich auf dem Absatz um und riss sich von dem faszinierenden Anblick los, der sich ihnen bot.

„Atriba, ich will wissen, was das ist. Ansonsten bewege ich mich keinen Schritt von dieser Stelle weg", drängte Gadah die Botschafterin.

Der Blick der Botschafterin konnte sich nicht von dem bedrohlichen violetten Strudel lösen. „Ein Portal, seit tausenden von Jahren ist keines mehr gesichtet worden."

„Was für ein Portal?", drängte Gadah.

„Den Legenden zufolge soll in zeitlichen Abständen ein Übergang in andere Welten durch Portale möglich sein. Kein Mensch hat jemals so etwas erlebt. In den Aufzeichnungen, die ich kenne, wurden diese Portale als Märchen abgetan, die man Kindern vor dem Schlafen erzählt. Selbst die großen Gelehrten glaubten nicht an diese Erscheinungen."

„Das bedeutet, wenn wir durch dieses Portal gehen, gelangen wir in eine andere Welt?", hakte Gadah nach.

„Oder jemand kommt in unsere Welt", unterbrach Krok sie. „Seht doch, was dort passiert."

Alle Köpfe wandten sich zu der Stelle, auf die der ehemalige Gladiator zeigte.

Die Farbe des Portals hatte sich verändert. Statt einer violetten Färbung war wie durch ein dickes Glas eine fremde Landschaft zu sehen. Im Hintergrund war eine große dunkle

Festung zu sehen, aus deren Tor ein beständiger Strom an großen, schmalen Kriegern marschierte. Die Gestalten waren größer als Menschen und schwer gerüstet.

„Eine Invasion", flüsterte Gadah entsetzt.

„Ja, und niemand kann sie aufhalten." Atriba umfasste abermals Gadahs Schultern. „Wir müssen uns zurückziehen und flüchten."

„Und die Bewohner der Hauptstadt schutzlos zurücklassen." Krok ballte eine eiserne Faust.

„Niemand ist in der Lage dieses Heer aufzuhalten. Niemand!", schrie Atriba. „Wenn mich nicht alles täuscht, sind diese Wesen Dunkelelfen. Ihre Magie ist der unseren weit überlegen. Selbst unsere mächtigsten Magier wären unwürdig, ihre Schüler zu sein."

„Woher hast du diese Weisheit?" Kroks Gesichtsausdruck verriet Bitterkeit.

„Aus den Aufzeichnungen. Unsere Magie beschränkt sich immer nur auf ein Element. Sie beherrschen alle Elemente. Und sie sind den Menschen nicht freundlich gesonnen." Atriba schaute auf den beständigen Strom an Kriegern, die sich vor den Mauern der Hauptstadt versammelten. Innerhalb der Mauern war immer noch ein Aufblitzen von magischen Explosionen zu hören. Vereinzelt waren größere Feuer zu sehen.

Gadah stand regungslos für einige Atemzüge neben der Botschafterin und war hin- und hergerissen. „Wir folgen der Schwarzen Legion und warten auf eine bessere Gelegenheit anzugreifen. Was ihr macht, kann ich euch nicht befehlen", wandte sich Gadah an Krok und Züleyha „Aber ich hoffe, dass ihr mich begleiten werdet."

„Das werden wir", antwortete Züleyha für sie beide.

Lidokar

„Da stehen die Viecher." Der Zwerg stand mit Marak in einer dunklen Ecke des Stalles und erkundete die Umgebung. „Scheint alles ruhig zu sein", stellte er fest.

„Dann lass uns die Pferde nehmen und abhauen, bevor es zu spät ist", drängte Marak.

„Vier Gäule, das reicht für uns und den König." Lidokar schlich aus der Deckung und versuchte, die wiehernden Pferde zu beruhigen.

„Sie sind nicht an Zwerge gewöhnt." Marak legte einem der scheuenden Tiere die Hand auf die Nüstern.

„Klugscheißer. Ich weiß schon, warum ich lieber auf meinen eigenen Beinen unterwegs bin." Der Zwerg griff nach dem einzig gesattelten Tier und kletterte umständlich in den Sattel. „Los, bevor wir einem dieser mundlosen Bastarde über den Weg laufen."

„Nicht so schnell." Marak stützte sich lässig auf einen Balken, der dazu diente, die Pferde zum Striegeln festzubinden.

„Was ist denn jetzt? Wir müssen uns beeilen", herrschte der Zwerg ihn an.

„Halt's Maul und steig von dem Gaul ab, du krummbeiniger Schnüffler!" Maraks Hand verschwand in der Tasche seines Umhangs.

„Was soll das werden?" Lidokar blieb auf dem Pferd sitzen und klammerte sich ans Sattelhorn und die Zügel.

„Skiril und du, ihr habt nichts begriffen. Gar nichts!"

„Glaubst du, das hier ist jetzt der richtige Zeitpunkt darüber zu diskutieren, wie gut wir als Ermittler waren?"

„Du verstehst es wirklich nicht." Ein schiefes Grinsen huschte über Maraks Gesicht. „Wenn ich gleich weinend vor den anderen stehen werde und von deinem Tod berichten muss, werde ich mich bemühen, eine Träne zu verdrücken."

In Lidokars Gesicht wechselten sich Staunen und Verstehen ab. „Du ..." Seine Hand fuhr zum Axtstiel. Aber Marak war schneller.

Aus der Hosentasche zog er eine handtellergroße, weiße Kugel, die er in die Luft warf. Sie verfärbte sich rot und schoss auf Lidokar zu und durchschlug seine Brust.

Ungläubigkeit trat auf Lidokars Gesicht. Schwer kippte er aus dem Sattel und schlug auf den strohbedeckten Boden auf.

Marak streckte die Hand aus und rief die Kugel zurück, die sanft in seiner Hand landete und zusammenschrumpfte. Er steckte sie wieder in den Umhang und stieg auf das Pferd, auf dem Lidokar vorhin gesessen hatte. Achtlos stieg er dabei über den toten Zwerg hinweg.

„Niemand wird mich aufhalten, sobald Norderstedt tot ist, werde ich am Wissen der neuen Herrscher teilhaben." Er zog sein Pferd herum und ritt gemächlich aus dem Stall.

Skiril

Sein Rücken schmerzte, aber er hatte Glück im Unglück gehabt. Der Heuwagen hatte seinen Sturz soweit abgefedert, dass er keinen weiteren Schaden genommen hatte. Um ihn herum tobten die letzten Züge des Gemetzels. Blut und Leichen säumten das Straßenpflaster. Die Männer und Frauen waren alle umgebracht worden. Die einzigen, die die Dunkelelfen am Leben gelassen hatten, waren Kinder. Weinend wurden sie von den fremden Wesen zusammengetrieben, vorbei an den Leichen Ihrer Mütter und Väter.

Skiril wusste, dass er sterben würde, sobald er sich aus dem Heu wagte. Er würde die Dunkelheit abwarten. Nur dann hatte er eine Chance, an den Dunkelelfen vorbeizuschlüpfen. Die Zwerge und der König mussten ohne ihn aus der Stadt finden.

Beim Einsetzen der Dämmerung glitt er vorsichtig aus dem Stroh heraus und legte sich unter den Wagen, um die Umgebung erst einmal zu beobachten. Vereinzelte Gruppen der Invasoren waren zu sehen und marschierten wortlos durch die Straßen. Die Stille in der Stadt war beängstigend, viel beängstigender als das Schreien und Flehen, was vor ein paar Stunden noch durch die Straßen der Stadt gellte.

Er huschte in den Schatten eines größeren Gebäudes. Noch um zwei Ecken, dann war er beim Haus des Schnapshändlers; er musste wissen, ob sein Hund lebte. Schritte schreckten ihn auf! Eine kleine Patrouille war am Ende der Gasse aufgetaucht und schritt gemächlichen Schrittes voran. Schnell drückte er sich an der Mauer entlang und huschte in einen Hauseingang. Vorsichtig drückte er an der Türe, die sich widerstandslos öffnen ließ. So leise er konnte, schlich er ins Haus und schloss die Türe wieder, bevor die Patrouille sie erreichte. Er hoffte, dass die Eroberer keine übersinnlichen Fähigkeiten hatten, die seine Anwesenheit hier verriet.

Still und flach atmend legte er ein Ohr an die Türe und lauschte den Schritten, die näher kamen, kurz verhielten und sich dann wieder entfernten. Dann waren sie nicht mehr zu hören. Skiril atmete beruhigt durch. Wer auch immer diese Wesen waren, sie kamen nicht in freundlicher Absicht. Unangenehme Erinnerungen an den letzten Krieg flackerten vor seinem inneren Auge auf. Eigentlich hatte er nicht mehr vor an einem Krieg teilzunehmen, aber wenn er hier lebend herauskam, würde er nicht drum herumkommen. Alles schien einen Sinn zu ergeben, die Morde an der Kaiserin und dem Zwergenkönig. Die Völker waren somit führungslos und nicht in der Lage eine gemeinsame Streitmacht aufzustellen. Die Berufung des Kriegskonsuls Luzil, die

Anschuldigung gegen ihn und Lidokar. Und die Fäden liefen alle bei König Norderstedt zusammen! Nur wer die Morde begangen hatte, war nicht geklärt.

Wenn er weiter auf der Straße unterwegs wäre, würden ihn die Eindringlinge schnell ergreifen und töten. Er musste versuchen, über die Dächer zu steigen. Er ging vorsichtig über die Treppe in das erste Obergeschoss und stellte fest, dass sein Glück an diesem Abend nicht aufgebraucht war. Er war in einem Haus, welches mit einem Flachdach erbaut worden war. Die Bewohner konnten sich somit an heißen Tagen hierauf flüchten. Die Treppe unter ihm gab keinen Laut von sich, während er die Stufen hinaufstieg, lediglich die Holztüre knarzte leicht beim Öffnen.

Auf dem Dach sah er die großen Feuer, in denen die toten Einwohner verbrannt wurden. Anscheinend wollten die neuen Herren keine Seuche riskieren. Er musste sich kurz orientieren, sah dann aber das Lagerhaus des Schnapshändlers. Nach einem kurzen Blick hinunter zur Straße nahm er Anlauf und sprang auf das nächste Dach.

Leise kam er auf. Da das Lagerhaus niedriger lag, hatte er leichtes Spiel und kletterte an der Fassade herab. An der Regenrinne des Lagerhauses hangelte er sich in eines seiner oberen Fenster.

Erleichtert schnaufte er durch und lauschte in die Dunkelheit hinein. Nichts war zu hören. Vorsichtig schlich er durch den kleinen Raum. Er schien die Heimat eines Lagerarbeiters oder des Gehilfen des Schnapshändlers zu sein. Geschäftsbücher lagen auf einem Sekretär, daneben ein Tintenfass mit Schreibfeder.

Die Türe war nur angelehnt und so konnte er einen Blick in die Räumlichkeiten werfen, in denen sie Marak gefangen gehalten hatten. Auf dem Boden lag ausgestreckt ein großer Hund mit struppigem Fell. Skiril stieß die Tür auf und stürmte fröhlich hinein und kniete sich neben das Tier, welches müde den Kopf hob.

„Du bist ja schon wieder besoffen", lachte Skiril, der seine Freude über das gesunde Wiedersehen kaum im Zaum halten konnte. „Wir sollten eigentlich auf das Wiedersehen einen heben." Er griff nach einer Flasche Zwergenbrand und setzte die Flasche an die Lippen. Drei große Schlucke rannen seine Kehle herab. „Kumpel, ich trinke für dich einen mit, du hast deinen Anteil ja bereits gehabt." Skiril trank einen weiteren Schluck und verschloss die Flasche wieder. „Ich muss nüchtern bleiben. Los, komm hoch, wir müssen aus der Stadt heraus, sonst blasen uns diese fiesen Figuren das Licht aus." Der Liktor stand auf und musste kurz durchatmen. Der scharfe Schnaps tat seine Wirkung und regte seine Lebensgeister an. „Am besten wird es sein, wenn wir durch die Kanalisation gehen."

Ein kehliges Knurren demonstrierte den Widerwillen des Hundes.

„Ich weiß, aber auf der Straße sind wir schneller erschlagen, als du ein Fass Bier leer trinkst. Vielleicht sollten wir uns aber etwas für den Weg mitnehmen." Er nahm einen Sack und packte ein paar Flaschen des Schnapses ein. Etwas Brot und Trockenfleisch fand er in der Vorratskammer des Zwerges. Seinen Morgenstern fand er auf dem Boden wieder. Nachdem er ihn umgelegt hatte, kam er sich nicht mehr so nackt vor. Ein Luftzug weckte seine Aufmerksamkeit. Er glitt hinter die Türe und nahm seinen Morgenstern in die Hand.

„Hallo?", flüsterte jemand an der Türe.

Skiril riss die Türe auf und griff nach einem Haarschopf und war seinen Besitzer zu Boden.

„Aua."

Skiril setzte seinen linken Fuß auf die Brust des Fremden, erkannte ihn dann aber. „Bibliotheksmeister?" Erstaunt nahm der Liktor den Fuß wieder von der Brust. „Was machst du denn hier?"

Marak rappelte sich hoch und klopfte sich den Staub von der Kleidung. „Es ist etwas passiert. Lidokar und ich sind den Eindringlingen in die Arme gelaufen. Er hat sich geopfert, damit ich entkommen konnte. Dann bin ich zurück zu den anderen, aber die waren bereits tot. Da ich alleine nicht aus der Stadt komme, dachte ich mir, ich versuche dich hier zu treffen."

Der Liktor schwieg. „Die anderen sind alle ..."

„Tot, ja", bekräftigte Marak mit traurigem Gesichtsausdruck.

„Hier, nimm einen Schluck Schnaps, der beruhigt dich." Skiril gab dem Bibliotheksmeister die angebrochene Flasche und ließ ihn trinken.

Dankbar nahm der jüngere Mann die Flasche mit beiden Händen und schluckte.

„Wie ist Lidokar umgekommen?", fragte der Liktor.

„Wir waren am Stall angekommen und wurden beim Wegreiten überrascht. Sie erwischten ihn mit einem Pfeil in die Schulter. Er riss dann sein Pferd herum und rief mir zu, ich solle machen, dass ich davonkomme. Ich konnte nur seinen Untergang sehen." Er gab Skiril die Flasche zurück.

Nachdenklich starrte dieser auf die Flasche. „Bibliotheksmeister. Wie kam es, dass der König in Gefangenschaft geraten ist?"

Der Angesprochene öffnete den Mund und war überrascht von der Frage. „Ich weiß es nicht. Ich war ja nicht dort, sondern bei euch."

„Nein, nein. Der König war schon längere Zeit im Kerker. Das hat er eindeutig gesagt. Außerdem war er für seine Verhältnisse abgemagert."

Marak senkte den Kopf und lachte leise in sich hinein. „Sehr aufmerksam, Liktor, sehr aufmerksam." Als er den Kopf wieder hob, war sein harmloser Gesichtsausdruck verschwunden und hatte einem gehässigen Grinsen Platz gemacht.

Der Hund knurrte und stellte die Ohren auf.

„Liktor, wenn dein Hund mich anfallen sollte, stirbt er vor dir."

„Ruhig, mein Guter", warnte Skiril seinen vierbeinigen Kameraden. „Marak, ich habe mich bereits gewundert, wie du durch die Straßen gekommen bist, ohne erwischt zu werden. Selbst mir ist es nur mit Mühe gelungen. Und du hast ehrlich gesagt nicht die Fähigkeiten, unerkannt an den Wesen vorbeizukommen."

„Diese Wesen sind Dunkelelfen, Liktor. Und sie haben alle Gründe, uns Menschen zu hassen."

„Warum hilfst du ihnen und verrätst dein Volk?"

„Das ist meine Sache. In der Geschichte gibt es genug Gründe, warum man zum Verräter wird. Dass der König mir unvoreingenommen vertraut hat, war nicht von Nachteil."

„Du hast den König und dein Volk verraten", stellte Skiril trocken fest.

„Ich habe mich entschieden, unserer Welt die Möglichkeit zu mehr Wissen zu eröffnen."

„Du hast zwei Könige umgebracht und einen verraten. Wie hast du das mit dem Bolzenschuss angestellt, der Goldfuß getroffen hatte?"

„Ich hatte eine kleine magische Hilfe von den Dunkelelfen. Sie trug den Bolzen genau dorthin, wo ich ihn haben wollte. Ich gebe zu, dass du und der Zwerg sehr nah dran wart."

„Und warum das Amulett?"

Marak zuckte mit den Schultern. „Ich fand es gut, um Verwirrung zu stiften. Es verschaffte mir Zeit, damit ich die Kaiserin töten konnte."

„Du bist wahnsinnig. Du hast zwei Herrscher umgebracht, damit ein fremdes Volk uns vernichtet."

„Nicht nur das, ich habe Lidokar umgebracht, Norderstedt in die Welt der Dunkelelfen gelockt und seinem Abbild hier ermöglicht, die Invasion vorzubereiten. Und jetzt werde ich dich töten." Marak glitt zurück, aber Skiril war kampfbereit und sprang vorwärts. Er umklammerte mit eisernem Griff die Hand in Maraks Umhang und hinderte ihn daran, sie herauszuziehen.

Marak lachte ihm höhnisch ins Gesicht. „Das wird dir nichts helfen." Seine andere Hand beschrieb eine kleine Bewegung und Skiril wurde von einer unsichtbaren Faust an die gegenüberliegende Wand geschleudert und dort festgehalten. „Du beherrscht Magie?", hauchte Skiril erschrocken.

„Nicht nur das", verhöhnte Marak ihn. Seine Augen wurden rot und seine Kraft wuchs ins Unermessliche. Spielend leicht stieß er den Liktor zurück gegen die Wand. Unbeweglich musste er dort verharren. „Falls du dich wunderst, warum dein Amulett nicht funktioniert, lass dir sagen, dass ich einen Weg gefunden habe, die Kraft deines Amuletts außer Kraft zu setzen." Marak holte eine kleine Kugel hervor und warf sie in die Luft. „Und nun, Liktor, werden wir diesem Geplauder ein Ende bereiten." Die Kugel glühte kurz auf und schoss auf Skiril zu. Mit schreckgeweiteten Augen erwartete dieser seinen Tod.

Seine Gedanken rasten und die Geschichte seines Lebens zog an ihm vorbei. Die letzte Schlacht an der Seite seiner Kameraden. Mit Mühe hatten sie die Nekromantenheere besiegt. Wie er stockbesoffen

am nächsten Morgen aufgewacht war und sich vorgenommen hatte
nicht mehr zu kämpfen. Neben den guten Vorsätzen hatte er einen
kleinen grauen Hund beim Würfeln gewonnen, der ihm seitdem auf
Schritt und Tritt begleitete. Schließlich konnte er nach seiner
Dienstzeit bei der Legion den Liktoren beitreten. Aber er hatte
seitdem den Ruf eines Einzelgängers. Er ging zu den Huren und
verrichtete seinen Dienst. Sein bester Freund war der Hund
geworden, dem er keinem Namen gegeben hatte.

Die Kugel schoss genau auf Skirils Schädel zu und hätte
ihn mit Sicherheit abgerissen, wenn nicht ein großer grauer
Hund Marak angesprungen hätte.

Marak verlor die Kontrolle über die Kugel und spürte den
heißen Atem des Hundes und seine scharfen Zähne im
Genick. Mit den Armen schlug er nach dem Tier, konnte sich
aber nicht lösen. Er sah, wie seine Kugel Skirils Kopf um eine
Armbreite verfehlte und in die Steinwand einschlug, dann
hörte er sein eigenes Genick brechen und fühlte, wie seine
Beine unter ihm wegsackten.

Skiril musste sich einige Atemzüge lang sammeln und das
Zittern seines Körpers unter Kontrolle bringen. „Danke,
Freund", brachte er schließlich hervor und tätschelte dem
Hund kurz den Kopf, der sich die blutigen Lefzen ableckte.
„Jetzt müssen wir aber los. Unter dem Haus ist ein Eingang
in die Kanalisation. Hoffen wir, dass der Weg frei ist." Der
Liktor schnappte sich den gepackten Sack mit den wenigen
Vorräten, die er hatte zusammenpacken können. Bevor sie
aufbrachen, holte er sein Liktorenabzeichen aus der
Hosentasche und warf es auf den toten Marak.

Eisenarsch
„Wir sollten aufbrechen", sagte der weißhaarige Zwerg.
„Sie sind bereits zu lange fort."

„Ich habe nicht damit gerechnet, dass sie wiederkommen",
murmelte Norderstedt.

„Wie meinst du das?", fragte Eisenarsch.

„Marak ist ein Verräter. Ich habe erwartet, dass er uns den
Dunkelelfen ausliefert. Aber wie es scheint, ist ihm etwas
dazwischengekommen."

„Moment", der Zwerg stand mühsam auf. Sein Blutverlust
hatte ihn geschwächt. „Willst du mir damit sagen, dass
Marak für diesen ganzen Trubel hier verantwortlich ist?"

„Er dachte ich, hätte es nicht gemerkt, aber ich habe
bemerkt, dass er sich verändert hat, seit der das Portal unter
dem Palast entdeckt hatte."

„Welches Portal?"

Norderstedt winkte ab. „Unwichtig", er winkte ab.
„Entscheidend ist, dass der Junge mich überlistet hat. Er
machte mich neugierig und ich bin drauf reingefallen. Er ist
vor mir durch das Portal gegangen und wusste, dass ich nicht
widerstehen würde. Leider war er da schon von den
Dunkelelfen besessen und lockte mich in eine Falle."

„Ich verstehe kein Wort." Der Zwerg zog die Stirn kraus.

„Wir haben nicht mehr viel Zeit. Unter dem Palast existiert
ein Portal, welches in eine andere Welt führt. In dieser Welt
leben die Dunkelelfen. Marak hat sich mit ihnen verschworen
und war hier dafür verantwortlich die Invasion
vorzubereiten. Als er mich durch das Portal geschickt hatte,
traf ich auf diese Wesen. Sie empfingen mich mit einigen
ihrer Magier und saugten mich förmlich aus. Sie wollten alles
wissen und ich musste es ihnen erzählen. Ihre Magie ist der
unseren weit überlegen und sie zogen mich in ihren Bann.
Wie lange ich dort war weiß ich nicht. Aber letztendlich
erwachte ich wieder im Portalraum. Meine Erinnerung an die
Reise war gelöscht. Erst später drangen Erinnerungen durch.
Ich erkannte, dass ich etwas tun musste, bevor sie bereit

waren mit den Vorbereitungen für eine Invasion. Ich fertigte Listen an und übergab sie den Zauberjägern, damit sie geeignete Leute zusammentrommeln konnten. Um keinen Verdacht zu erregen, tarnte ich die Aktion als Verhaftungswelle. Die dort verhafteten Menschen sollten in die Lage versetzt werden gegen die Dunkelelfen zu bestehen. Leider habe ich nicht damit gerechnet, dass die Dunkelelfen mit Maraks Hilfe einen Doppelgänger durch das Portal schicken würden, um mich zu ersetzen. Ich hätte ansonsten am Ehrentag mit der Kaiserin und dem Zwergenkönig gesprochen, damit wir einen gemeinsamen Schlachtplan entwickeln."

„Ich habe von deinem Gerede zwar nur die Hälfte verstanden, aber du willst mir sagen, dass du gefangen genommen wurdest und durch einen Doppelgänger ersetzt worden bist? Goldfuß hatte bereits den Verdacht, dass es einen Spion am Hof sein Unwesen trieb."

„Und jetzt stecken wir bis über beide Ohren in der Scheiße."

„So kann man es sagen." Norderstedt spähte auf die Straße. „Es wird dunkel. Wir müssen uns zum Stadttor durchzuschlagen, es ist nicht weit von hier."

„Es ist zu weit für uns. Überall sind diese ..."

„Höre auf zu lamentieren und hör mir zu. Warum müsst ihr Zwerge alle so verdammt stur und negativ eingestellt sein?", unterbrach Norderstedt Eisenarsch. „Ich habe etwas, was für uns nützlich sein könnte."

„Einen Umhang, der uns unsichtbar macht?"

„Sei nicht albern. Nein, ich kenne einen weiteren Geheimgang, der von hier aus vor die Stadtmauer führt. Ich denke, du wirst dich unter Tage wohler fühlen als an der Oberfläche."

„Im Moment fühle ich mich vor allem dort wohl, wo diese Dunkelelfen nicht sind."

„Dann sollten wir zusehen schnellstmöglich weiterzukommen. Deine Kräfte reichen doch?", Sorge schwang in der Stimme des Königs.

„Wenn es sein muss, trage ich dich hier aus der Stadt."

„Dann komm."

Eisenarsch schnaufte durch und setzte sich langsam in Bewegung. „Wieso hast du uns vorhin nicht alle durch den Geheimgang geführt, als wir alle zusammen waren?"

„Weil ich nicht wollte, dass Marak bei uns ist und wir getrennt bessere Chancen haben", antwortete Norderstedt. Er ging die Treppe herab, die sie vorhin genommen hatten und entzündete eine frische Fackel.

Eisenarsch brauchte einige Atemzüge, um zu begreifen.

„Du meinst, wenn die Dunkelelfen die anderen jagen, sind sie abgelenkt und lassen uns in Ruhe."

Ein schmales Lächeln huschte über die Lippen des Königs. „Ich bin schließlich der König. Mein Leben ist wichtiger. Und jetzt komm mit."

Zwischen seinen Gefühlen hin- und hergerissen folgte Eisenarsch dem König. Aber er schwor sich, ihm nie mehr zu vertrauen.

Luzil

„Was gibt es denn Neues?", wollte Gundra wissen.

Faharin kam mit gesenktem Kopf herein und kaute unablässig auf seiner Unterlippe.

„Na los, sag schon", drängte Luzil.

Der Waldelf merkte, dass das Herumdrucksen ihn nicht helfen würde. „Die Dunkelelfen haben uns ein Ultimatum gesetzt. Entweder wir liefern euch bis morgen Mittag aus oder sie greifen unsere Siedlung an."

„Und jetzt?" Isela saß ruhig auf einer Pritsche.

„Die Ältesten werden über diese Angelegenheit entscheiden." Faharin sprach weiter, bevor ihn jemand unterbrechen konnte. „Rechnet aber nicht damit, dass sie euch schützen werden. Sie wollen keinen Kampf mit unseren dunklen Vettern. Wir leben in Frieden mit ihnen und die Ältesten sind bestrebt, diesen Frieden zu erhalten."

„Dann müssen wir hier weg", beschloss Luzil kurzentschlossen. „Oder sind wir Gefangene?"

„Nein, ihr seid frei und könnt gehen. Seid euch aber sicher, wenn ihr gehen werdet, habt ihr eine Hetzjagd in einem fremden Land vor euch."

„Immer noch besser als morgen den Dunkelelfen übergeben zu werden." Isela schlug mit der Faust auf die Pritsche.

Faharin senkte den Kopf. „Ich schäme mich, dass wir euch keinen Schutz bieten können. Ich schäme mich für die Feigheit meines Volkes."

Luzil legte dem Elf die Hand auf die Schulter. „Du hast uns gerettet und musst dir keinen Vorwurf machen."

„Ich weiß, aber ich werde etwas anderes machen. Wenn ihr fliehen wollt, werde ich euch begleiten und führen. Ich habe euch hierher geführt und somit bin ich für euch verantwortlich."

„Hast du dir das gut überlegt? Du wirst Schwierigkeiten mit deinen Leuten bekommen." Luzil sah ernsthaft besorgt aus.

„Mach dir darüber keine Sorgen. Viele von uns teilen die Meinung der Ältesten nicht mehr. Sie sind es leid, sich den Dunkelelfen unterzuordnen."

„Dann danke ich dir, Freund." Luzil drückte die Schulter des Waldelfen dankbar.

„Dann bereitet euch vor. Ich hole euch, bevor die Sonne untergeht, diese Zeit wird niemand für eine Flucht erwarten."

Krok

„Wir stecken wieder über beide Ohren in Schwierigkeiten." Krok machte ein missmutiges Gesicht.

„Hör auf, immer über alles zu meckern und finde dich lieber mit dem Gedanken ab, dass wir wieder im Krieg sind. Immerhin sind wir diesmal zusammen und unsere Tochter ist bei uns."

Er betrachtete seine Frau von der Seite und gestand sich ein, dass er keine andere Frau mehr lieben könnte.

„Wir müssen nur Zara holen und dann sind wir alle zusammen." Züleyha legte ihrem Mann ihre schlanke Hand auf den Oberschenkel, während sie nebeneinander ritten.

An der Spitze des Zuges ritten Blutlord Gadah und seine Offiziere. Dahinter Atriba, anschließend kamen Züleyha und er. Die Schwarze Legion folgte ihnen. Sie hatten eine Weile am Waldrand gestanden und beobachtet wie immer mehr der Dunkelelfen aus dem Portal marschiert waren. Tausende und Abertausende waren aufmarschiert, hinein in ihre Hauptstadt. Keiner der Bewohner konnte noch am Leben sein. Auch die Legionäre der Legion, die dort stationiert waren, mussten tot sein. Gadah und Atriba hatten beschlossen, dass es besser sei, ihre Streitkräfte zu schonen und zu einem späteren Zeitpunkt zu kämpfen. Sie ritten gen Osten, wo sich eine alte Festung befinden sollte, die Atriba kannte. Gadah hatte einen Boten zum Rat geschickt, um Truppen von den Zaubervölkern zu erbitten. Es musste ein vollkommen neues Bündnis geschmiedet werden.

Eisenarsch

„Pfui, in unseren Gängen riecht es auch nicht immer nach Blütenstaub aber, dass wir durch die Scheiße der Jahrtausende Kriechen hast du mir nicht gesagt."

„Ich dachte immer, Zwerge sind nicht so wählerisch." Norderstedt klopfte sich notdürftig den Unrat von der Kleidung. „Aber wie es scheint, sind wir nicht die Enzigen, die den Weg durch die Kanalisation gewählt haben." Norderstedt deutete auf die Spuren vor ihnen. Die Fußabdrücke eines Menschen und eines Hundes. „Skiril und sein Köter scheinen sich auch gerettet zu haben."

Epilog

„Ich weiß, es war nicht nasenfreundlich, aber es hat uns das Leben gerettet. Ich verspreche, im nächsten Fluss ein Bad zu nehmen."

Der Hund blieb sitzen und kratzte sich genervt hinter dem Ohr.

Skiril drehte sich derweil um und sah auf ihre deutliche Spur, die sich im Waldboden verfolgen ließ. Der Gang der Kanalisation endete hinter der Waldgrenze. Nur das Glühen am Horizont von den Bränden der Scheiterhaufen erinnerte ihn an die Stadt und die schmerzhaften Ereignisse. „Ich glaube, wir werden uns demnächst von allem fernhalten, was mit Königen zu tun hat, davon habe ich die Schnauze voll."

Der Hund schüttelte sich, in der Hoffnung den Dreck und Gestank loszuwerden, der sich in seinem Fell festgesetzt hatte.

Skiril holte eine der Flaschen hervor. „Zwergenbrand, was hältst du davon, wenn wir uns einen Schluck zur Stärkung gönnen, bevor wir weiter gehen?"

Gierig leckte sich der Hund über die Lefzen.

Der ehemalige Liktor setzte die Flasche an die Lippen und trank in großen Schlucken. Als er sie wieder absetzte, war sein Blick trüb. „Hier, sauf aus." Er schüttete den Rest in eine Bodenkuhle und sofort schlabberte sein vierbeiniger Kamerad den starken Schnaps.

„Wenn uns jemand sehen würde, hielte er uns für vollkommen wahnsinnig."

Es geht weiter in ...

Der Blutlord der Zauberjäger